A MULHER DO OFICIAL NAZISTA

Edith Hahn Beer Susan Dworkin COAUTORA

A MULHER DO OFICIAL NAZISTA

A história real de como uma mulher judia sobreviveu ao Holocausto.

Tradução
Natalie Gerhardt

Rio de Janeiro, 2017

Título original: *The Nazi Officer's Wife*

Contato:
Rua da Quitanda, 86, sala 218 – Centro – 20091-005
Rio de Janeiro – RJ – Brasil
Tel.: (21) 3175-1030

CIP-Brasil. Catalogação na Publicação
Sindicato Nacional dos Editores de Livros, RJ

B362m

Beer, Edith Hahn, 1914-2009
A mulher do oficial nazista / Edith Hahn Beer, Susan Dworkin; tradução Natalie Gerhardt. – 1. ed. – Rio de Janeiro: HarperCollins, 2017.
272p.: il.

Tradução de: The nazi officer's wife
ISBN: 9788595080072

1. Beer, Edith Hahn, 1914-2009. 2. Judias – Áustria – Biografia. 3. Holocausto judeu (1939-1945) – Narrativas pessoais. I. Dworkin, Susan. II. Gerhardt, Natalie. III. Título.

17-40554 CDD: 940.5318
CDU: 94(100)'1939/1945'

Com todo o meu amor,
à memória de minha mãe, Klothilde Hahn.

Prefácio

A história que conto aqui foi intencionalmente enterrada por muito tempo. Como muitas pessoas que sobreviveram a uma grande calamidade na qual muitos outros perderam as próprias vidas, eu não conversava sobre a minha vida clandestina como fugitiva da Gestapo, vivendo com uma identidade falsa nas sombras da sociedade na Alemanha nazista, mas preferi esquecer o máximo possível e não sobrecarregar as novas gerações com lembranças tristes. Foi a minha filha, Angela, que me estimulou a contar minha história, deixar um registro escrito, revelar tudo ao mundo.

Em 1997, decidi leiloar meu arquivo de cartas, fotografias e documentos da época da guerra. Na Sotheby's, em Londres, o arquivo foi comprado por dois amigos de longa data e filantropos dedicados à História — Drew Lewis e Dalck Feith. Sua intenção era doá-lo para o Museu Memorial do Holocausto dos Estados Unidos, em Washington, D.C., onde se encontra até hoje. Tenho uma enorme gratidão por ambos pela generosidade e preocupação. Os documentos naquele arquivo ajudaram a despertar muitas lembranças. E sou grata à minha colaboradora, Susan Dworkin, pela compaixão e compreensão enquanto me ajudava a expressá-las.

Muito obrigada a Nina Sasportas, de Colônia, cuja pesquisa detalhada nos ajudou a ampliar minhas lembranças, e a Elizabeth LeVangia Uppenbrink, de Nova York, que traduziu todos os documentos e cartas para o inglês. Meus agradecimentos também vão para Nicholas Kolarz; Robert Levine; Suzanne Braun Levine; nosso editor de texto, Colin Dickerman; e sua assistente, Karen Murphy; e para nosso editor executivo, Rob Weisbach — todos preciosos críticos e colegas que contribuíram com positivismo, energia e sabedoria.

Por fim, este livro se deve principalmente a Angela Schlüter, minha filha, pelo espírito amoroso de suas perguntas, sua necessidade de saber o que se passou, sua busca pelo passado estranho e milagroso, que me inspiraram a finalmente contar a história.

— Edith Hahn Beer
Netanya, Israel

CAPÍTULO UM

A pequena voz daquela época

Depois de um tempo, não havia mais cebolas. Minhas colegas de trabalho entre as enfermeiras da Cruz Vermelha no *Städtische Krankenhaus*, o hospital público de Brandemburgo, disseram que era porque o Führer precisava das cebolas no preparo de gás venenoso para conquistar nossos inimigos. Em retrospecto, porém — era maio de 1943 — muitos cidadãos do Terceiro Reich teriam ficado satisfeitos em se abster de intoxicar o inimigo se pudessem apenas saborear uma cebola.

Naquela época, eu trabalhava na ala de funcionários estrangeiros e prisioneiros de guerra. Eu preparava chá para todos os pacientes, e o levava em um carrinho, tentando sorrir e desejar um animado *Gutten Tag* (bom-dia, em alemão) para todos.

Certo dia, quando levei as xícaras de chá de volta à cozinha para lavá-las, interrompi uma das enfermeiras mais velhas fatiando uma cebola. Era esposa de um oficial e era de Hamburgo. Se não me engano, seu nome era Hilde. Ela me disse que a cebola era para seu almoço e ficou me observando para ver se eu sabia que estava mentindo.

Assumi um olhar vago, dei um sorriso tolo e fui lavar as xícaras como se eu não fizesse a menor ideia de que a enfermeira comprara a cebola no mercado negro especialmente para servir a um prisioneiro russo gravemente ferido, para lhe proporcionar o sabor que desejava nos seus últimos dias de vida. As duas coisas — comprar a cebola e ser amigável com um russo — poderiam levá-la para a prisão.

Como a maioria dos alemães que desafiavam as leis de Hitler, a enfermeira de Hamburgo era uma rara exceção. O mais comum era que a equipe do hospital roubasse a comida destinada aos pacientes estrangeiros para comer ou levar para os familiares em casa. Você precisa entender que aquelas enfermeiras não eram mulheres bem educadas de lares progressistas que consideravam cuidar dos doentes um dom sagrado. Na verdade, era comum que fossem garotas de áreas rurais da Prússia Oriental, destinadas a um árduo trabalho nos campos e celeiros, e a Enfermagem era uma das poucas formas aceitáveis de escapar de tal serviço. Cresceram na era nazista assistindo à propaganda nazista. Elas realmente acreditavam que, como "arianas" nórdicas, faziam parte de uma raça superior. Sentiam que aqueles russos, franceses, holandeses, belgas e poloneses que chegavam à clínica tinham sido colocados na face da Terra para trabalhar para elas. Roubar um prato de sopa de criaturas tão vis não parecia ser um pecado, mas sim uma atividade perfeitamente legítima.

Acredito que tivemos mais de dez mil prisioneiros estrangeiros em Brandemburgo, trabalhando na fábrica de automóveis Opel e na fábrica de aviões Arado, entre outras. A maioria dos que chegavam ao hospital tinha sofrido algum acidente de trabalho. Enquanto construíam a economia do Reich, eles destroçavam as mãos em prensas de metal, queimavam-se em fornalhas ardentes, escaldavam-se com produtos químicos corrosivos. Constituíam a população escrava, dominada e impotente; afastada dos pais, das esposas e dos filhos; todos saudosos de seus lares. Eu não me atrevia a olhar em seus rostos, pois temia ver a mim mesma — meu próprio terror, minha própria solidão.

Em nosso hospital rural, cada serviço era prestado em uma construção separada. Nós, da equipe de Enfermagem, fazíamos nossas refeições em um prédio, lavávamos roupa em outro, atendíamos pacientes ortopédicos em outro e os que sofriam de doenças infecciosas em mais um outro. Os prisioneiros estrangeiros eram mantidos rigorosamente separados dos pacientes alemães, não importando qual fosse o problema deles. Certa vez, ouvimos que um prédio inteiro fora alocado aos estrangeiros com tifo, uma doença causada por água contaminada. Para garotas simples como nós, compreender como eles tinham contraído tal doença em nossa linda cidade histórica — a qual inspirara concertos imortais, onde a água era limpa e a comida cuidadosamente racionada e inspecionada pelo nosso governo — era impossível. Muitas das minhas colegas de trabalho presumiram que eles tinham trazido a doença consigo, e que ela fora causada pelos seus hábitos imundos de higiene pessoal. Aquelas enfermeiras conseguiam negar para si mesmas que a doença poderia ter sido causada pelas condições revoltantes de trabalho nas quais os escravos eram forçados a viver.

Você precisa compreender que eu não era uma enfermeira de verdade, mas sim uma auxiliar de enfermagem, treinada apenas para tarefas domésticas. Eu alimentava os pacientes que não conseguiam comer sozinhos e limpava as mesas de cabeceira. Lavava os urinóis. No meu primeiro dia de trabalho, lavei 27 urinóis — na pia, como se fossem louça. Eu lavava as luvas de borracha, que não eram descartadas como as finas luvas brancas que vemos nos dias de hoje. As nossas eram pesadas, duráveis, reutilizáveis. Eu tinha de colocar talco dentro delas. Às vezes, preparava um unguento negro e o aplicava como uma bandagem e fazia compressas para aliviar as dores do reumatismo. E isso era tudo. Eu não podia fazer nada mais medicinal do que isso.

Certa vez, pediram minha ajuda com uma transfusão de sangue. Eles tiravam o sangue de um paciente usando um sifão e o armazenavam em uma tigela; em seguida, aspiravam o sangue da tigela para a veia de outro paciente. Minha tarefa era ficar mexendo o sangue para evitar que coagulasse. Senti-me nauseada e saí correndo do quarto. E eles disseram entre si: "Bem, Grete é apenas uma jovem vienense com quase nenhuma instrução, praticamente uma faxineira — não podemos esperar muito dela. Vamos mandá-la para alimentar os estrangeiros com dedos decepados por máquinas."

Eu rezava para que ninguém morresse no meu plantão. E Deus deve ter ouvido minhas preces, porque os prisioneiros esperavam o fim do meu turno e só *depois* morriam.

Eu tentava ser gentil com eles; tentava falar francês com os franceses para amenizar a saudade que sentiam de suas casas. Talvez eu sorrisse demais porque, em uma manhã de agosto, a enfermeira-chefe me disse que haviam observado que eu era amigável demais com os estrangeiros e que, dessa forma, eu seria transferida para a maternidade.

Veja você, havia informantes em todos os lugares. E foi por isso que a enfermeira que estava preparando a cebola proibida para o paciente russo ficara com medo até mesmo de mim, Margarethe, que era chamada de "Grete", uma auxiliar de enfermagem austríaca sem nenhuma educação formal. Até mesmo *eu* poderia estar trabalhando para a Gestapo ou para a SS.

No início do outono de 1943, logo depois que fui transferida para a maternidade, um importante industrial chegou de ambulância, vindo de Berlim. Tinha sofrido um derrame. Precisava de paz, silêncio e tratamento ininterrupto. Os Aliados vinham bombardeando Berlim desde janeiro, então sua família e seus amigos acharam que ele se recuperaria mais rapidamente em Brandemburgo, onde não havia bombas explodindo, e a equipe do hospital não estava envolvida com emergências, então ele poderia contar com atenção mais pessoal. Talvez porque eu fosse a mais jovem e a menos preparada, e não muito necessária em nenhum outro lugar, fui afastada dos bebês e designada para cuidar dele.

Não era um trabalho muito agradável. Ele estava com o corpo parcialmente paralisado e precisava de auxílio para ir ao banheiro, para alimentar-se de pequenas porções, para banhar-se e ser virado em seu leito constantemente; além disso, seu corpo flácido e sem força precisava ser massageado.

Eu não falava muito sobre meu novo paciente para Werner, meu noivo, por acreditar que aquilo talvez despertasse sua ambição, que ele talvez começasse a me pressionar em relação às vantagens que poderíamos conseguir com a associação tão próxima com uma pessoa importante. A experiência havia lhe ensinado que promoções no Reich ocorriam não em virtude do talento e da capacidade das pessoas, mas sim por causa de suas conexões: amigos nos altos escalões, parentes poderosos. Werner era um pintor, criativo e talentoso. Antes do regime nazista, seus dons não lhe renderam nada, apenas uma vida sem emprego e sem casa; ele dormira na floresta embaixo de chuva. Mas, então, tempos melhores chegaram. Ele entrou para o Partido Nazista e se tornou o supervisor de pintura da fábrica de aviões Arado, responsável por muitos trabalhadores estrangeiros. Logo ele se tornaria um oficial das forças armadas, a *Wehrmarcht*, e meu devoto marido. Mas ele não relaxava — não ainda, não Werner. Estava sempre procurando algo a mais, um ângulo, uma forma de subir e chegar a um lugar onde finalmente recebesse as recompensas que acreditava merecer. Um homem impulsivo e indócil que sonhava com o sucesso. Se eu lhe contasse tudo sobre meu importante paciente, ele talvez começasse a sonhar demais. Então, contei apenas o suficiente e nada mais.

Quando meu paciente recebeu flores de Albert Speer, o Ministro do Armamento do Terceiro Reich, eu entendi porque as outras enfermeiras pareceram tão dispostas a me passar aquele trabalho. Era um risco cuidar de membros de alta patente do partido. Deixar um urinol cair no chão ou derramar um pouco de água era o suficiente para provocar um sério problema. E se eu o virasse rápido demais, se o banhasse de forma bruta demais ou lhe servisse sopa quente demais, fria demais ou salgada demais? E — ah, meu Deus — se ele sofresse outro derrame? E se ele *morresse* sob meus cuidados?

Tremendo só de pensar em tantas possibilidades de fazer algo errado, esforcei-me ao máximo para fazer tudo certo. Então, é claro que o industrial me achou maravilhosa.

— A senhorita é uma ótima funcionária, enfermeira Margarethe — elogiou ele, enquanto eu o banhava.

— Ah, não, senhor — respondi em voz baixa. — Eu acabei de sair do colégio. Eu só faço o que me ensinaram.

— E a senhorita nunca cuidou de um paciente que sofreu um derrame antes?

— Não, senhor.

— Incrível.

A cada dia que passava, ele recuperava um pouco dos movimentos e sua voz saía menos enrolada. Ele devia estar se sentindo encorajado pela própria recuperação, pois estava animado.

— Diga-me, enfermeira Margarethe — pediu ele enquanto eu lhe massageava os pés —, o que o povo aqui de Brandemburgo pensa sobre a guerra?

— Ah, eu não sei não, senhor.

— Mas a senhorita deve ter ouvido alguma coisa... Estou interessado em saber a opinião pública. O que as pessoas pensam sobre o racionamento de carne.

— Todos estão satisfeitos com a porção que lhes cabe.

— E o que pensam sobre as notícias da Itália?

Deveria eu admitir que sabia sobre os avanços dos Aliados? Eu me atreveria? Ou seria melhor *não*?

— Todos nós acreditamos que os britânicos vão ser derrotados no final, senhor.

— A senhorita conhece alguém cujo namorado esteja lutando no leste? O que os homens escrevem nas cartas que enviam para casa?

— Ah, os homens não escrevem sobre as batalhas, senhor, porque não querem nos preocupar, e também temem que talvez possam revelar algum detalhe importante se sua carta cair nas mãos dos inimigos, colocando seus camaradas em perigo.

— A senhorita já ouviu falar que os russos são canibais? Que comem criancinhas?

— Sim, senhor.

— E a senhorita acredita nisso?

Resolvi arriscar.

— Muita gente acredita, senhor. Mas eu acho que se os russos comessem bebês, não haveria tantos russos.

Ele riu. Seu olhar era cálido e bem-humorado e era muito gentil. Ele até me lembrava um pouco meu avô, de quem eu cuidara anos antes quando ele sofrera um derrame... muito tempo atrás, em uma outra vida. Comecei a me tranquilizar com o importante industrial e baixei um pouco a guarda.

— O que o Führer poderia fazer para deixar seu povo feliz, enfermeira? O que acha?

— Meu noivo disse que o Führer ama a Alemanha como uma esposa, e é por isso que ele mesmo não se casou, e que ele faria qualquer coisa para nos fazer felizes. Então, se o senhor puder falar com ele, talvez pudesse dizer ao Führer que o que nos faria muito felizes seria se ele nos mandasse algumas cebolas.

Isso o divertiu muito.

— A senhorita cuida bem de mim, Margarethe. É sincera e tem bom coração, um verdadeiro exemplo do caráter das alemãs. Diga-me, seu noivo está lutando?

— Ainda não, senhor. Ele tem talentos especiais, então está trabalhando na preparação de aviões para Luftwaffe.

— Ah, mas isso é realmente ótimo — disse ele. — Meus filhos também são jovens maravilhosos; estão se saindo muito bem. — Ele me mostrou uma fotografia dos seus filhos bonitos e altos em seus uniformes. Eles haviam alcançado altas posições no Partido Nazista e se tornado homens importantes. Ele tinha muito orgulho deles.

— É fácil ser um cardeal — comentei —, quando se é primo do Papa.

Ele parou de se vangloriar e lançou-me um olhar duro e penetrante.

— Vejo que a senhorita não é uma garota tão simples assim — declarou ele. — Vejo que é uma mulher muito inteligente. Onde a senhorita estudou?

Senti o estômago contrair. Minha garganta ficou seca.

— Isso é algo que minha avó sempre diz — expliquei eu, enquanto o virava para lavar suas costas. — Um velho ditado da nossa família.

— Quando eu voltar para Berlim, quero que volte comigo como minha enfermeira particular. Falarei sobre isso com seus superiores.

— Ah, eu adoraria isso, senhor, mas meu noivo e eu planejamos nos casar logo. Então, veja bem, eu não poderia deixar Brandemburgo. Não seria possível! Mas muito obrigada, senhor! Sinto-me honrada! Extremamente honrada!

Meu turno acabou. Desejei boa-noite e saí do quarto, trêmula e insegura. Estava molhada de suor. Expliquei para a colega de trabalho que chegou para me substituir que estava naquela situação porque exercitar os membros pesados do paciente era um trabalho extenuante. Mas, na verdade, era porque eu quase revelara meu disfarce. A menor indicação de sofisticação mental — uma referência literária ou um conhecimento histórico que uma jovem austríaca simplória não poderia ter — era, para mim, como uma circuncisão, uma revelação involuntária.

Enquanto caminhava de volta para o apartamento no conjunto habitacional do Arado, na parte oriental da cidade onde Werner e eu morávamos, eu me repreendia pela milionésima vez para ser mais cuidadosa e não revelar qualquer sinal de inteligência, mantendo meu olhar vago e minha boca sempre fechada.

Em outubro de 1943, as outras enfermeiras da Cruz Vermelha me deram uma grande honra. O município de Brandemburgo estava organizando um comício, e cada classe de trabalhadores tinha de enviar um representante. Por um motivo ou outro, nenhuma das enfermeiras mais velhas poderia participar; desconfio que não estivessem dispostas a celebrar porque ouviram como as forças alemãs estavam se saindo mal na Rússia, no norte da África e na Itália (embora eu não pudesse imaginar como tinham ouvido tais notícias, uma vez que as rádios alemãs não falavam sobre isso, e todos sabiam que ouvir a rádio de Moscou, a BBC, a Voz da América ou a rádio de Beromünster, na Suíça, constituía um ato criminoso semelhante à traição).

Werner ficou muito orgulhoso de mim. Consigo imaginá-lo se vangloriando com os amigos na Arado: "Não é de se estranhar que tenham escolhido a minha Grete! Ela é uma verdadeira patriota desta terra!" Ele tinha um ótimo senso de humor, meu Werner, um verdadeiro faro para as pequenas ironias da vida.

Eu me vesti com cuidado para o grande dia. Usei o uniforme de enfermeira da Cruz Vermelha. Arrumei meu cabelo castanho comum em um estilo natural, sem presilhas, cachos nem pasta modeladora. Não usei maquiagem nem joias, a não ser pelo anelzinho fino com uma lasquinha de diamante, um presente do meu pai pelo meu aniversário de 16 anos. Eu era baixa, não tinha muito mais que um metro e 52 centímetros, tinha uma aparência adorável naquela época. Entretanto, eu me escondia sob malhas largas e aventais disformes. Não era uma época em que alguém como eu quisesse parecer atraente em público. Bem, sim; arrumada, com certeza. Mas o mais importante era parecer uma pessoa comum. Sem chamar nenhuma atenção.

O comício acabou sendo bem diferente dos que eu estava acostumada. Não houve tambores nem marchas estridentes, nem jovens bonitos de uniformes acenando bandeiras. Aquele comício tinha um objetivo que era justamente superar o espírito derrotista que tinha começado a assolar a Alemanha desde o fracasso em Stalingrado no inverno anterior. Heinrich Himmler foi nomeado Ministro do Interior em agosto com a ordem: "Renove a fé alemã na vitória!" Diversos oradores nos incitavam a nos esforçarmos cada vez mais para apoiar nossos valentes combatentes porque, se perdêssemos a guerra, a terrível pobreza que a maioria dos alemães se recordava do período anterior à era nazista voltaria e todos nós perderíamos nossos empregos. Se estávamos fartos do nosso *Eintopf* no jantar, a refeição de um prato que Joseph Goebbels proclamou ser o ato de abnegação adequado para uma nação em "estado de guerra", devíamos nos lembrar que, depois da vitória, iríamos nos fartar como reis, tomando café de verdade e pão fresco feito com farinha e ovos inteiros. Disseram-nos que deveríamos fazer o que estivesse ao nosso alcance para mantermos a produtividade no trabalho e denunciarmos qualquer pessoa que suspeitássemos que estivesse sendo desleal, principalmente pessoas que escutavam estações de rádio dos inimigos e as notícias "altamente exageradas" das derrotas alemãs no norte da África e na Itália.

"Meu Deus", pensei. "Eles estão preocupados."

Os nazistas "mestres no mundo" estavam começando a tremer e a fraquejar. Fiquei eufórica, um pouco ofegante. Uma antiga canção começou a tocar em minha cabeça.

"Shhh", pensei. "Ainda é cedo demais para cantar. Shhh."

Naquela noite, quando Werner e eu sintonizamos na BBC, rezei para que as notícias sobre o infortúnio militar dos alemães significassem um fim próximo da guerra e, para mim, a libertação da prisão do meu disfarce.

Mas eu não me atrevia a compartilhar minhas esperanças, nem mesmo com Werner. Mantive minha alegria em segredo, a voz suave, a personalidade discreta. Invisibilidade. Silêncio. Esses eram os hábitos que desenvolvi enquanto vivi na clandestinidade, uma judia fugindo da máquina mortífera dos nazistas, escondendo-me bem no coração do Terceiro Reich.

Por um tempo, anos mais tarde, quando eu estava casada com Fred Beer e vivendo em segurança na Inglaterra, abandonei os hábitos da guerra. Mas agora que Fred se foi, e eu sou velha e não posso mais controlar os impactos da minha lembrança, eu os assumi novamente. Sento-me aqui como me sento com você hoje no meu café favorito na praça da cidade de Netanya, perto do mar, em Israel, e um conhecido para para conversar e pede:

— Então, conte-nos, *Giveret* Beer, como era naquela época, na guerra, vivendo com um membro do Partido Nazista na Alemanha, fingindo ser uma ariana, escondendo sua verdadeira identidade, sempre temendo ser descoberta?

Eu respondo em voz baixa, como se estivesse surpresa com minha própria ignorância.

— Ah, eu não sei. Acho que não me lembro mais. — Meu olhar se desvia e mira o infinito, minha voz assume um tom sonhador, vacilante, suave. É minha voz daquela época em Brandemburgo, quando eu era uma aluna de Direito de 29 anos na lista de "procurados" da Gestapo e fingia ser uma auxiliar de enfermagem ignorante de 21.

Você deve me perdoar quando ouvir essa voz baixa daquela época, murcha e hesitante. Você precisa me lembrar:

— Edith! Fale logo! Conte a história.

Já se passou mais de meio século.

Acredito que tenha chegado a hora.

CAPÍTULO DOIS

Os Hahns de Viena

Quando eu era pequena e estudava em Viena, a mim parecia que o mundo inteiro vinha para minha cidade para se sentar nos cafés ensolarados para degustar uma xícara de café, uma fatia de bolo e ter uma conversa interessante. Ao sair da escola, eu passava na frente ao teatro lírico e pelas lindas praças Josefplatz e Michaelerplatz. Eu brincava nos jardins Volksgarten e Burggarten. Via senhoras elegantes com chapéus joviais e meias de seda; cavalheiros com bengalas e relógios de bolso; trabalhadores rústicos de todas as províncias do antigo império, emboçando e pintando as fachadas extravagantes com suas mãos calejadas e habilidosas. As lojas ficavam cheias de frutas exóticas, cristais e seda. Novidades se espalhavam no meu caminho.

Um dia, me espremi por entre a multidão e me vi diante de uma vitrine na qual uma atendente uniformizada estava demonstrando uma coisa chamada "Hoover". Ela espalhava terra no chão, ligava a máquina e, em um passe de mágica, fazia a sujeira desaparecer. Dei um gritinho animado e corri para anunciar a novidade aos meus colegas de escola.

Quando eu tinha 10 anos, entrei em uma longa fila diante do escritório de uma revista chamada *Die Bühne*, "O palco". Logo eu estava sentada a uma mesa diante de uma grande caixa marrom. Uma senhora gentil colocou fones de ouvido em mim. A caixa ganhou vida. Uma voz. Uma canção. O rádio.

Corri para o restaurante de meu pai para contar à minha família. Minha irmã, Mimi, apenas um ano mais nova que eu, não deu a mínima. A caçula — a pequena Johanna, a quem chamávamos Hansi — era muito nova para compreender. E papai e mamãe estavam ocupados demais para ouvirem. Mas eu sabia que tinha ouvido algo especial, a força do futuro, um futuro deus. Lembre-se de que o rádio era uma novidade em 1924. Imagine o poder que aquilo representava, e como as pessoas ficavam impotentes para resistir às suas mensagens.

Exclamei animada para o professor Spitzer, da Universidade Técnica, meu favorito entre os fregueses regulares: "A pessoa que fala pode estar muito longe, professor! Mas sua voz viaja pelo ar como um pássaro! Logo poderemos ouvir vozes de pessoas de todos os cantos do mundo!"

Eu lia avidamente os jornais e as revistas que papai deixava à disposição dos fregueses. O que mais me interessava eram as colunas jurídicas, com casos, arguições e problemas que faziam minha cabeça girar. Eu corria pela "cidade da valsa" sempre em busca de alguém com quem conversar sobre o que eu lera ou vira.

A escola era minha alegria. Só havia meninas na minha turma. Papai não acreditava em escolas mistas. Diferentemente de minhas irmãs, eu amava estudar e nunca achava a matéria difícil.

Ensinaram-nos que os franceses eram nossos arqui-inimigos, que os italianos eram traidores, que a Áustria perdera a Primeira Guerra Mundial apenas porque levara uma "facada nas costas" — mas eu digo uma coisa, nós nunca soubemos com certeza quem deu o golpe. Os professores costumavam nos perguntar que idioma falávamos em casa. Aquela não era uma forma muito sutil de descobrir se falávamos iídiche (o que não era nosso caso) e se éramos judeus (que era o caso).

Como você pode imaginar, eles queriam saber. Temiam que, com as nossas típicas feições austríacas, nós talvez conseguíssemos enganá-los. E eles não queriam isso. Mesmo naquela época, nos anos 1920, queriam conseguir determinar quem era judeu.

Certo dia, o professor Spitzer perguntou ao meu pai o que ele imaginava para a minha futura educação. Papai disse que eu terminaria o Ensino Fundamental e que, depois disso, aprenderia a ser costureira, como minha mãe.

"Mas o senhor tem uma filha brilhante, meu caro *Herr* Hahn", disse o professor. "O senhor deve mandá-la para uma escola de Ensino Médio e talvez até para uma universidade".

Meu pai riu. Se eu fosse um garoto, ele teria implorado ao professor para me ensinar. Mas, como eu era uma garota, ele nem chegara a cogitar a ideia. Entretanto, uma vez que o distinto professor levantara a questão, papai decidiu discuti-la com minha mãe.

Meu pai, Leopold Hahn, tinha um lindo bigode preto, cabelo negro encaracolado e uma personalidade engraçada e extrovertida, excelentes características para um dono de restaurante. Era o mais jovem de seis irmãos, então, quando estava pronto para começar a estudar, o dinheiro da família tinha acabado. Assim, ele estudou para ser garçom. Sei que é difícil de acreditar, mas, naquela época e naquele lugar, o treinamento de um garçom levava anos. As pessoas gostavam do papai. Confiavam nele, contavam-lhe suas histórias. Ele era um ouvinte inspirador. Era seu dom.

Ele era muito mais viajado e sofisticado do que esperava que fôssemos. Tinha trabalhado na Riviera e nos *spas* tchecoslovacos de Carlsbad e Marienbad, e tivera algumas noites turbulentas. Lutara no exército austro-húngaro na Primeira Guerra Mundial. Foi ferido e, depois, capturado; mas conseguiu escapar e voltou para nós. O ferimento no ombro provocou a perda dos movimentos do braço. Ele não conseguia mais se barbear.

O restaurante em Kohlmarkt, o centro comercial de Viena, era a vida do meu pai. Havia um longo e sofisticado bar e um salão de jantar nos fundos. Seus clientes vinham todos os dias por anos. Papai sabia o que queriam comer antes de fazerem o pedido. Tinha seus jornais favoritos, oferecendo serviço e conforto, um pequeno mundo de confiança e fidelidade.

Morávamos em um apartamento de dois quartos no que, na verdade, costumava ser um palácio antigo transformado em prédio no número 29 da Argentinierstrasse, no quarto distrito de Viena. Nosso senhorio da empresa Hapsburg-Lothringen era da realeza. Como mamãe trabalhava lado a lado com papai no restaurante sete dias por semana, nós, as filhas, fazíamos as refeições lá. A doméstica que ajudava com as tarefas de casa fazia a limpeza e tomava conta de nós quando ainda éramos pequenas.

Minha mãe, Klothilde, era bonita, baixa, robusta, atraente, mas não se arrumava muito. O cabelo comprido era completamente negro. Tinha um ar paciente e preocupado; desculpava as pessoas pela própria estupidez; suspirava muito; sabia quando manter a calma.

Eu devotava toda a minha afeição a Hansi, minha irmã caçula, sete anos mais nova que eu. Para mim, ela parecia um anjinho de uma das catedrais barrocas, com bochechas gorduchas e rosadas, pele macia e cachos cheios. Não gostava da minha irmã Mimi. O sentimento era mútuo. Sua visão era fraca e precisava usar óculos com lentes grossas, e também tinha uma personalidade amarga — era mesquinha e sentia inveja de todos. Mamãe, intimidada pela infelicidade de Mimi, lhe dava tudo que queria, presumindo que eu, um "espírito livre", poderia cuidar de mim mesma. Como Mimi não conseguia fazer amigas e eu era popular como meu pai, eu tinha que dividir minhas amigas com ela e a levava comigo para todos os lugares.

Papai cuidava de todas nós e nos protegia contra o lado amargo do mundo. Tomava nossas decisões, economizava para nossos dotes. Nos períodos mais prósperos, se ele se animasse um pouco, passava na casa de leilões e comprava alguma joia para minha mãe como surpresa — uma corrente de ouro, brincos de âmbar. Ele se apoiava em uma das nossas cadeiras de couro enquanto esperava que ela abrisse o embrulho, adorando sua animação e antecipando o abraço. Ele adorava minha mãe. Eles nunca brigavam. À noite, ela costurava, ele lia o jornal e nós fazíamos o dever de casa e tínhamos o que os israelenses chamam *shalom bait,* paz na casa.

Acredito que meu pai sabia ser judeu, mas não nos ensinou. Ele deve ter achado que nós absorveríamos com o leite materno.

Éramos mandadas para o *Judengottesdienst*, a cerimônia religiosa para crianças na sinagoga nas tardes de sábado. A empregada devia nos levar. Mas ela era católica, como a maioria dos austríacos, e tinha medo da sinagoga; e minha mãe — uma trabalhadora que dependia da ajuda da empregada — tinha medo de perdê-la. Então, não íamos com frequência e não aprendemos praticamente nada. Entretanto, uma canção daquela época ficou na minha cabeça.

> Um dia o Templo será reerguido.
> E os judeus voltarão a Jerusalém.
> No Livro Sagrado está escrito.
> Assim está escrito. Aleluia!

Além do tema da fé — *Shema Yisrael. Adonai eloheynu. Adonai echod* —, aquela música infantil sobre o Templo era tudo que eu sabia a respeito de orações e práticas judaicas.

Pena que eu não sabia mais.

Graças a Deus eu sabia aquele pouco.

O restaurante do meu pai fechava no *Rosh Hashaná*, o ano-novo judaico, e no *Yom Kippur*, o dia do perdão. (Assim como na nossa casa, não servíamos carne de porco nem mariscos, mas, do contrário, não éramos um restaurante judaico.) Nesses feriados importantes, íamos à sinagoga principalmente para nos reunirmos com nossos parentes. Mamãe e papai eram parentes distantes. Cada qual de uma família cujo sobrenome era Hahn. Entre as duas irmãs da mamãe e seu irmão, e os seis irmãos do papai e três irmãs, havia mais de trinta primos Hahns em Viena. Você sempre poderia encontrar algum Hahn ou outro no terceiro café no parque Prater. Cada ramo da família seguia o judaísmo à sua maneira. Por exemplo, tia Gisela Kirschenbaum — uma das irmãs do papai, que também tinha um restaurante — abria seu estabelecimento e servia refeições gratuitas para os pobres na páscoa judaica. Richard, irmão da minha mãe, um completo ateu, casou-se com uma herdeira de móveis elegantes de Topoľčany, próximo a Bratislava. Seu nome era Roszi e tivera uma educação ortodoxa e não suportava o modo de vida adaptado que os Hahns levavam, então ele sempre voltava para a Tchecoslováquia nos feriados religiosos.

Às vezes, meus pais me assustavam com uma explosão de consciência judaica. Por exemplo, uma vez comi um sanduíche de linguiça com sangue na casa de uma amiga. "É absolutamente divino", contei para mamãe. Ela começou a vomitar. Literalmente. Seu horror sincero me surpreendeu. Em outra ocasião — só para conversar —, perguntei ao meu pai se eu poderia me casar com um cristão. Com os olhos chispando, ele respondeu: "Não, Edith. Eu não suportaria. Isso me mataria. A resposta é não."

Papai acreditava que os judeus precisavam ser melhores do que todos. Esperava que o nosso boletim escolar fosse melhor, nossa consciência social mais desenvolvida. Esperava que nossos modos fossem melhores e nossas roupas, mais limpas e que nossos padrões de moral fossem imaculados.

Eu não pensava sobre isso na época, mas é claro que agora percebo que a insistência de meu pai para que os judeus fossem melhores se baseava na firme crença do nosso país de que não éramos tão bons quanto os outros.

Os pais de minha mãe eram donos de um bangalô de taipa em Stockerau, uma cidadezinha ao norte de Viena. Nós íamos até lá nos fins de semana e nos feriados e aniversários. Era lá que Jultschi, minha prima mais próxima, morava.

Quando ela tinha 9 anos, sua mãe (a irmã de mamãe, Elvira) a deixou na casa da vovó, voltou para casa e se matou.

O pai de Jultschi continuou em Viena. Mas minha prima — traumatizada pela história, sempre carente e facilmente intimidada — permaneceu com nossos avós, que a criaram como se fosse filha deles.

Uma menina meiga e alta, com cabelo e olhos castanhos e lábios bem desenhados, Jultschi tinha um coração enorme e — diferente da minha irmã Mimi —, um ótimo senso de humor. Tocava piano, mal, mas o suficiente para nosso clã não muito musical, e nós criávamos óperas com a generosidade da sua música. Enquanto eu, a "intelectual", estava descobrindo uma paixão por romances góticos cheios de mistério e desejo, minha prima se tornava viciada em filmes e jazz.

Vovó Hahn — uma senhora baixa, robusta e exigente disciplinadora — designava tarefas domésticas para cada uma de nós e ia ao mercado, nós não fazíamos nada do que havia nos pedido; em vez disso, passávamos a tarde brincando. Assim que a víamos chegando pela estrada, entrávamos em casa por uma das janelas abertas e começávamos a trabalhar, para que ela nos encontrasse tirando poeira e varrendo como crianças obedientes. Tenho certeza de que nunca a enganamos, nem por um minuto.

Vovó parecia sempre estar ocupada aumentando a riqueza do mundo, tricotando delicados porta-copos ou ensinando Jultschi a assar *stollen*, um pão de frutas secas e coberto com açúcar, ou a cuidar das galinhas e dos gansos, do cachorro (chamado Mohrli) e das centenas de vasos de plantas. Ela tinha todos os tipos de cacto e avisava minha mãe com antecedência: "Klothilde! O cacto vai florescer no domingo. Traga as crianças para ver." E nós ficávamos no quintal em Stockerau, admirando as flores do deserto enquanto lutavam para sobreviver no nosso clima frio.

Vovô Hahn, dono de uma loja, vendia máquinas de costura e bicicletas e era representante de motocicletas Puch. Vovó trabalhava com ele na loja aos domingos, o grande dia de compras dos fazendeiros locais, que saíam da igreja e encontravam-se no bar para tomarem uma bebida antes de fazerem as compras da semana. Todo mundo conhecia meus avós. Funcionários públicos de Stockerau sempre convidavam os Hahns para se sentarem com eles na época do carnaval para assistir à apresentação de todas as associações.

No aniversário do vovô, nossa tarefa era copiar um poema do *Wunschbuch* da mamãe e recitá-lo em homenagem a ele. Eu me lembro de ele ficar sentado como um rei ouvindo nossas lindas recitações, seus olhos brilhando de orgulho. Eu me lembro do abraço dele.

Perto da casa dos meus avós, ficava um dos afluentes do Danúbio, onde Jultschi e eu amávamos nadar. Para chegarmos até o rio, precisávamos cruzar uma alta ponte de madeira. Um dia, quando eu tinha 7 anos, acordei antes de todo mundo, corri até a ponte, escorreguei, despenquei lá de cima e caí na água. Subi à superfície gritando histericamente. Um jovem pulou no rio e me salvou.

Depois disso, passei a ter pavor de altura. Não esquiava nos Alpes. Não subia em prédios altos para pendurar na cúpula bandeiras socialistas. Eu tentava me manter perto do chão.

Em 1928, quando a inflação estava tão alta na Áustria que o almoço de um cliente dobrava de preço enquanto ele ainda estava comendo, papai decidiu vender o restaurante.

Felizmente, logo conseguiu um emprego com a família Kokisch, para quem trabalhara na Riviera. Eles agora tinham aberto um hotel em Badgastein, um resort alpino famoso pelas fontes termais com propriedades medicinais. Papai gerenciava o restaurante do hotel.

O Hotel Bristol ficava aninhando entre campinas verdejantes sob montanhas cobertas de neve, onde as fontes de águas termais eram colocadas em banheiras de mármore. Famílias ricas caminhavam pelas trilhas dos jardins alimentando esquilos gordos e murmurando baixinho suas conversas. Alguma garota rica que os pais acreditavam que tinha algum talento sempre tocava piano ou cantava em um concerto à tarde no gazebo. Íamos visitar o papai todos os verões — uma época maravilhosa.

Como o único hotel *kosher* da região, o Bristol atraía hóspedes judeus de todo o mundo. A família Ochs, dona do *The New York Times,* frequentava-o. Assim como Sigmund Freud e o escritor Sholem Asch. Um dia, um louro alto, usando calça *lederhosen* e um chapéu tirolês, veio almoçar. Papai achou que ele certamente viera ao lugar errado. Mas, então, o homem tirou o chapéu, colocou um *yarmulke*, que também conhecemos como kipá, e levantou-se para fazer uma prece.

"Acho que nem mesmo os judeus conseguem identificar judeus", comentou papai com uma risada.

Pela primeira vez em Badgastein, conhecemos rabinos da Polônia, religiosos com barbas longas e bonitas que caminhavam devagar pelos corredores do hotel, com as mãos cruzadas nas costas. Eles despertavam em mim uma sensação de mistério e paz. Acredito que foi um deles que salvou a minha vida.

Eu tinha 16 anos e era tola e indulgente. Permaneci por tempo demais em uma das banheiras e fiquei com calafrios e febre. Minha mãe me levou para a cama, preparou chá com mel e colocou compressas em minha testa e nos pulsos. Quando anoiteceu, um dos rabinos poloneses bateu em nossa porta. Disse que não conseguiu chegar à sinagoga a tempo para as orações da noite e perguntou se poderia fazê-las na nossa casa. Claro que mamãe lhe deu as boas-vindas. Quando terminou, mamãe perguntou se ele poderia dar uma bênção à filha doente.

Ele se aproximou da cabeceira de minha cama, inclinou-se na minha direção e deu tapinhas leves na minha mão. Seu rosto transmitia ternura e bondade. Ele disse algo em hebraico, um idioma que eu nunca esperei aprender. E foi embora. E eu fiquei boa.

Anos depois, nos momentos que achei que fosse morrer, eu pensava naquele homem e me consolava por saber que as bênçãos dele me protegeriam.

É claro que algumas das coisas relacionadas ao trabalho naquele lugar paradisíaco não eram tão maravilhosas, mas faziam parte da vida naquela época, e, para ser sincera, nós as aceitávamos bem. O abate de animais não era permitido na província onde o hotel ficava. Então, o *schoichet* tinha de fazer o abate na província vizinha e transportar a carne para Bristol. Para dar outro exemplo, a geração dos nossos avós morava em cidades vizinhas a Viena — Floritzdorf, Stockerau. Foi só quando nossos pais ficaram adultos que os judeus tiveram permissão para residir em Viena.

Então, veja você, nós carregávamos os fardos de sermos judeus em um país antissemita, mas não o vigor — os ensinamentos da Torá, as orações, a comunidade unida. Não falávamos iídiche nem hebraico. Não tínhamos uma profunda fé em Deus. Não éramos estudiosos do judaísmo chassídico polonês nem do *yeshiva* lituano. Não éramos americanos livres e corajosos — lembre-se disso. E não havia israelitas na época, nem soldados no deserto, nem uma "nação como as outras nações". Tenha isso em mente enquanto eu conto esta história.

Tudo que tínhamos na época era nosso intelecto e nosso estilo. Nossa cidade era a sofisticada "Rainha do Danúbio", "Viena vermelha", com previdência social e moradia para trabalhadores, onde gênios como Freud e Herzl e Mahler fomentaram suas ideias: psicanálise, sionismo, socialismo, reforma, renovação — lançando luzes para todo o mundo ver.

A esse respeito pelo menos — a parte de "luz para as nações" —, meus judeus adaptados de Viena eram tão judeus quanto qualquer pessoa.

CAPÍTULO TRÊS

A namorada obediente de Pepi Rosenfeld

A decisão de meu pai de me deixar frequentar o Ensino Médio teve um efeito monumental em minha vida porque, pela primeira vez, eu tinha amigos que eram meninos. Não tinha nada a ver com sexo, asseguro a você, porque as meninas do meu grupo social se sentiam obrigadas a permanecer virgens até se casarem, mas tinha a ver com desenvolvimento intelectual.

Veja bem, naquela época, os meninos eram simplesmente mais bem-educados do que as meninas. Eles liam mais, viajavam mais, *pensavam* mais. Então agora, pela primeira vez, comecei a ter amigos com quem eu realmente podia conversar sobre as coisas com as quais eu me importava — história, literatura, os muitos males da sociedade e como curá-los de modo que todos pudessem ser felizes.

Eu amava matemática, francês, filosofia. Fazia anotações taquigráficas das aulas e logo as sabia completamente; eu nunca precisava estudá-las de novo. Uma outra amiga, uma péssima aluna de matemática — mamãe a apelidara de "*Fräulein* Einstein" — chegava à porta da minha casa todas as manhãs antes da escola em busca de ajuda com seu dever de casa de matemática. Eu tentava explicar para ela sem fazer com que se sentisse ainda pior do que já se sentia.

A recompensa que recebi por minha delicadeza foi uma reclamação amarga: "Como pode vocês, judeus, serem tão inteligentes?"

Eu era uma adolescente intelectual, apaixonada por ideias, que sonhava com aventuras. Eu viajaria para a Rússia e viveria entre os camponeses e escreveria *best-sellers* sobre meus casos românticos com algum chefe de governo. Eu seria uma advogada, talvez até juíza, e levaria justiça para os homens simples. Essa noção me ocorreu pela primeira vez em setembro de 1928, durante o julgamento do jovem Philippe Halsmann, também conhecido como "caso Dreyfus"* austríaco.

Halsmann tinha saído para fazer uma caminhada com o pai nos Alpes perto de Innsbruck. Ele seguiu na frente, perdeu o pai de vista, voltou e o encontrou caído na trilha, morto no córrego que estava logo abaixo. O filho foi acusado de matar o pai. A promotoria — sem ter qualquer motivo ou prova — baseou todo o caso em calúnias antissemitas, pois Halsmann era judeu, e muitos austríacos estavam preparados para acreditar que os judeus eram propensos ao assassinato. Um pregador declarou do alto de um púlpito que, ao insistir na inocência e não se arrepender, o jovem Halsmann merecia um fogo infernal ainda pior do que o de Judas. Um policial afirmou que o fantasma do pai aparecera para ele, do mesmo modo que o rei Hamlet, para acusar o filho.

Philippe foi condenado erroneamente e sentenciado a dez anos de trabalho forçado. Cumpriu dois. Então, pela intervenção de pessoas como o autor e vencedor do Prêmio Nobel Thomas Mann, sua sentença foi substituída por tempo servido, e ele pôde deixar o país. Philippe acabou indo para a América, onde se tornou um famoso fotógrafo.

---

* Caso escandaloso que aconteceu na França no final do século XIX, em que o jovem judeu e oficial do exército francês Alfred Dreyfus foi condenado injustamente de alta traição com base em falsos documentos. O exército descobriu o erro e tentou encobri-lo. O caso provocou grande comoção entre escritores da época, entre os quais Émile Zola e Anatole France que trouxeram o caso a público, defendendo não apenas Dreyfus, mas também os judeus. [N.T.]

Seu julgamento me inspirou. Eu fantasiava ocupar a cadeira de juiz, distribuindo justiça para todos. No tribunal dos meus sonhos, o inocente jamais seria condenado.

Eu não quebrava nenhuma regra, nunca, a não ser pelo fato de sempre matar aula de educação física. Ninguém ligava porque ninguém poderia imaginar uma situação em que uma menina como eu precisaria ser forte fisicamente. Eu era um pouco cheinha — isso era considerado adorável na época — e os garotos gostavam de mim.

Eu os vejo diante de mim. Anton Rieder, bonito, alto, humilde, um austero católico. Ficávamos nos olhando de longe. Rudolf Gischa, inteligente, ambicioso; ele me chamava de sua "feiticeira" e me fez prometer que me casaria com ele logo depois que ele terminasse os estudos. Respondi que é claro que eu me casaria com ele, mas que, por ora, deveríamos manter aquilo como nosso segredo. Na verdade, eu sabia que se eu dissesse para meu pai que eu me casaria com um não judeu, ele me trancaria em casa e nunca permitiria que eu fosse para a faculdade, um privilégio pelo qual eu negociara incessantemente e que se tornara muito mais importante para mim do que qualquer garoto.

Dos 36 alunos da minha classe, três eram judias — Steffi Kanagur, Erna Marcus e eu. Certo dia, alguém escreveu em suas mesas: "Judeus, vão embora, vão para a Palestina!" Ninguém escreveu na minha mesa, porque aquelas meninas vinham da Polônia e eu, da Áustria, e elas pareciam (na verdade, eram) mais abertamente judias do que eu.

Era 1930.

Erna Marcus era sionista. Meu pai permitira uma vez uma reunião sionista no seu restaurante, e concluiu que toda a ideia de reconstruir o estado judaico em seu solo original na Palestina era uma ideia impraticável. Mas com tanta propaganda antissemita no ar, muitos jovens judeus vienenses foram atraídos pelo plano sionista, entre eles, minha irmã caçula, Hansi. Enquanto eu lia Kant, Nietzsche e Schopenhauer, enquanto eu estava perdida em um sonho de Goethe e Schiller, Hansi se juntava ao movimento Hashomer Hatzair, um grupo jovem sionista, e planejava tomar o curso *hachshara* para se preparar para sua vida como pioneira em Israel.

Steffi Kanagur era um "Vermelho". Assim como seu irmão Siegfried. Em um sábado, eu disse aos meus pais que ia assistir a uma de suas demonstrações comunistas contra o governo democrático cristão. Na verdade, eu ia me encontrar com Rudolf Gischa no parque.

— Como foi a demonstração? — perguntou papai quando cheguei em casa.

— Maravilhosa! — exclamei. — Tinha um monte de bolas vermelhas. Todo mundo carregava uma bandeira vermelha! O coral da Liga Jovem Comunista cantou lindamente e havia uma banda com muitas cornetas e um grande tambor... e... qual é o problema?

Papai estava de cara feia. Mamãe enterrara o rosto no avental para abafar uma explosão de risinhos.

— Não houve demonstração nenhuma — desmentiu-me papai. — Foi cancelada pelo governo.

Expulsa para meu quarto, em desgraça, joguei xadrez com Hansi, enquanto me perguntava por que diabos o governo cancelaria a demonstração de Siegfried Kanagur.

Veja bem, eu não tinha cabeça para política. Para mim, atividade política era algo divertido, uma brincadeira ideológica com jovens inteligentes. Quando Mimi e eu entramos para o clube socialista do Ensino Médio, não foi pela ideologia, mas para nos inserirmos em um novo centro social, no qual poderíamos ouvir palestras sobre a situação dos trabalhadores, aprender canções socialistas e nos encontrarmos com garotos de outras escolas — como o "fúnebre" Kohn, que estava estudando para ser médico; e o "alegre" Zich, que planejava esquiar pelo resto da vida; e Wolfgang Roemer, baixo, sombrio, charmoso; e Josef Rosenfeld, a quem todos chamavam Pepi.

Pepi era apenas seis meses mais velho que eu, mas um ano à minha frente na escola e muito mais maduro. Um jovem ágil e esguio, ele já tinha — aos 18 anos — começado a perder cabelo. Mas tinha olhos azuis brilhantes e um sorriso maroto de gato, além de fumar. E, é claro, Pepi era brilhante, absolutamente brilhante; havia isso também.

Enquanto dançávamos no baile da escola, eu conversava com ele sobre as peças de Arthur Schnitzler.

— Encontre-me no parque no Belvedere no próximo sábado às oito — pediu ele.

— Muito bem — respondi. — Vejo você lá. — E, então, saí para valsar com Zich ou Kohn ou Wolfgang ou Rudolf.

Bem, e o sábado chegou. Decidi ir às compras e pedi para Wolfgang ir comigo. Ele concordou. Começou a chover, e fiquei toda molhada. Então, Wolfgang me levou para sua casa, até sua mãe *Frau* Roemer, uma das mulheres mais doces que já conheci. Ela secou meu cabelo e serviu-me morango com creme. Seu marido e seu despreocupado irmão, tio Felix, chegaram. Então, a irmã caçula de Wolfgang, Ilse, chegou, sacudindo o guarda-chuva. Eles puxaram o tapete, deram corda no gramofone e colocaram alguns discos e todos nós começamos a dançar. E logo chegou Pepi Rosenfeld, encharcado até os ossos.

— Aquela garota do clube socialista... Ela aceitou me encontrar no Belvedere, e eu esperei por ela por uma hora até que, finalmente, desisti. Estou tão irritado! Minha mãe que está certa! Garotas são impossíveis!

Ele ficou lá, olhando para mim, gotejando. A música estava tocando.

— Sinto muito — desculpei-me. — Eu me esqueci.

— Dance comigo — disse ele — e vou mostrar como estou zangado com você.

No dia seguinte, um garoto chamado Suri Fellener veio até nossa casa com uma carta assinada por Wolfgang e Pepi. Aparentemente, eles tinham discutido a situação e decidido que eu deveria escolher entre eles. O que eu escolhesse seria meu namorado. O outro se afastaria, de coração partido.

Ao pé da carta, escrevi "Wolfgang", e enviei minha resposta pelo zeloso emissário. Algumas semanas depois, saí de férias com nossa família nas montanhas e me esqueci completamente que eu havia "escolhido" Wolfgang Roemer. Por sorte, ele também.

No meu último ano do Ensino Médio — era 1933 —, escrevi o trabalho final sobre *Assim falou Zaratustra*, de Nietzsche. Para pesquisar, decidi ir à Biblioteca Nacional. (Eu também concordara em buscar minha irmã Mimi em frente às colunas gêmeas da igreja Karlskirche no caminho para casa.) Pepi Rosenfeld apareceu de repente, do nada. Ele era bom nisso, surgir como um gato ou um duende, silencioso, com seu sorriso sutil. Sem dizer nada, pegou meus livros pesados e passou a caminhar ao meu lado.

— Você já foi à Biblioteca Nacional antes? — perguntou.

— Não.

— Bem, eu costumo ir bastante lá agora que estou matriculado no programa de Direito da universidade, e posso dizer que é gigantesca. Já que você não conhece bem o lugar, talvez não saiba qual entrada usar. Você poderia até se perder antes mesmo de entrar! Melhor deixar que eu a leve.

Então, deixei. Andamos e andamos, passamos por palácios, cruzamos parques, espantando pombos, sem nem ouvir os sinos da cidade.

— Meu trabalho precisa ser longo e complexo — expliquei. — Preciso citar todos os grandes pensadores: Karl Marx, Sigmund Freud.

— E quanto Adolf Hitler?

— Ah, ele. Ele não é um pensador. É apenas um bradador delirante.

— Talvez chegue o dia — disse Pepi — no qual as pessoas não saberão a diferença.

— Impossível — previ de forma solene. — Eu já li o livro de Hitler *Minha luta*, além de algumas obras do seu colega *Herr* Alfred Rosenberg porque sou uma pessoa objetiva e imparcial, e acredito que uma pessoa deve sempre ouvir todos os lados antes de tomar uma decisão. Então, posso dizer a você com base no conhecimento de primeira mão que esses homens são idiotas. Suas ideias sobre como os judeus envenenaram sua chamada raça ariana superior, provocando todos os problemas da Alemanha, são um completo absurdo. Nenhuma pessoa inteligente poderia acreditar neles. Hitler é uma piada. Ele logo vai desaparecer.

— Assim como seus antigos namorados — respondeu Pepi com um sorriso malicioso.

Paramos para comer bolo e tomar café, como as pessoas costumavam fazer no meio da tarde. Ele me contou sobre seus estudos, seus professores, seu grande futuro como um doutor da jurisprudência. O sol brilhava nos pináculos das igrejas. No Belvedere no parque, ele interrompeu minha conversa com um beijinho. Perdi completamente o fio da meada. Ele colocou meus livros em um banco, tomou-me nos braços e beijou-me adequadamente. Nunca chegamos à Biblioteca Nacional. Nunca peguei minha irmã Mimi (que reclamou sobre a minha falta de consideração por anos a fio depois disso). Mas, no final daquela tarde, o que Pepi Rosenfeld dissera se tornou verdade: todos os meus antigos namorados simplesmente desapareceram. *Puf*. Assim. Sumiram.

Pepi sempre conseguia chamar minha atenção. Eu podia estar em aula, em uma livraria, em um café e, de repente, sentia um formigamento na cabeça ou na nuca. Eu me viraria e lá estaria ele, olhando para mim. Ele nunca falava bobagens. Sempre tinha uma opinião a defender. Senti que minha longa busca por alguém que dividia a minha paixão por ideias e livros e arte tinha finalmente acabado. Logo fiquei completamente apaixonada por ele e não conseguia pensar em mais ninguém. Quando meu antigo namorado Rudolf Gischa escreveu-me da universidade que frequentava em Sudetenland, Tchecoslováquia, declarando que tinha decidido entrar para o Partido Nazista, que Adolf Hitler provavelmente estava certo sobre tudo, incluindo os judeus, e que eu deveria, por favor, desconsiderar sua promessa de amor e casamento, eu o fiz com prazer.

Quando conheci Pepi, seu pai tinha morrido — em Steinhof, o famoso asilo de loucos que o *Kaiser* construíra. Os tios de Pepi, homens importantes na cidade de Eisenstadt, pagavam uma pensão para a mãe de Pepi, Anna. Ela se convertera ao judaísmo para se casar, mas, no fundo, sempre continuou sendo uma católica que frequentava a missa e acendia velas. Depois da morte de *Herr* Rosenfeld, Anna fingiu continuar sendo judia para que a família dele continuasse sustentando-a. Também manteve segredo quando, em 1934, se casou com *Herr* Hofer, um vendedor de seguros da Ybbs —, para que o dinheiro continuasse chegando.

Pepi tivera um tipo de *bar mitzvah;* na verdade, foi apenas uma festa que sua mãe organizou para conseguir alguns presentes. Ficou decepcionada porque, em vez de dinheiro, os tios lhe deram um conjunto de livros de Schiller e Goethe, lindamente encadernados. Estranho — mas acho que se Pepi sentia qualquer conexão às coisas do judaísmo, talvez tenha sido por causa daqueles lindos livros alemães. Ele sabia que jamais teria ganho aquilo da família da mãe. Sabia que, intelectualmente, estava ligado ao lado judeu. E toda a personalidade de Pepi era seu intelecto — lembre-se disso.

Anna não era burra, mas não tinha estudado, era cheia de superstições, desejos e medos desvelados. Robusta, sempre com falta de ar e corada, vestia-se de forma não adequada para uma mulher da sua idade e do seu peso. Tinha sempre um sorriso amplo e falso. Prendia o cabelo avermelhado em pequenos cachos e usava cerveja como loção. Passava os dias fofocando e não lia nada.

Dormia no mesmo quarto que o filho, mesmo quando ele já tinha crescido. Cuidava dele como se fosse um rei, servindo-lhe o almoço em pratos de porcelana todos os dias e pedindo que as crianças da vizinhança fizessem silêncio quando ele tirava a soneca diária à tarde.

Ela sempre sabia qual criança no distrito havia nascido com alguma deformidade e sempre tinha uma teoria para explicar: lábio leporino por causa da vaidade da mãe, uma perna curta por causa dos flertes do pai. Ela disse para Pepi que o pai dele ficara demente no final — um sinal claro de sífilis, dissera ela. Até hoje não sei se era verdade. Talvez ela tenha pego a ideia da mesma nascente do veneno austríaco que fez Hitler acreditar que sífilis era uma "doença de judeus".

Anna comprava "vinho novo", o qual dizia não "ter envelhecido ainda" e então "não continha álcool e não deixava a pessoa ébria".

Ao final do dia, Pepi e eu a encontrávamos na sala do apartamento deles no número 1 da Dampfgasse, tomando o "novo vinho" e ouvindo a rádio nazista com uma expressão preocupada no rosto.

— Pelo amor de Deus, mãe! — protestava Pepi. — Por que a senhora fica sofrendo com essa propaganda irracional?

Anna se virou para nós com olhos arregalados e amedrontados:

— Temos de prestar atenção neles — explicou ela.

— Faça-me o favor...

— Eles são muito, muito perigosos, querido filho! — insistiu ela. — Eles odeiam os judeus. Eles culpam os judeus por tudo.

— Ninguém escuta — respondeu Pepi.

— *Todo mundo* escuta! — exclamou ela. — Na igreja, no mercado, eu ouço as pessoas falando e sei, todo mundo escuta, *todo mundo concorda*!

Ela demonstrou uma emoção intensa, próxima às lágrimas. Presumi que fosse por causa do vinho.

Meu pai cedeu. Ele me mandou para a universidade. Decidi estudar Direito.

Naquela época, aqueles que queriam ser juízes e aqueles que queriam ser advogados faziam o mesmo curso e só se especializavam depois das provas finais. Estudamos Direito Romano, Direito Alemão e a lei da igreja; procedimentos civis, criminais e comerciais; o Direito das Nações; ciência política; teoria econômica; além de algumas matérias novas, como psiquiatria e fotografia forense, relacionadas ao comportamento criminal.

Comprei uma pequena câmera e tirava fotos das pessoas.

A mãe de Pepi comprou-lhe uma Leica. Ele montou um quarto escuro em casa e tirava fotos expressivas de objetos: peças de dominó espalhadas em uma mesa, sob a luz oblíqua do sol; livros e frutas.

Enquanto Hitler ascendia ao poder na Alemanha, eu fazia caminhadas nas montanhas com as garotas do grupo jovem socialista. Lembro-me de Heddy Deutsch, a filha de um membro judeu do parlamento; e de Elfi Westermayer, uma aluna de Medicina. Dormíamos no feno nos celeiros das fazendas perto dos lagos em Saint Gilgen e Gmunden. Usávamos camisas azuis, pregávamos pregos na sola de nossas botas para termos uma melhor tração pelas trilhas ásperas e seguíamos cantando no delicado ar das montanhas. Lembro-me de todas as músicas: "International", "Das Wandern Ist des Müllers Lust" ("A caminhada é agradável novamente"), "La Bandiera Rossa" ("A bandeira vermelha").

Durante o ano letivo, meus amigos e eu nos reuníamos no salão socialista e nos concentrávamos em salvar o mundo. Naqueles dias turbulentos, outros jovens viviam a política; estavam prontos para morrer por suas crenças. Mas nosso grupo, na maior parte das vezes, só falava.

Havia dois rapazes: Fritz e Franck, que jogavam pingue-pongue incessantemente, mas nunca com energia demais. A batida constante e indolente do jogo não capturava nada do ritmo louco do mundo lá fora. Duas garotas trouxeram bolo que suas mães assaram. Um outro rapaz trouxe discos para dançarmos. Pepi contribuiu com seu jogo de xadrez. Ele e Wolfgang jogavam o tempo todo. Às vezes, eu até os vencia.

— Oswald Spengler diz que nossas grandes conquistas culturais estão acabadas — refletiu Pepi, movendo sua peça. — Ele diz que nós todos estamos afundando no materialismo e nos tornando filósofos, em vez de homens de ação.

— Ah, os nazistas devem adorá-lo — comentou Wolfgang, olhando por sobre meu ombro, planejando silenciosamente minha próxima jogada.

— Os nazistas baniram Spengler — comentou Pepi. — Eles não gostam de ninguém que diz que o pior ainda está por vir.

— Para eles o futuro é bonito — opinei, cercando primorosamente o rei de Pepi. — Eles preveem um império de mil anos no qual estarão acima das pessoas, como *Übermenschen* (além-homem), e todos os outros estarão abaixo, os *Untermenschen* (subumanos), que farão todo o trabalho do mundo para eles.

— E o que você acha que vai acontecer, Edith? — perguntou Fritz da mesa de pingue-pongue.

— Acho que vou ter seis filhos, todos vão sentar-se ao redor da mesa de almoço com seus grandes guardanapos brancos encaixados no colarinho, dizendo "Mamãe, esse *strudel* está delicioso!"

— E quem vai preparar o *strudel*? — brincou Pepi. — E se a vovó Hahn estiver ocupada no dia?

Dei um empurrão nele. Ele apertou minha mão.

— Vocês ouviram que Hitler está tirando os filhos de suas mães? — perguntou Wolfgang. — Se elas não ensinarem a doutrina socialista nacional, perdem os filhos.

— Mas certamente os tribunais não concordariam com uma coisa dessas! — exclamei.

— Os tribunais estão cheios de nazistas — respondeu Pepi.

— Como uma gangue de homenzinhos pomposos consegue destruir tão rapidamente as instituições democráticas de um grande país? — perguntou Wolfgang batendo na mesa, frustrado, fazendo as peças do jogo caírem.

— Freud diria que é o triunfo do ego — respondeu Pepi. — Eles acham que são grandes homens e sua crença em si mesmos cria uma luz tão ofuscante que todos à sua volta ficam deslumbrados.

Ficamos aturdidos e em silêncio com a previsão de Pepi. Nossos amigos pararam de dançar e conversar. O jogo de pingue-pongue também parou.

— Então, o que devemos fazer, Pepi?

— Devemos lutar pela lei de direito, e ter fé na inevitabilidade do paraíso socialista — respondeu Pepi, abraçando-me pelo ombro. — Uma classe. Sem patrões. Sem escravos. Sem negros. Sem brancos. Sem judeus. Sem cristãos. Uma raça: a raça humana.

Como posso descrever meu orgulho naquele momento? Ser a namorada de Pepi, ter sido escolhida como companheira de nosso incontestável líder intelectual — aquele era exatamente o lugar que eu queria na sociedade, e sua visão era exatamente o futuro que eu desejava para a humanidade.

* * *

Enquanto eu estava na Universidade de Viena, entre 1933 e 1937, vivíamos um contínuo turbilhão político na Áustria. O chanceler Dollfuss, determinado a nos preservar como um país católico religioso, baniu o Partido Socialista. Os socialistas responderam de uma forma que eu, uma socialista, achei completamente idiota.

Fomos a uma reunião socialista ilegal. Creio recordar que Bruno Kreisky era o principal palestrante. Nossos líderes tiveram permissão para usar o teatro ao declarar que estávamos fazendo um ensaio da sociedade do coral. Eles disseram que, se a polícia chegasse, deveríamos começar a cantar imediatamente "Ode à Alegria" de Beethoven. Então ensaiamos.

Eu lhe digo, o som que fizemos foi indescritível. Mordi o lábio, mordi os nós dos dedos, praticamente comi a partitura, mas nada conseguiu evitar que eu — e todos os outros — caíssemos em uma gargalhada histérica.

Os socialistas convocaram uma greve geral. Mas, em 1934, um terço da força de trabalho em Viena estava desempregada. Como se pode fazer greve quando não se está trabalhando? O governo, de forma igualmente tola, convocou o exército, que cercou as casas dos trabalhadores. Os socialistas revidaram. Centenas morreram e ficaram feridos. Então, as duas forças na Áustria que precisavam se aliar contra os nazistas estavam divididas o tempo todo pela raiva, pela amargura e pelo pesar.

Dollfuss exilava os líderes nazistas, e Hitler lhes dava as boas-vindas e os colocava em poderosas transmissões de rádio em Munique, nas quais eles faziam discursos bombásticos e nos ameaçavam. Eles podiam contar histórias atrozes sobre como os burgueses alemães estavam sendo trucidados pelos bolchevistas na Tchecoslováquia, e como os judeus "ladrões, mentirosos e assassinos" tinham provocado a depressão econômica que jogara milhões no desemprego. Eu me recusava a escutar a rádio nazista, então, nunca ouvi, nenhuma vez, os guinchos de Hitler.

Os alunos nazistas provocavam brigas e tumultos para atrapalhar a vida universitária. Batiam em alunos e professores que falavam contra Hitler. Jogavam bombinhas de fedor nos auditórios, impossibilitando qualquer tipo de reunião ali. A polícia, por sua vez, tentava acabar com as demonstrações estudantis com gás lacrimogêneo. Se tínhamos qualquer dúvida de como as coisas seriam na Áustria se os nazistas ascendessem ao poder, havia autores alemães que vinham dar palestras no *Konzerthalle*, o teatro, e nos prevenir: Erich Kästner, um ídolo meu, autor de *Emil e os detetives;* e Thomas Mann, laureado com o Prêmio Nobel, autor de *A montanha mágica,* alto e grave e tão austero lá em cima no pódio que o meu coração congelou ao olhar para ele.

— Eu não sei o que esta noite significa para vocês — declarou Mann para a multidão antinazista reunida em Viena para protestar contra a crescente violência —, mas significa mais para mim.

Sabíamos que algumas pessoas usavam meias brancas para mostrarem que eram simpatizantes nazistas. Além de Rudolf Gischa, havia a minha antiga aluna de matemática das manhãs "*Fräulein* Einstein", e Efi Westermayer e seu namorado Franz Sehors. Achei que eles estavam sofrendo de insanidade temporária.

Veja bem, cultivei a cegueira do mesmo modo que minha avó cultivava seus cactos em Stockerau. Era a planta errada para nosso clima.

Os nazistas austríacos começaram a assassinar os líderes socialistas. Em 25 de julho de 1934, assassinaram o chanceler Dollfuss.

A lei marcial foi imposta. As ruas fervilhavam com policiais, guardas armados que ficavam em vigília diante dos portões de muitas embaixadas no nosso bairro. Uma vez, enquanto eu caminhava de volta para casa depois das minhas aulas de Direito, dois homens caminhando na minha frente foram repentinamente abordados por um policial em uma motocicleta que exigiu ver os documentos deles e os obrigou a abrir suas pastas. Eu virei na esquina da rua Argentinierstrasse, onde um jovem estava sendo revistado. Sua namorada — mais ou menos da minha idade — estava sendo interrogada.

Na verdade, eu mesma teria gostado de ser detida. Seria um evento excitante sobre o qual conversar com meus amigos. Mas ninguém me notou! Se alguém chegasse a olhar na minha direção, era sempre sem preocupação. Algo em relação a mim dizia "tola", "inocente", "insignificante". Então, eu caminhava livremente pelas ruas alarmadas e perigosas da cidade, uma aluna de Direito de 21 anos que parecia ter 14 e não constituía ameaça para ninguém.

Um novo chanceler, Kurt von Schuschnigg, subiu ao poder depois da morte de Dollfuss. As pessoas não o amavam tanto, mas o respeitavam e achavam que ele talvez conseguisse nos livrar dos planos agressivos de Hitler.

Pepi e eu fazíamos longas caminhadas pela cidade, líamos um para o outro e sonhávamos com o paraíso socialista. Nesse meio-tempo, o exército alemão invadiu a supostamente desmilitarizada Renânia e, então, os nazistas instigaram a guerra civil espanhola. Os italianos, que supostamente eram aliados da Áustria, aliaram-se a Hitler para que ficassem livres para atacar a Etiópia.

E, então, meu pai morreu.

Era junho de 1936. Ele parou na porta do restaurante do Hotel Bristol, olhou em volta para se certificar de que tudo estava perfeito — as mesas impecáveis, os garçons eretos e atentos — e caiu morto.

A notícia chegou a nós com tanta força e de maneira tão repentina que não conseguimos reagir. Nosso suporte, nossa rocha tinha desmoronado.

Mamãe ficou sentada na sala, os olhos vazios, o cabelo desgrenhado, o rosto borrado atrás de um véu de lágrimas. Mimi ficou sentada em silêncio e, devastada, segurava a mão do namorado, um colega que estudava comigo chamado Milo Grenzbauer. Nossa pequena e querida Hansi não conseguia parar de chorar.

Eu ia e voltava da cozinha, servindo café para os visitantes que vinham prestar as condolências. A zeladora do prédio, *Frau* Falat, estava lá. Minha prima Jultschi veio com seu noivo, um alfaiate tcheco bonito e arrogante chamado Otto Ondrej. Jultschi se apoiava nele, segurando sua mão e enxugando os olhos com o lenço dele.

Pepi veio com a mãe. Ela se sentou ao lado de mamãe, falando como era difícil ser uma mulher sozinha e, nesse meio-tempo, perguntando não muito discretamente aos outros convidados sobre quanto meu pai tinha deixado.

Na cozinha, Pepi acariciou meu cabelo e me disse que tudo ficaria bem.

Não acreditei nele. Senti-me, de repente, muito mais vulnerável à política do que jamais me sentira antes. Como resistiríamos àquela época turbulenta sem nosso pai para nos proteger? Na Olimpíada de Munique, naquele verão, os atletas alemães saudavam seu pequeno e feio Führer, e cada vitória deles a mim parecia um ataque pessoal contra a família Hahn de Viena.

Para sustentar nossa família, mamãe decidiu abrir seu próprio negócio de corte e costura. Ela recortava fotos de roupas elegantes e as fazia sob medida para seus clientes, nos tecidos que eles queriam e com a costura que solicitavam. Seguindo o costume da época, ela era obrigada a perguntar a todas as outras costureiras do bairro se elas aceitavam que ela montasse sua loja. Sem exceção, todas responderam "sim". Considerando tal voto de confiança, como mamãe poderia duvidar que era tida em alta estima pelos nossos vizinhos?

Minha contribuição para o sustento da família era pegar o máximo de trabalho de tutoria que eu conseguisse e estudar sem parar para minha prova final. "Quando me tornasse uma doutora da lei, poderia ganhar bem", pensei, "os problemas políticos talvez se resolvam sozinhos."

Mas era difícil me concentrar. Eu ia para as aulas em uma névoa de sofrimento e pesar. Ficava sentada na biblioteca com um livro aberto, sem lê-lo, minha mente paralisada. Um dia, Anton Rieder, minha antiga paixão do Ensino Médio, se sentou ao meu lado. Ele era órfão de pai desde que éramos crianças. Ele conhecia o sentimento — a perda de direção, a insegurança, a maturidade prematura.

— Você ainda é bonita — elogiou ele.

— E você é sempre galante.

— Eu me matriculei na Academia Consular. Vou estudar lá não por querer ser diplomada, mas porque me deram uma bolsa de estudos.

— Mas isso será maravilhoso para você, Anton. Você poderá viajar, talvez até ir para a Inglaterra ou para os Estados Unidos.

— Venha comigo.

— O quê?

— Eu sei que você namora o Pepi Rosenfeld, mas, acredite em mim, ele é inteligente demais para o próprio bem. Sua inteligência sempre ficará no caminho da sua consciência. Ele não é bom o suficiente para você. Eu sempre fui apaixonado por você. Você sabe disso. Termine com ele e venha comigo. Eu não tenho nada. Agora que seu pai morreu, você também não tem nada, seremos perfeitos um para o outro.

Ele pegou minha mão sobre a mesa da biblioteca. Ele era tão bonito, tão determinado. Por um momento pensei: "Talvez. Por que não?" E, então, é claro, todos os motivos de por que não se espalharam pela grande mesa de carvalho, e Anton não conseguiu evitar vê-los ali; e, como um sábio jovem diplomata, levantou-se, beijou minha mão e foi embora.

Recebemos a visita de um novo vizinho — um engenheiro chamado Denner, um homem bem-apessoado e sociável. Tinha perdido recentemente a esposa para a tuberculose depois de uma longa e sofrida doença. Tinha duas filhas: Elsa, de 11 anos; e Christl, de 14. Já que ele costumava viajar muito a negócios e deixar as meninas para cuidarem de si mesmas, estava procurando uma tutora para mantê-las envolvidas nos estudos. A zeladora me recomendou com muitos elogios, e eu prontamente aceitei o trabalho. Então, agora, todos os dias eu chegava da universidade e passava a tarde com aquelas encantadoras jovens.

Os Denners moravam no andar do salão de festas da nossa casa. Um grande espaço que desafiou a subdivisão, onde as pessoas com "von" no nome costumavam se reunir para dançar ao som de música barroca. As janelas eram enormes e pareciam infinitas. Ver aquelas duas crianças polirem o chão era o suficiente para partir o coração.

— Quem virá para o baile? — perguntei enquanto as observava esfregar e limpar. — Os Habsburgos já foram depostos. Os Bourbons saíram da cidade.

— Nosso pai gosta que façamos a nossa parte para manter a antiga glória do nosso país — murmurou Christl.

Cada uma das meninas tinha um cachorrinho com um nome russo, em homenagem a *Frau* Denner, que viera da Rússia Branca. O cãozinho de Elsa se comportava bem e dormia no seu colo. O cachorro de Christl queria perseguir pombos, saltar nos braços dos visitantes e babar amorosamente neles. Era assim que eles tratavam as meninas. Elsa tinha as coisas sob controle, a vida de Christl era uma aventura.

Christl estava fazendo um curso de negócios, mas não conseguia fazer a contabilidade, não conseguia ter uma letra legível, nem se concentrar. Eu me sentava lá enquanto ela se esforçava para fazer o dever de casa; eu passeava com ela e seu cachorro no pátio do nosso prédio. Logo, ela passou a me procurar com todo o tipo de problema adolescente. Era alta e animada, com cabelo castanho claro e olhos quase violetas, geralmente cercada por garotos. Eles ficavam na calçada e cantavam para ela, seguiam-na até em casa, enviavam flores, compravam mimos para seu cachorro, faziam qualquer coisa para chamar sua atenção.

Quando estava com 15 anos, e eu, 25, Christl se apaixonou. O nome dele era Hans Beran. Todos o chamavam Bertschi. “Ele é um pouco tolo”, disse *Herr* Denner, “mas pelo menos ele não joga dinheiro fora como o resto desses jovens”.

Bertschi dificultou a vida de Christl. Primeiro, ele a queria desesperadamente. Depois, ficou tímido demais para aceitar sua afeição. Então, decidiu que ela era bonita demais para ele e simplesmente não conseguia lidar com o ciúme dos outros garotos. Depois, ele telefonava bem tarde da noite, dizendo que não conseguia viver sem ela, que ela precisava encontrá-lo no Café Mozart para que ele pudesse lhe dizer o quanto a adorava. Toda vez que eu chegava à casa dela, Christl me cumprimentava ofegante à porta e sussurrava desesperada: “Preciso conversar com você — em particular!” E me levava para um canto nas sombras do corredor e me contava cada uma das coisas maravilhosas e tolas que Bertschi tinha feito dessa vez e como ela precisava escrever uma carta para ele e como jamais conseguiria sem a minha ajuda.

— Ah, por favor, Edith, por favor. Se você escrever a carta vai sair perfeita. Por favor, por favor!

E como é que eu poderia resistir a ela? Eu nunca consegui resistir a uma irmãzinha.

Quando ela passou na prova final na escola de administração, seu pai deu uma festa. Alugou um barco e levou os convidados para um cruzeiro pelo Danúbio. Perto do final da noite, um garçom entregou-me um buquê de rosas vermelhas. Não havia cartão, e eu me perguntava quem poderia tê-las mandado.

Minha mãe, sentada na sala de visitas, aplicando bonitos pássaros à minha nova blusa amarela, soube imediatamente.

— As flores são de *Herr* Denner — afirmou ela. — Porque quando as filhas dele precisaram de uma mãe substituta, alguém que as ouvisse com coração terno, você estava lá. — Mamãe sorriu. — Então, veja bem, Edith, você precisa se tornar mãe, porque você obviamente tem talento para isso.

Os intimidadores nazistas bramiam que o chanceler von Schuschnigg estava determinado a restaurar a monarquia de Habsburgo e que, se isso acontecesse, a Alemanha seria obrigada a invadir a Áustria e destruir essa ideia com força militar. Tratava-se de uma ameaça direta, um prefácio.

O chanceler defendeu-se por um tempo, mas logo viu que ninguém o ajudaria e que a resistência era inútil. Em 11 de março de 1938, enquanto Pepi e eu passeávamos pelo bairro dos trabalhadores — de mãos dadas, apoiados um no outro, uma coluna cálida de amor no frio da noite escura — alguém se debruçou na janela e disse "Von Schuschnigg renunciou".

Seguiu-se um completo silêncio na rua.

Pepi me abraçou. Eu sussurrei em seu ouvido:

— Precisamos ir embora.

— Vamos esperar e ver — disse ele.

— Não, não, precisamos ir embora agora — insisti, pressionando-me contra ele.

— Não se deixe tomar pela histeria. Tudo isso pode acabar em uma semana.

— Estou com medo...

— Não fique. Estou aqui com você. Eu amo você. Você é minha. Eu sempre vou cuidar de você.

Ele me beijou com tamanha paixão que senti todo o meu corpo ficar quente e leve. Do que importava se políticos desaparecessem e nações se preparassem para a guerra? Eu tinha Pepi, meu gênio, meu conforto, a rocha que substituíra meu pai.

No dia seguinte eram as bodas de ouro dos pais da minha mãe. A família inteira planejava ir a Stockerau comemorar. Tínhamos presentes, bolos, vinho e homenagens preparadas.

Mas não chegamos a fazer essa viagem feliz porque os alemães escolheram o mesmo dia para marcharem pela Áustria. Bandeiras tremulavam. A marcha militar tocava. A estação nazista de rádio — que se tornara a *única* estação — comemorava a vitória, e milhares de amigos e vizinhos e conterrâneos se juntaram nos bulevares para saudarem as *Wehrmacht*, as forças armadas, com felicidade e comemorações tumultuadas.

Em 10 de abril de 1938, mais de noventa por cento dos austríacos votaram "sim" para a união com a Alemanha.

Um amigo socialista, cujo pai tinha sido executado por assassinos nazistas, queria organizar protestos contra a *Anschluss,* a anexação da Áustria à Alemanhã, e tentou me recrutar para a resistência subversiva. Disse-me que eu ganharia um nome diferente, seria parte de uma célula e entregaria mensagens.

Pela primeira vez, vi a sabedoria prática do ativismo político. "Sim", respondi, apertando sua mão como uma promessa. "Pode contar comigo."

Mas Pepi não aceitou. Disse-me que era irresponsável de minha parte até mesmo pensar naquilo, porque agora eu tinha uma mãe viúva e duas irmãs mais novas que dependiam de mim. O que aconteceria com elas se eu fosse presa?

Então, expliquei para meu amigo que ele teria de trabalhar sem mim. Como uma namorada obediente, fiz o que Pepi Rosenfeld disse.

CAPÍTULO QUATRO

A armadilha do amor

Uma das primeiras coisas que os nazistas fizeram foi distribuir 100 mil aparelhos de rádio gratuitamente para os cristãos austríacos. Onde conseguiram aqueles aparelhos de rádio? De nós, é claro. Logo depois da *Anschluss*, a anexação, exigiram que os judeus entregassem suas máquinas de escrever e seus aparelhos de rádio. A ideia era que, se não conseguíssemos nos comunicar uns com os outros nem com o mundo exterior, ficaríamos isolados e seria mais fácil nos aterrorizar e nos manipular. Foi uma boa ideia. Funcionou bem.

O homem que os alemães escolheram para eliminar os judeus de Viena foi Adolf Eichmann. Suas políticas tornaram-se um modelo para tornar todo o Reich *Judenrein* — "purificado de judeus". Basicamente, ele nos fez pagar o máximo possível para escaparmos. Os ricos tiveram de doar tudo que possuíam; os menos ricos tinham de pagar quantias tão exorbitantes para passagens de partida que as famílias muitas vezes eram obrigadas a escolher quais dos seus filhos deveriam ir e quais deveriam ficar.

Gangues de assassinos usando camisas marrons dominavam as ruas. Eles andavam em caminhões, exibindo suas armas e braçadeiras com suásticas, buzinando para meninas bonitas. Se quisessem pegar você e dar-lhe uma surra, faziam isso e saíam impunes. Qualquer pessoa que resistisse era surrada, assassinada ou levada para os campos de concentração de Dachau ou de Buchenwald ou algum outro. (Você precisa entender que, naquela época, os campos de concentração eram prisões nas quais os oponentes do regime nazista eram detidos. Von Schuschnigg ficou em um campo de concentração; assim como Bruno Bettelheim por um tempo. Os prisioneiros tinham de fazer trabalhos forçados e viviam em terríveis condições, mas costumavam voltar daqueles lugares. Não foi até os anos 1940 que as palavras "campo de concentração" se tornaram sinônimo de crueldade monstruosa e quase morte certa. Ninguém sequer imaginava que um dia haveria um campo de morte como Auschwitz.)

Como posso descrever para você a nossa confusão e terror quando os nazistas assumiram? Vivíamos, até o dia anterior, em um mundo racional. Agora, todos à nossa volta — nossos colegas de escola, vizinhos e professores; nossos comerciantes, policiais e funcionários públicos — tinham enlouquecido. Eles vinham guardando no coração uma aversão por nós que costumávamos chamar "preconceito". Que palavra gentil era aquela! Que eufemismo! Na verdade, eles nos odiavam com uma aversão tão antiga quanto sua religião; eles nasceram nos odiando, cresceram nos odiando; e agora, com a *Anschluss*, o verniz da civilização que nos protegera de tal aversão fora arrancado.

Nos calçamentos, pessoas contrárias ao regime escreveram *slogans* antinazistas. A SS prendeu alguns judeus e obrigou-os, sob a mira de armas, a esfregar a pichação enquanto uma multidão de austríacos assistia, zombando e rindo.

A rádio nazista nos culpava por cada coisa imunda e ruim deste mundo. Os nazistas chamavam-nos de subumanos e, no instante seguinte, de super-humanos; acusavam-nos de planejar assassiná-los, roubá-los; declaravam que *eles* tinham de conquistar o mundo para evitar que *nós* o conquistássemos. A rádio anunciava que precisávamos ser destituídos de todas as nossas posses; que meu pai, que caíra morto enquanto trabalhava, não tinha realmente trabalhado para ter nosso agradável apartamento — as cadeiras de couro na sala de jantar, os brincos nas orelhas de minha mãe —, que ele, de alguma forma, os havia roubado da Áustria Cristã, que agora tinha todo o direito de tomá-los de volta.

Será que nossos amigos e nossos vizinhos realmente acreditavam naquilo? Eles não eram burros. Mas tinham passado pela depressão, pela inflação e pelo desemprego. Queriam voltar a ser prósperos, e a maneira mais rápida para conseguir isso era roubar. Cultivar uma crença na ganância dos judeus lhes dava uma desculpa para roubar tudo que os judeus possuíam.

Ficávamos sentados em nossos apartamentos, paralisados de medo, esperando que a loucura acabasse. A Viena racional, charmosa, graciosa, dançante e generosa tinha certamente de se rebelar contra tamanha insanidade. Esperamos e esperamos e aquilo não acabou e não acabou e ainda assim esperamos e esperamos.

As restrições contra os judeus se espalharam por cada canto de nossas vidas. Não podíamos ir ao cinema ou aos concertos. Não podíamos caminhar em algumas ruas. Os nazistas colocaram placas nas vitrines de lojas judaicas avisando a população para não comprar lá. Mimi foi demitida do trabalho na lavanderia porque era ilegal que cristãos contratassem judeus. Hansi não podia mais frequentar a escola.

Tio Richard foi ao café que frequentava havia vinte anos. Agora fora criado um lado para os judeus e outro para os arianos, e ele se sentou no lado dos judeus. Como era louro, não parecia ser judeu, um garçom que não o conhecia disse que ele tinha de mudar para o lado ariano. Mas, no lado ariano, um garçom que o conhecia disse que ele tinha de voltar para o lado dos judeus. Ele finalmente desistiu e voltou para casa.

Baron Louis de Rothschild, um dos judeus mais ricos de Viena, tentou deixar a cidade. Os nazistas o detiveram no aeroporto e o colocaram na cadeia, e seja o que for que tenham feito com ele lá, convenceram-no a doar tudo que possuía para o regime nazista. Só então permitiram que partisse. A SS tomou posse do Palácio de Rothschild na rua Prinz Eugenstrasse e o renomeou como Centro de Emigração de Judeus.

Todo mundo falava em partir.

— Talvez pudéssemos ir para um *kibutz* na Palestina — sugeriu Pepi.

— Você? Meu adorável ratinho? Trabalhando em uma fazenda? — Ele riu e me fez cócegas. — Você talvez fique com bolhas em seus lindos dedos.

Fiquei na fila do consulado britânico por dias, tentando autorização para trabalhar como doméstica na Inglaterra. Toda judia em Viena parecia estar se candidatando.

Um cavalheiro asiático aproximou-se de mim e minha prima Elli com uma reverência e um sorriso.

— Se estão interessadas em ver as glórias do Oriente... A Grande Muralha... O Palácio Imperial... Tenho autorização para lhes oferecer um trabalho fascinante em uma das várias cidades chinesas — ofereceu ele. — Providenciamos passaportes, transporte e acomodação. Tenho um carro aqui perto. Vocês poderiam estar fora da Áustria amanhã.

— Tenho certeza que algumas foram com ele.

Minha prima Elli conseguiu um emprego na Inglaterra. Eu consegui a autorização, mas não um emprego.

Certa tarde, Hansi não voltou para casa. Mimi e eu saímos à sua procura. Quando voltamos sem ela, mamãe começou a chorar. Uma bonita judia de 17 anos tinha desaparecido em uma cidade lotada de assassinos antissemitas. Estávamos aterrorizados.

Por volta da meia-noite, Hansi voltou. Estava pálida, trêmula, sombria, envelhecida.

Contou-nos que os nazistas pegaram-na e levaram-na para um posto da SS e colocaram uma arma em sua cabeça e ordenaram que pregasse botões em dezenas de uniformes. Na sala ao lado, viu judeus ortodoxos, homens devotos com barbas compridas, serem obrigados a fazer exercícios ridículos de ginástica pelos seus torturadores, que acharam o show incrivelmente engraçado. Hansi protestou aos prantos. Um homem grosseiro ameaçou surrá-la se ela não calasse a boca e costurasse. No fim do dia, permitiram que fosse embora, e ela ficou vagando pelas ruas desde então.

— Temos de ir embora — declarou ela.

Era mais fácil conseguir uma passagem de partida se você fosse casada, então Milo e Mimi decidiram atar os laços matrimoniais.

— Vamos nos casar, Pepi — disse eu.

Ele sorriu para mim e levantou as sobrancelhas.

— Mas você prometeu ao seu pai que jamais se casaria com um cristão — brincou ele.

Na verdade, ele agora era cristão. Sua mãe, Anna, em um esforço para protegê-lo das Leis de Nuremberg — as quais negavam aos judeus a cidadania do Reich — levou o filho de 26 anos à igreja e o batizara. Então, usou suas conexões para que o nome de sua família fosse apagado da lista da comunidade judaica. Então, quando os judeus de Viena eram contados — e eles eram constantemente contados pelo rigoroso coronel Eichmann — Josef Rosenfeld supostamente não se encontrava mais na lista.

— Não vai adiantar nada para você — eu disse para ele. — As Leis de Nuremberg são retroativas. Tudo que dizem se aplica às pessoas que eram judias antes da lei ser promulgada, em 1936. Então, as pessoas que se tornaram cristãs em 1937 não contam.

— Faça-me um favor, querida — pediu ele. — Não diga isso para minha mãe. Ela acredita que me salvou de toda essa tolice. Eu odiaria tirá-la de dentro de sua bolha.

Ele me beijou, fazendo minha cabeça girar. De alguma maneira, minha proposta de casamento foi esquecida.

Eu me recusava a permitir que a situação política me mantivesse afastada dos estudos. Fiz ambas as provas estaduais e passei com notas altas. Mais uma prova e me tornaria uma doutora em Direito, qualificada não apenas para trabalhar como advogada, mas também como juíza. Senti que merecia meu diploma; se eu fosse treinada, qualificada, certificada, seria mais fácil para eu emigrar.

Em abril de 1938, fui à universidade para pegar os documentos da minha prova final e saber a data da prova de doutorado. Uma jovem atendente lá, na verdade, uma pessoa que eu conhecia, disse:

— Você não vai fazer a prova, Edith. Você não é mais bem-vinda na nossa universidade. — Ela me entregou meus documentos e meu histórico de notas. — Adeus.

Por quase cinco anos, estudei direito, constituições, delitos, psicologia, economia, teoria política, história, filosofia. Escrevi trabalhos, participei de palestras, analisei casos legais, estudei com um juiz três vezes por semana para me preparar para a prova de doutorado. E agora eu nem ao menos poderia realizá-la.

Minhas pernas cederam e me apoiei no balcão.

— Mas... mas... Essa última prova é tudo que eu preciso para me formar!

Ela se virou de costas para mim. Percebi o senso de triunfo que ela sentiu, sua satisfação genuína por destruir minha vida. Tinha um cheiro específico, posso dizer — como suor, como lascívia.

Minha avó ajudou a empregada a carregar alguns colchões pesados até o quintal para pegarem um ar e ganhou uma hérnia. Precisou ser operada e, durante o procedimento, morreu.

Meu avô não conseguiu acreditar naquilo. Ele sempre parecia estar se virando como se esperasse vê-la ali, sempre lembrando a si mesmo com um pesado suspiro que ela se fora.

Logo depois que minha avó morreu, houve uma conferência mundial em Évian-les-Bains, um *spa* de luxo nos Alpes Franceses perto do Lago Léman, na qual os judeus-austríacos estavam em pauta. Eichmann enviou representantes da nossa comunidade para implorar a outros países que pagassem aos nazistas um resgate e nos acolhessem. "Vocês não querem salvar os judeus urbanos, bem-educados, amorosos, divertidos e cultos da Áustria?", perguntavam eles. "Que tal pagarem $400 por cabeça ao regime nazista? É muito? Que tal $200?"

Eles não conseguiram nem um centavo.

Nenhum país queria pagar para nos resgatar, incluindo os Estados Unidos. O ditador da República Dominicana, Trujillo, acolheu alguns judeus, achando que eles talvez ajudassem a trazer alguma prosperidade para seu pequeno e empobrecido país. Ouvi dizer que ajudaram.

Em 9 de novembro de 1938, não fui trabalhar na casa de Denner porque minha irmã Hansi recebera uma passagem para emigrar para a Palestina. Com um misto de felicidade e pesar, fomos levá-la à estação de trem. Na sua mochila e na única mala que os nazistas permitiram que levasse, ela carregou pão, ovos cozidos, bolo, creme de leite, roupas íntimas, meias, sapatos, calças resistentes, camisas pesadas e apenas um vestido e uma saia. A feminilidade e suas lindas parafernálias tinham caído em importância. Assim como frutas e flores, a feminilidade estragava rapidamente e custava muito caro em relação à sua utilidade em tempos de guerra.

Mamãe, Mimi e eu estávamos chorando, mas Hansi, não.

— Venham logo — pediu ela para nós. — Saiam desse maldito país. Saiam o mais rápido que conseguirem.

O trem chegou e a levou embora. Ela se debruçou na janela como os outros jovens que fugiam e acenou. Não sorriu.

Mamãe esvaziou a conta bancária para pagar o preço exorbitante que os nazistas exigiram pela passagem de Hansi. Mimi e eu sabíamos que não havia praticamente nada para pagar nosso resgate. "Mas vocês têm homens que as amam", disse mamãe nos abraçando. "Eles hão de salvá-las. Hansi era jovem demais para ter um homem."

Caminhando da estação de volta para casa, ouvimos um ruído surdo estranho nas ruas obscuras. No horizonte, vimos um brilho alaranjado de um incêndio. Um prédio do outro lado da cidade estava pegando fogo. As calçadas estavam estranhamente vazias. Veículos nazistas passavam, cheios de jovens excitados, mas não havia pedestres.

Mimi e eu, nossos sensos aguçados pelo perigo dos últimos meses, começamos a correr, puxando nossa mãe conosco. Em casa, encontramos a zeladora, *Frau* Falat, esperando por nós, seu rosto sério e preocupado.

— Eles estão atacando todas as lojas judaicas — contou ela. — Uma das sinagogas está pegando fogo. Não saiam mais esta noite.

Milo Grenzbauer chegou, sem fôlego, de uma corrida longa pelas ruas.

— Será que a incomodo, *Frau* Hahn? — perguntou ele, cortês. — Preciso ficar na sua casa. Um amigo do meu irmão que é do Exército da Salvação disse que os nazistas estão pegando todos os jovens judeus e os levando não sei para onde. Dachau, Buchenwald. Ele pediu que eu e meu irmão não fôssemos para casa esta noite.

Afundou-se em umas das cadeiras de couro e Mimi se sentou aos seus pés, tremendo, abraçando seus joelhos.

Do lado de fora, as ruas começaram a rugir com o som de homens gritando, freios cantando e janelas se quebrando. Por volta das dez horas da noite, nosso primo Erwin, um aluno de Medicina, juntou-se a nós. Estava suando e com o rosto pálido. Tinha chegado em casa tarde do laboratório, encontrado uma multidão do lado de fora da sinagoga; deu meia-volta e se dirigiu para nosso bairro assim que a sinagoga começou a pegar fogo. Ele tinha visto judeus serem surrados e levados.

Pepi chegou logo depois dele. Dos três homens na nossa casa, ele era o único calmo — limpo, garboso, sereno.

— A multidão se cansa e volta para casa depois de um tempo — disse ele. — Vocês vão ver. Amanhã de manhã, todos eles vão estar com uma ressaca horrível, e nós teremos um monte de janelas quebradas. Depois, eles vão ficar sóbrios, nós vamos consertar as janelas e a vida vai voltar ao normal.

Ficamos sentados olhando para ele, perplexos. Será que ele tinha enlouquecido?

— Você sempre passa uma imagem adorável, Pepi — disse minha mãe, muito divertida. — Será um excelente advogado.

— Não gosto de ver minha querida namorada chateada — disse ele, esfregando a ruga em minha testa. — Esse cenho franzido no seu rosto adorável precisa desaparecer.

Ele me abraçou e me puxou para me sentar no sofá ao seu lado. Naquele momento, adorei Pepi Rosenfeld. Senti que sua bondade e seu destemor, no fim das contas, iriam tirar todos nós daquele inferno.

Então sua mãe, Anna, chegou berrando:

— Você é idiota? — gritou para ele. — Subornei metade dos oficiais da cidade para tornar você um cristão e tirá-lo da lista da comunidade judaica! E agora, esta noite, quando os judeus estão sendo enviados para longe e suas lojas estão sendo queimadas, o que você faz? Vem exatamente para o esconderijo deles e se senta na sala deles! Afaste-se dessa gente! Você não é da laia deles! Você é um cristão, um católico, um austríaco! Essa gente é estrangeira! Todo mundo os odeia! Não vou tolerar que você passe nem mais um minuto na companhia deles!

Com olhos enlouquecidos, ela se virou para mim.

— Deixe-o ir, Edith! Se você o ama, deixe-o ir! Se você o segurar, eles vão levá-lo embora e atirá-lo na cadeia, meu único filho, meu filhinho, meu tesouro... — E começou a chorar.

Minha mãe, sempre compreensiva, ofereceu-lhe um conhaque.

— Mãe — disse Pepi —, pare de fazer cena, por favor. Edith e eu logo vamos embora daqui. Planejamos ir para a Inglaterra, talvez para a Palestina.

— O quê?! É isso que vocês estão planejando pelas minhas costas? Abandonar-me, uma pobre viúva, sozinha às portas da guerra?

— Pode parar com essa tolice de "pobre viúva" — advertiu o filho. — Você não é nada disso. *Herr* Hofer é seu marido e vai cuidar de você.

Ter seu segredo revelado daquela forma fez Anna ficar louca da vida.

— Se você me abandonar, se você pegar sua puta judia e fugir, eu vou me matar! — berrou ela. E correu para a janela e subiu no peitoril como se fosse se jogar.

Pepi se levantou com um salto e a agarrou, puxou seu corpo grande e volumoso para si, dando leves tapinhas em suas costas ofegantes.

— Calma, mãe, calma...

— Venha para casa comigo — choramingou ela. — Afaste-se dessa gente! Deixe essa garota. Ela será a morte para você! Venha para casa comigo!

Ele me olhou por sobre as amplas e trêmulas costas dela e, em seus olhos, finalmente vi com o que ele estava lidando durante todas aquelas semanas, desde a *Anschluss*, a anexação, por que ele nunca chegou a concordar em partir. Compreendi que Anna estava diariamente em estado de histeria, pressionando-o, gritando, chorando, ameaçando suicídio, que ela o prendera em uma armadilha, deixando-o imóvel com uma corrente de ferro que ela chamava "amor".

— Vá — disse eu suavemente. — Vá para casa com ela. Vá.

Ele foi. E o restante de nós ficou acordado durante toda a *Kristalnacht*, a Noite de Cristal, ouvindo os sons de nossas vidas sendo estilhaçadas.

Minha irmã se casou com Milo Grenzbauer em dezembro de 1938. Eles partiram para Israel em um transporte ilegal em fevereiro de 1939. Minha mãe vendeu as cadeiras de couro para pagar suas passagens. Talvez tivéssemos conseguido levantar dinheiro para uma terceira passagem para mim — mas, para ser honesta, eu não conseguia encarar a ideia de deixar Pepi.

Os eventos caíam sobre nós, batendo uns nos outros, de maneira tão rápida e violenta que sentíamos como se tivéssemos sido pegos em uma avalanche e não tivéssemos tempo de nos recuperar antes que a outra montanha caísse. Em março de 1939, um ano depois da *Anschluss*, Hitler — apaziguado por Chamberlain — tomou a Tchecoslováquia. "Se os góis não defendem uns aos outros", comentou minha mãe, "como podemos esperar que nos defendam?"

Então, meu avô sofreu um derrame. Tio Richard contratou uma enfermeira para cuidar dele, e todos tentamos visitá-lo em Stockerau o máximo possível. Mas, então, os nazistas prenderam tio Richard e tia Roszi também.

Eles passaram seis semanas na prisão. Para sair, deram para os nazistas tudo que possuíam: propriedades, contas bancárias, ações, louça e prata. Então, partiram imediatamente, seguindo para o Oriente. A Rússia os engoliu. Minha mãe esperou e rezou para receber notícias deles, mas não chegou nenhuma.

Certo dia, um jovem uniformizado bateu em nossa porta. Sou obrigada a dizer, eles tinham um certo jeito para bater nas portas, aqueles nazistas, como se ressentissem-se da porta, como se esperassem que ela desaparecesse sob seus punhos cerrados. Meu corpo sempre conseguia perceber quando eram eles que estavam batendo. Minha pele se retesava. Meu estômago se apertava. Os nazistas comunicaram a mamãe que a casa e a loja do vovô estavam sendo assumidas por "bons" austríacos, e que ele teria de ir morar em um quarto com parentes.

Foi isso. Era o fim de Stockerau.

Meu avô havia morado naquela casa por 45 anos.

As louças, as cadeiras, as fotos, os travesseiros, os tapetes, o telefone, as panelas e as frigideiras, o piano, e os maravilhosos porta-copos tricotados, as motocicletas Puch, as máquinas de costura, as cartas que escrevemos para ele, as quais ele guardara em sua grande escrivaninha de madeira, a própria escrivaninha — tudo isso foi roubado, cada uma das lembranças; e os ladrões venderam tudo para seus vizinhos de toda a vida por um preço muito bom.

Mamãe me mandou ir cuidar dele. O derrame, logo depois da morte da minha avó, o deixara mais lento; mas a perda de seu lar, o *seu lugar*, agora o incapacitara além da cura. Eu o levava ao banheiro, massageava seus pés. Seja lá o que eu preparasse para ele comer de acordo com sua dieta especial, ele agradecia, e dizia de forma doce, quase se desculpando:

— Sua avó fazia melhor.

— Sim, eu sei.

— Onde ela está?

— Ela se foi.

— Ah, sim, é claro. Eu sabia disso. Eu sabia. — Ele olhava para suas mãos idosas, gastas, calejadas e marcadas pelo trabalho. — Quando posso voltar para casa? — perguntou ele.

Ele morreu em uma manhã.

Eu vi sua casa novamente, anos mais tarde. Acredito que ainda havia gente morando ali. No número 12 da rua Donaustrasse, em Stockerau.

Comparado com o despejo do meu avô, o nosso foi uma trivialidade. Nossa zeladora estava em pé, varrendo a porta de entrada, segurando a ordem de despejo do nosso nobre senhorio.

— O que ele pode fazer? — perguntou ela. — O regime exige isso.

Então, mamãe e eu nos mudamos para o número 13 da rua Untere Donaustrasse, em Leopoldstadt, o gueto de Viena, para o apartamento da tia viúva de Milo, *Frau* Maimon. Duas outras senhoras já estavam com ela — irmãs, uma solteira e outra com um marido em Dachau. Nós, cinco mulheres, morando em um apartamento para uma, e nunca discutíamos; nunca deixávamos de nos desculpar quando não conseguíamos evitar violar a privacidade da outra.

Mamãe e eu nos sustentávamos costurando. Claro que não eram serviços de costura sob medida, mas sim remendando e adaptando roupas antigas para novos tempos. Fazíamos muitas "pences", apertando as roupas porque nossos vizinhos judeus nos guetos estavam ficando cada vez mais magros.

Minha prima Jultschi, no entanto, estava engordando.

Ela se sentou comigo no parque, aos prantos, sua pele manchada e rachada.

— Eu sei que eu não deveria ter engravidado em uma época tão horrível — chorou ela. — Mas Otto foi recrutado e ficamos com medo de nunca mais voltarmos a nos ver e nos deixamos levar. Simplesmente aconteceu, e agora eu não sei o que vou fazer. Talvez eles deixem a criança em paz. O que você acha, Edith? O que quero dizer é que deve valer de alguma coisa pelo menos não ter um pai que é judeu, que é um soldado do Reich.

— Talvez ajude — respondi, embora eu realmente não acreditasse naquilo.

— Tentei conseguir um emprego de criada na Inglaterra. Achei que iam achar que eu só estivesse gorda. Mas perceberam na hora que estou grávida. — Seus grandes olhos marejados pousaram em mim. — Eu preciso não estar grávida, Edith, com Otto indo para a guerra e todas essas leis contra os judeus. Eu preciso ir a um médico.

Entrei em contato com nosso velho amigo Kohn. Ele tinha acabado seus estudos e abrira um consultório — e agora os nazistas tinham revogado sua licença. Ele estava péssimo.

— Você soube o que aconteceu com Elfi Westermayer? — perguntou com amargura. — Ela nem concluiu os estudos de Medicina e já está atendendo pacientes. Ao que parece, tudo que você precisa para ser médico neste país é ter um cartão de associado ao Partido Nazista.

Ele concordou em ver Jultschi, mas, no final, não fez o aborto.

— Eu não tenho como realizar essa operação de forma segura — explicou. — Eu não tenho um centro cirúrgico, um local no hospital, nem acesso a remédios. Deus nos livre de você pegar uma infecção... Poderia haver sérias consequências. — Ele pegou a mão dela. — Vá para casa. Tenha seu filho. Será um conforto para você nos dias que virão.

Então, Jultschi voltou para casa e para seu marido. Ele estava arrumando seu equipamento e se aprontando para ir conquistar a Polônia. Ele a beijou, prometeu voltar e deixou-a sozinha para esperar a chegada do bebê.

Mamãe e eu caímos na pobreza com uma rapidez surpreendente. Negada a possibilidade de nos sustentarmos, trabalhando para clientes que nos pagavam em *groschen* (agora recalculados como *pfennigs*, centavos, pelos alemães), começamos a permutar nossos pertences por coisas de que precisávamos desesperadamente.

Mamãe estava com um dente cariado que a estava matando de dor. Nosso dentista judeu não tinha mais permissão para atender, mas, com a ajuda de Pepi, mamãe encontrou um dentista ariano para arrancar seu dente. Ele queria ouro. Mamãe lhe deu uma corrente de ouro. Ele queria mais. Ela lhe deu outra. Ele queria outra. Ela lhe deu a sua última. Três correntes de ouro por um dente.

Tentei cobrar as parcelas das máquinas de costura e motocicletas que tinham sido vendidas pela franquia do meu avô. Mas ninguém que devia dinheiro a judeus se sentia obrigado a pagar. A maioria riu na minha cara.

A irmã mais nova de mamãe, tia Marianne, se casou com um homem chamado Adolf Robichek e foi morar em Belgrado, onde ele trabalhava para uma empresa de remessa de mercadorias pelo Danúbio. Os Robicheks enviavam pacotes de comida para nós com os capitães dos navios, e nós compartilhávamos nossa boa sorte com *Frau* Maimon e as duas irmãs. Esses pacotes se transformaram no nosso salva-vidas.

Será que o resto dos austríacos entendiam o que estava acontecendo com os judeus? Será que compreendiam que estávamos sendo despojados, que estávamos começando a passar fome? Para responder a essa pergunta, permita que eu conte uma história.

Certa vez, depois da *Anschluss*, a anexação, fui parada por um policial por atravessar a rua sem atenção. Ele ordenou que eu pagasse uma multa severa.

— Mas sou judia — respondi. Isso foi tudo que ele precisava ouvir para saber que eu não tinha nenhum tostão e que não teria como pagar, e ele me deixou ir embora.

Então, veja vem, quando eles dizem que não sabiam como os judeus estavam sendo despojados, você não deve acreditar neles. Todos eles sabiam.

A vida amorosa de Christl Denner, sempre frenética, se tornara tumultuada por causa da política nazista.

Estávamos conversando no banheiro porque os outros aposentos, com suas janelas palacianas, estavam congelantes.

— Pois eu lhe digo isto, Edith, esta situação é tão idiota que apenas a SS poderia ter criado. As Leis de Nuremberg sobre raça dizem que você não é um ariano legítimo a não ser que seus avós tanto paternos como maternos sejam arianos, certo? Então, se apenas um dos seus avós for judeu, você é considerado judeu e é destituído de todos os seus privilégios como cidadão, certo? Bem, você quer saber de uma coisa? O pai de Bertschi é um judeu tchecoslovaco.

— Ai, meu Deus — exclamei, horrorizada.

— Então — continuou ela —, meu pai ajudou o pai de Bertschi a comprar documentos falsos "provando" que ele também era ariano até três gerações. Uma boa ideia, não é?

— Excelente — respondi.

— O resultado disso foi que o pai de Bertschi foi convocado imediatamente.

— Ah, meu Deus!

— No exército, descobriram a verdadeira identidade de *Herr* Beran e o jogaram na cadeia. Mas, nesse meio-tempo, convocaram Bertschi, que agora parece ser um ariano satisfatório por causa dos documentos falsos do pai. Mas, então, em pouco tempo, o exército descobriu que o pai dele estava na prisão, mas não o *porquê* de estar preso, então eles insultaram Bertschi com uma dispensa desonrada e o enviaram de volta a Viena. E, ouça isto, Edith, você não vai acreditar...

— O quê? O quê?

— Enquanto Bertschi estava voltando para Viena, sua unidade inteira explodiu por causa de uma bomba armada pela Resistência Francesa.

— Agora, eles descobriram que Bertschi é meio judeu, então a Gestapo está atrás dele.

— Ah, não...

— Mas eu tenho um plano. Meu pai comprou-me uma loja que antigamente era de propriedade de judeus. Eu vou vender *souvenirs:* canecas de café com mapas de Santo Estêvão impressos nelas, réplicas de estatuetas do Palácio de Nymphenburg, caixinhas de música que tocam Wagner. É claro que preciso de um contador para me ajudar a administrar a minha loja. Então, eu contratei Bertschi.

Ela sorriu. Seu cachorro colocou a cabeça no seu colo e olhou para ela amorosamente.

— Ai, Christl, isso é muito perigoso. Eles virão atrás de você.

— Já vieram — contou-me ela. — Terei de me apresentar na rua Prinz Eugenstrasse amanhã.

— Você não deve ir! — exclamei. — Você é ariana, você pode escapar. Você tem documentos, você deve deixar a cidade, sair do Reich!

— Meu pai foi designado para trabalhar na unidade antiaérea em Münster em Vestfália — disse ela. — Não vou a lugar nenhum.

Pensei em Hansi, na SS, na sua brutalidade contra as mulheres.

Christl sorriu.

— Apenas me empreste sua blusa amarela com a aplicação de pássaros, e tudo ficará bem.

No dia seguinte, Christl Denner vestiu a camisa que minha mãe fizera para mim. Serviu perfeitamente. Colocou seu batom mais vermelho e escureceu os cílios. Enquanto descia a rua, sua saia balançando, seu cabelo brilhante, parecia que estava indo a um baile.

Entrou no quartel-general da Gestapo. Todos os homens saíram de trás de suas mesas para darem uma boa olhada. O capitão nazista tentou ser severo.

— A senhorita tem um homem trabalhando em sua loja, *Fräulein* Denner, um Hans Beran...

— Sim. Meu contador. Ele está viajando pelo Reich. Recebi um cartão postal dele.

— Quando ele voltar, queremos vê-lo.

— É claro, capitão. Eu o enviarei imediatamente.

Ela abriu um amplo sorriso. Ele beijou sua mão. Perguntou-lhe se poderia comprar-lhe um café. Ela aceitou.

— Você o quê?! Você saiu com um soldado da SS?

— Como uma mulher poderia recusar um simples convite para um café? — explicou-me ela. — Seria rude. Talvez levantasse suspeitas. Quando o capitão sugeriu um futuro encontro, eu simplesmente lhe disse que fui prometida para um marinheiro corajoso que estava em alto-mar e que não poderia jamais trair sua sagrada confiança.

Ela sorriu enquanto devolvia minha blusa. Ela tinha o talento de uma heroína hollywoodiana, minha amiga Christl.

No porão da sua loja estava Bertschi, o homem mais sortudo.

* * *

Pepi me visitava todos os dias. Estava trabalhando como estenógrafo no tribunal e, após o expediente, ia comer alguma coisa e, depois, vinha até nós, uma caminhada de 45 minutos. Chegava por volta das sete horas da noite, colocava o relógio na mesa para não se esquecer da hora, e ia embora precisamente às nove e quinze, para chegar em casa às dez, horário que sua frenética mãe o aguardava.

Nosso caso de amor há muito protelado e frustrado não conseguia encontrar um lugar, nenhum canto, e começamos a ficar famintos um pelo outro. Mesmo no clima mais frio, saíamos para caminhar ao ar livre e encontrávamos um banco ou algum pórtico onde podíamos no beijar e nos agarrar.

Certa tarde, esgueiramo-nos para seu apartamento, aterrorizados com a possibilidade de os vizinhos nos verem. Ele tinha comprado preservativos e os escondido de Anna (que xeretava tudo), colocando-os em uma caixinha preta na qual escrevera "FILME NÃO REVELADO! NÃO EXPOR À LUZ!" Estávamos loucos de excitação e mal podíamos esperar para ficarmos juntos. Mas, logo que começamos a nos despir, ouvimos homens gritando no corredor do lado de fora; aquela horrível batida nazista na porta de algum austríaco desafortunado; a senhora da casa chorando. "Não! Não, ele não fez nada! Não o levem!" — e, logo em seguida, os passos pesados dos captores enquanto arrastavam o prisioneiro e o levavam embora.

Nossa paixão morreu de tanto medo. Não conseguimos reavivá-la naquela noite. Pepi me acompanhou de volta ao gueto.

Ele não foi demitido do emprego no tribunal. Apenas deixou de aparecer um dia, e seus colegas imaginaram que, como todos os outros judeus, meio-judeus e um quarto judeus, ele tinha sido preso ou estava se esforçando para ser solto. Ele não podia mais receber as rações judaicas porque, com as maquinações da mãe, não tinha sido registrado como judeu. Se tentasse obter rações arianas, seria convocado.

Então Pepi estava preso no apartamento da mãe. Vivia com o que ela lhe trazia. Jurava para as autoridades que era uma fumante inveterada, então recebia cigarros que levava para casa para ele. Ele saía durante o dia para se sentar no parque onde não seria notado. Ocupava-se escrevendo leis para a nova Áustria "democrática", que ele estava certo de que existiria depois da eliminação dos nazistas. Você consegue imaginar? Meu brilhante Pepi, fingindo que não existia, reescrevendo o código penal austríaco para se divertir.

Em 1939, quando os alemães atacaram a Polônia, arrastando a França e a Grã-Bretanha para a guerra, tivemos um momento de esperança de que Hitler logo seria derrotado, que a nossa decisão de permanecer em Viena talvez tivesse sido o melhor. Mas logo compreendemos que a expansão da guerra tinha cortado todas as chances de fuga.

Os velhos e os doentes não viam como se salvarem. A viúva idosa do grande pintor judeu alemão Max Liebermann se matou quando a Gestapo estava a caminho para pegá-la. O tio de minha mãe Ignatz Hoffman, um eminente médico, tinha se casado com uma jovem e passara anos felizes ao seu lado. Antes de a Gestapo prendê-lo, ele tomou veneno. "Você precisa fugir agora, meu amor", dissera ele. "Corra como o vento. Você não pode ter um velho ao seu lado para sobrecarregá-la agora." Ele morreu em seus braços.

Ouvimos que uma misteriosa nazista ajudou a mulher do tio Ignatz a contrabandear suas posses antes de ela mesma escapar.

Todos os judeus de origem polonesa estavam sendo enviados de volta para as terras dos seus antepassados, então, as duas gentis irmãs se despediram de nós com um beijo, arrumaram suas malas e foram embora. Nós enviávamos pacotes para elas aos cuidados da comunidade judaica em Varsóvia, mas, é claro, os pacotes foram devolvidos porque era ilegal enviar qualquer coisa para judeus. Então, seguimos o conselho de um vizinho sagaz e escrevemos o endereço em polonês e, como um passe de mágica, os pacotes chegaram. Eu também fiquei sagaz. Nunca postava dois pacotes na mesma agência dos correios.

Começamos a perder o contato com todos os nossos parentes e amigos. Eles estavam se afastando como estrelas sem gravidade, através de quaisquer buracos que se abriam no muro da conquista nazista.

Minha tia Marianne Robcheck escreveu que ela e sua família estavam seguindo para o oeste, em direção à Itália. Tio Richard e tia Roszi enviaram um cartão-postal da China. Hansi, Milo e Mimi enviaram mensagens por intermédio dos nossos parentes avisando que tinham chegado à Palestina. Meu primo Max Sternbach, um talentoso artista que se formara na faculdade de Belas Artes que recusara Hitler, desapareceu nos Alpes, seguindo — esperávamos — para a Suíça.

Peguei emprestada a blusa lilás de Christl e pedi que tirassem uma fotografia formal para o aniversário de Pepi. De alguma forma, eu sentia que nós precisaríamos de fotografias um do outro, se fôssemos separados. Ele disse que nunca nos separaríamos, mas tantas outras pessoas tinham se separado. Olhe para Otto Ondrej, preso no front oriental. Ele nunca vira seu filhinho que Jultschi nomeara em sua homenagem.

Àquela altura, todas as minhas esperanças se concentravam na derrota da Alemanha. "Se apenas a França conseguisse resistir rapidamente... se apenas a Itália se aliasse à Inglaterra... se apenas os Estados Unidos entrassem na guerra", pensei, "então, os nazistas seriam destruídos."

Em junho de 1940, enquanto Pepi e eu caminhávamos às margens do canal do Danúbio, alguém gritou ao longe, contente: "A França caiu!" A cidade inteira explodiu em comemorações... e eu, na verdade, vomitei na rua. Eu não conseguia respirar, não conseguia andar. Pepi praticamente me carregou para casa. A mãe dele tomava algumas pílulas para se acalmar. Agora que eu estava tão histérica quanto ela, Pepi roubou algumas dela e as colocou na minha boca e observou enquanto eu as engolia.

Quando a Itália declarou guerra contra a França e a Grã-Bretanha, uma clara indicação de que Mussolini achava que Hitler venceria a guerra, eu tomei as pílulas por conta própria, pois sentia que tudo estava perdido. Estávamos presos em um império fascista.

Pepi recusava-se a ceder ao desespero. Sua pontualidade regulava e acalmava nossas vidas. Seus pequenos presentes do lado ariano —

café, queijo, livros — lembrava-nos dos dias melhores passados. E, então, em um ato inesquecível de abandono romântico, ele pressionou a mãe a lhe dar algum dinheiro e ele me levou a Vachau.

Passamos três dias gloriosos em um país das maravilhas de conto de fadas. Nadamos em um rio de águas azuis cristalinas. Escalamos as ruínas no castelo de Durenstein, onde Ricardo Coração de Leão, foi mantido prisioneiro, e Blondl, o trovador, cantara sua fuga. Trancamos a porta do nosso quarto de hotel e caímos na cama e rolamos um nos braços do outro. As pessoas perguntavam por que eu havia me casado com um homem tão mais velho que eu, pois Pepi aparentava ser mais velho do que era, e eu, mais nova. E eu respondia: "Porque ele é o melhor amante do mundo!"

Os nazistas desapareceram como duendes maléficos sob um feitiço. Passeamos por caminhos charmosos pelos quais Bertrand Russel caminhara antes de nós, declarando que aquele lugar era o jardim encantado da Áustria, e nada sabíamos a não ser nosso deleite um com o outro. Política, pobreza, terror e histeria, tudo desapareceu completamente no ar cortante da montanha.

— Você é meu anjo — sussurrou ele. — Você é meu ratinho mágico, minha namorada querida...

Aquele foi o único motivo porque permaneci na Áustria. Eu estava apaixonada, e não conseguia imaginar uma vida sem o meu Pepi.

Quando cerca de 100 mil dos 185 mil judeus de Viena conseguiram sair de alguma forma, os nazistas decidiram que todos os judeus remanescentes deviam ser registrados, então fomos obrigados, sob a mira de revólveres, a fazer uma fila na praça. Todos que tinham sobrenome iniciado com F tinham de se apresentar em um dia, todos com a letra G em outro dia, e todos os com a letra H no dia 24 de abril de 1941. Mamãe e eu entramos na fila logo de manhã. Quando as pessoas desmaiavam, tentávamos ajudar tirando-as do sol. Uma unidade de homens da Gestapo atravessou em um caminhão. Um deles saltou e puxou minha mãe e eu.

— Entrem no caminhão — ordenou ele.

— O quê? Por quê?

— Não faça perguntas idiotas, sua puta judia, entrem logo!

Fomos empurradas para dentro do caminhão. Segurei firme a mão da minha mãe. Eles nos levaram para um escritório da SS e colocaram um papel diante de nós.

— Vocês duas são necessárias para trabalho agrícola no Reich. Aqui. Assinem isto. É um contrato.

Instantaneamente, meu aprendizado como advogada inundou minha mente e eu me tornei uma litigante. Argumentei como se estivesse inventando a arte da argumentação.

— Mas esta mulher nem deveria estar aqui — disse eu, puxando minha mãe para trás de mim. — Ela não é vienense, não é judia, é apenas uma velha criada que empreguei no passado. Ela veio me visitar e decidiu me fazer companhia.

— Assine o documento.

— Além disso, olhe para ela! Ela não poderá ser nada boa no trabalho. Ela tem bicos de papagaio nos pés e artrite nos quadris. É um caos ortopédico, eu digo ao senhor. Se precisa de trabalhadoras, os senhores precisam encontrar as minhas irmãs. Minha irmã Gretchen é bonita e só tem 22 anos, uma atleta. Sim, senhor, a melhor! Se ela não fosse judia, teria feito parte da equipe feminina de natação. E minha irmã Erika é forte como dois touros. Digo que o senhor poderia amarrá-la a um arado. Como o senhor poderia deixar passar duas jovens fortes e robustas no lugar dessa velha caquética? Será que tem algo errado com seus olhos? Talvez o senhor precise de um exame...

— Tudo bem, tudo bem, cale a boca! — berrou o nazista. — Deixe a velha ir.

— Vá, vá logo, mãe, saia daqui!

Eles empurraram mamãe para a rua ensolarada.

Assinei o documento. Era um contrato obrigando-me a trabalhar por seis semanas em uma fazenda no norte da Alemanha. Se eu não aparecesse, seria tratada como uma criminosa perigosa e caçada sem clemência.

Minha mãe e eu dormimos abraçadas naquela noite.

— Seis semanas — disse eu. — Isso é tudo. — Seis semanas e estarei de volta. Até lá, os americanos entrarão na guerra e conquistarão a Alemanha, e isso vai acabar.

Peguei uma mochila e uma mala, como minha irmã Hansi fizera. Mamãe embalou quase toda a comida da casa para mim.

Pepi veio com a mãe até a estação de trem. Ele parecia tão doce, tão triste. Toda sua tagarelice afável o abandonara. Ele pegou minhas mãos e as colocou no bolso da jaqueta dele com as mãos dele. Minha mãe tinha olheiras profundas. Ficamos em silêncio, os três. Mas Anna Hofer não calava a boca. Estava conversando sobre rações e moda, cheia de alegria porque eu estava partindo.

De repente, mamãe colocou um dos braços em torno de Anna e, antes que ela tivesse tempo de protestar, deu a meia-volta com ela, permitindo a mim e a Pepi um último momento. As lágrimas salgadas no seu beijo ficaram comigo. Eu as provava nos meus sonhos.

Quando o trem apitou, sussurrei para minha mãe que ela não deveria ficar triste, que eu a veria em seis semanas.

CAPÍTULO CINCO

A plantação de aspargos em Osterburg

No início, parecia uma viagem normal. Viajei em um compartimento com diversas mulheres e, quando chegamos a Melk, eu sabia quanto tempo tinham ficado em trabalho de parto com cada um dos seus filhos. Uma garota lamurienta e amedrontada ficou grudada em mim até eu finalmente conseguir me livrar dela. Tínhamos um carcereira, uma alemã alvoroçada. Parecia eficiente no uniforme nazista, mas durante a longa noite insone, ela vagava pelo trem de camisola, sem saber o que fazer.

Na estação de Leipzig, fomos amontoadas em um aposento e vigiadas por dois policiais que ordenaram que removêssemos o batom e qualquer outra maquiagem. Tínhamos de pedir permissão para usar o banheiro. Continuamos, então, a viagem em um trem local. Àquela altura, a conversa feminina tinha acabado. Depois de algumas horas sendo tratadas como prisioneiras, *tornamo-nos* prisioneiras, alertas, silenciosas. Fiquei em pé o tempo todo, olhando pela janela para a Alemanha, para as vilas dolorosamente limpas e casinhas cinza arrumadas, todas com aparência uniforme. A zona rural, ainda marcada com alguns pontos de neve resistente do inverno, estava cheia de lama.

— Aquela lama é para onde vou — disse para mim mesma.

Em Magdeburgo, tivemos de arrastar nossa bagagem pelos degraus acentuados. Um trem muito lento nos levou até Stendal. Ficamos em pé na plataforma, congelando.

Os fazendeiros chegaram — pessoas duras e comuns determinadas a se comportar de forma superior, ainda um pouco desconfortáveis com esse novo poder. Olharam-nos de forma crítica, como se fôssemos cavalos e, então, dividiram-nos em grupos. O menor fazendeiro ficou com duas garotas. Alguns outros pegaram oito ou dez. Segui com o grupo maior — acho que éramos umas 18 — para Plantage Mertens, em Osterburg.

Era uma fazenda grande, ocupando uns seiscentos *morgens* de terra. (Um *morgen,* cerca de dois terços de um acre na Alemanha, era uma medida inventada por fazendeiros medievais, que estimavam quanta terra poderia ser arada em uma *Morgen*, uma manhã.) A fazenda tinha cinco cavalos fortes; uma casa grande, na qual nunca entrei; alguns celeiros e alojamentos para nós, as trabalhadoras. *Frau* Martens, uma mulher de vinte e poucos anos, cujo marido tinha ido para a guerra, esperava que os judeus fossem o que a rádio Goebbels anunciava — depravados feios, rudes com aparência de ratos que certamente tentariam roubar tudo que possuía. Ela pareceu feliz por dizermos "*Bitte*" (por favor) e "*Danke*" (obrigada) e parecia humilde e exausta.

No dia seguinte, começamos a trabalhar em seus campos.

Nunca em minha vida eu tinha feito um trabalho daquela natureza. Se ao menos não tivesse matado as aulas de educação física, eu talvez fosse mais forte, mas já era tarde demais para arrependimentos.

Trabalhávamos das seis horas da manhã até o meio-dia e, depois, de uma hora da tarde até as seis, seis dias por semana e parte do domingo. Nossa tarefa era plantar feijões, beterrabas, depois batatas e colher aspargos. Para colher aspargos, devíamos apalpar a terra, sentir o caule macio branco e cortá-lo com uma faca, arrancá-lo e tapar o buraco — milhares de vezes por dia. Logo, cada músculo e articulação do meu corpo latejava e queimava. Meus ossos doíam. Minha cabeça doía. *Herr* Fleschner — nós o chamávamos de *Herr*

Verwalter, literalmente "Senhor Supervisor" — era um homem magro com olhos embotados e expressão nervosa. Ele literalmente ficava em cima de nós nos campos.

Eu fora informada na rua Prinz Eugenstrasse que ficaria na Plantage Mertens por seis semanas. No trem, ouvi que seriam dois meses. Mas, na fazenda, quando mencionei "dois meses" para *Herr* Verwalter, ele caiu na gargalhada. Eu me lembro da risada aguda como a de um demônio.

— É a função de algumas raças trabalhar para outras raças — proclamava ele enquanto observava nosso trabalho. — Esse é o decreto da natureza. É por isso que os poloneses trabalham para nós, alemães, e os franceses trabalham para nós, e vocês trabalham para nós hoje e, amanhã, os ingleses trabalharão para nós.

Eu devia cavar um fosso. A terra solta nas laterais ficava caindo em cima de mim. O supervisor gritava:

— Depressa! Mais depressa!

Eu tentava ir mais rápido.

— Sua judia idiota, burra e imprestável! Para que você serve?

Caí no choro. No entanto, eu poderia ter enchido o fosso com minhas lágrimas e me afogado nelas por toda compaixão que despertariam.

Na minha cama à noite, eu me repreendi duramente por ter me comportado de forma tão indigna diante daquela pessoa tão vil. Jurei para mim mesma que aquilo nunca mais voltaria a acontecer. E assim foi. Nas semanas que se passaram, o supervisor descobriu que eu era uma das melhores trabalhadoras, rápida e eficiente. Ele agora virara sua raiva para uma desafortunada romena.

— Sua velha gralha! — berrava ele. — Sua judia imprestável, imbecil e seca! Para que você serve? — Ele afundava o rosto dela na lama repetidas vezes.

Ocasionalmente, *Frau* Mertens, parecendo limpa e fresca, aparecia nos campos para ver com as coisas estavam se saindo. Havia uma generosidade colonial nela. Como cumprimento, ela dizia "*Heil* Hitler" para nós com um sorriso. Empertigávamo-nos da terra lamacenta e olhávamos para ela. Ninguém dizia uma palavra, e isso parecia deixá-la decepcionada.

Havia cinco quartos e uma cozinha em nossos alojamentos de madeira e tijolos. No meu quarto, ficavam quatro ocupantes: *Frau* Telscher, reservada e quieta; Trude e Lucy, ambas com 18 anos; e eu. Ninguém acreditava que eu tinha 27 anos e era — quase — formada na faculdade. Do outro lado do corredor, vivia um grupo chamado "as Seis Elegantes", mulheres da classe rica de Viena. Ao lado delas, havia seis outras mulheres, entre as quais, a pobre romena; uma garota bonita e estressada de cabelo escuro chamada Frieda; outra garota que estava grávida de dois meses; e uma mulher que outrora trabalhara como criada nas antigas propriedades das "Seis Elegantes". A ex-criada adorava observar aquelas mulheres mimadas cambalearem pelos campos sulcados com o restante de nós. Mas seu contentamento logo acabou. Nada pode tornar o trabalho árduo um prazer por muito tempo, nem mesmo a satisfação de uma vitória na luta de classes.

Cada uma de nós tinha uma cama de ferro com um colchão de palha, lençóis xadrezes azuis e brancos e um único cobertor. Eu usava tudo o que conseguia para dormir porque fazia muito frio — duas calças, duas camisas, minha camisola, meu roupão de banho e dois pares de meia. Escrevi para mamãe e para Pepi implorando que enviassem um edredom para mim, uma coberta quentinha recheada com penas.

Rapidamente ficou claro para nós que os alemães estavam interessados em usar a nossa força, mas não preservá-la. Recebíamos uma ração de "café florido" — feito não com grãos de café, mas das flores. Cada uma de nós recebia um pão que deveria durar de domingo até quarta-feira. Ao meio-dia, tomávamos uma sopa fria feita dos aspargos que não podiam ser vendidos ou uma sopa de mostarda com batatas e, talvez, um ovo cozido. À noite, tomávamos uma sopa leitosa; nos dias de sorte, tinha um pouco de aveia. Estávamos sempre famintas. Como o velho marinheiro, cercado de água e morrendo de sede, estávamos cercadas de abundância e morrendo de fome. Comecei a viver para os pequenos pacotes que chegavam de casa que talvez contivessem pão ou um bolinho ou o maior dos tesouros: geleia de fruta.

Frau Fleschner, a esposa do supervisor, nos fiscalizava. Ela tinha um filho, um menino de 4 anos chamado Urike, que brincava pela fazenda, um ponto de doce inocência naquele ambiente tão duro. *Frau* Fleschner estava sempre fumando. Adorava sua autoridade. Ela nos colocava em linha e lia em voz alta "As leis para judias que vinham trabalhar na plantação de aspargos".

— Todas as ocupantes devem aderir às regras e serem responsabilidade de *Frau* Fleschner... Esta sou eu — dizia ela.

— Toda ocupante, de manhã, quando sair do quarto, tem que arrumar a cama, limpar seu lavatório e certificar-se de que seu lugar no quarto está limpo.

Ela continuou:

— A mais velha do quarto ficará responsável pela arrumação e pela limpeza do quarto. — Apontou para mim. — Esta é você.

Continuava a leitura:

— As refeições serão feitas no refeitório e salas comunais. Não é permitido levar comida para o quarto.

— Existem salas especiais para lavar e passar roupa.

— É proibido fumar.

— Não é permitida a saída do campo e dos arredores. Portanto não é permitida a ida para as cidades e vilas vizinhas, nem ao cinema, ao teatro etc.

— Todas as compras precisam ser mostradas para a gerente do campo... Esta sou eu... e só serão feitas com sua aprovação.

Com o coração afundando no peito, percebi que eu teria de pedir tudo para ela — uma escova de dentes, papel higiênico, sal.

— É possível passear aos sábados das sete horas da noite até as nove horas da noite e, aos domingos, das duas horas da tarde até as seis horas da tarde. Tais caminhadas devem ser feitas em grupos de pelo menos três pessoas.

— E, é claro, não é permitido usar certas ruas ou participar de quaisquer atividades na cidade de Osterburg. Você caminha. Você caminha de volta. É isso.

A polícia local fazia muitas visitas. Ameaçava-nos com prisão se nos tornássemos desordeiras. Ouvíamos obedientemente e, quando iam embora, caíamos na risada. Mal conseguíamos nos arrastar para a cama à noite! Quem teria forças para ser desordeira?

Regularmente, a polícia pregava avisos alertando-nos sobre alguma atividade antes considerada normal, mas que agora havia se tornado um crime. Ir ao salão de dança, ir ao cinema, tomar cerveja em um café — tudo isso se tornou crime para nós, judeus. E o pior crime de todos, dizia *Frau* Fleschner, apontando para o aviso, era *Rassenschande,* desgraça racial — especificamente, relações sexuais entre alemães e judeus. Você seria presa por isso, dissera ela.

Ficar doente nunca servia como uma desculpa na plantação de aspargos em Osterburg. Por exemplo, uma garota grávida queria voltar para casa, então, começou a chorar e implorar. O médico declarara que ela estava bem para trabalhar, mas ela vomitava deliberadamente todas as manhãs nos campos. Finalmente, um oficial do departamento do trabalho, cheio de si em seu uniforme nazista, deu-lhe permissão para partir, mas não para sua casa — e sim para a Polônia.

A irritadiça Frieda caiu na besteira de contar para *Frau* Fleschner que estava com dor de dente. Prontamente, ela foi levada a um dentista, que lhe arrancou *dez* dos seus dentes! Depois de um dia, eles a colocaram de volta aos campos, cuspindo sangue. Ela só tinha 21 anos.

Durante todo o início da primavera, cortamos aspargos. Engatinhávamos pelas fileiras, cavando, capinando, cortando. Meus dedos doíam como se estivessem quebrados. Minhas costas não ficavam mais retas. Começáramos trabalhando 56 horas por semana, mas, agora, chegávamos a 80 horas. Todos os fazendeiros locais se encontraram e concordaram em parar de cortar aspargos determinado dia, o que significava que tínhamos de trabalhar vigorosamente para colher o máximo possível antes daquela data. Levantávamo-nos às seis horas da manhã e ficávamos nos campos até as seis da tarde. Organizei minha própria campanha de sabotagem. Quando eu enfiava minha faca na terra, destruía o máximo de brotos do próximo ano que eu conseguisse.

Uma vez, depois de ter trabalhado 12 horas embaixo de chuva, meus joelhos inchados de modo reumático, minhas roupas deterioradas, deixei-me levar pela autopiedade. "Não teria sido bem melhor apenas morrer rapidamente em Viena do que morrer aqui aos poucos nesta lama?", escrevi para Pepi.

Imediatamente, porém, senti-me envergonhada por reclamar e busquei o dogma socialista de menosprezar meu próprio sofrimento. "Mas não é assim para noventa por cento das pessoas do mundo?", escrevi. "Elas não precisam labutar desde muito cedo, de manhã? Elas não precisam enfrentar a fome e o frio?"

Veja bem, a vergonha ainda era uma útil ferramenta psicológica para mim. Eu ainda tinha orgulho.

Depois da colheita, quando o trabalho diminuiu, algumas das garotas foram enviadas para casa. Seis de nós — consideradas as "melhores trabalhadoras" — permaneceram.

O calor chegou. Os campos farfalhavam na brisa como um doce mar verdejante. Meu corpo ficou mais forte, ajustando-se, de alguma forma, ao meu trabalho. Fui tomada por sentimentos de amor.

"Quero apertar-me em seus lábios", escrevi para o meu amor. "Mas você está tão longe! Quando o sentirei novamente?"

Eu colhia papoulas e margaridas e as colocava no cabelo de todas. Tornei-me a consoladora do campo, fingindo alegria, dançando com Trude e Lucy entre as doces beterrabas. Quando as luzes se apagavam, eu recitava para minhas colegas de quarto meus versos favoritos do *Fausto* de Goethe, os quais eu tinha prendido no meu pequeno armário.

> Pensamentos covardes, ansiosa hesitação,
> Timidez feminina, tímidas reclamações
> O teu sofrimento não afastarão
> Nem a ti libertarão.
> Para preservar todo o seu poder apesar de tudo,
> Para nunca se dobrar e mostrar que és forte,
> Traz o poder dos deuses ao teu auxílio.

Exaurida por encorajar a todos, principalmente a mim mesma, na hora do almoço eu cairia exausta no sol, com a minha cabeça em um feixe de cevada.

O correio era nosso grande consolo. Vivíamos pelos nossos pacotes. Os nazistas mantinham o correio regular naquela época. Sabiam que cada pacote que nos enviavam tornava nossos parentes mais pobres em Viena e, simultaneamente, aliviava nossos captores do custo de nos alimentar bem demais. Os *Ostarbeiter* — os trabalhadores poloneses, sérvios e russos — não tinham autorização para escrever para casa porque o regime temia que eles contassem para as pessoas como estavam sendo maltratados, o que provocaria resistência a futuras deportações para trabalho.

Eu escrevia para mamãe, Pepi, Jultschi, as meninas Denner, os Roemers e os Grenzbauers o tempo todo, às vezes, três vezes por dia. Eu não costumava dizer nada a não ser tolices incoerentes ou censuras imaturas. Às vezes, eu fazia registros agrícolas precisos: quantas fileiras de aspargo eu colhera, que as fileiras tinham 200 metros de extensão, que esse tipo de praga comia folhas e aquele tipo de larva destruía as raízes, que aquele tipo de ferramenta era para capinar e a outra, para cortar. Descrevia como os prisioneiros servos eram trocados como equipamentos da fazenda, como *Herr* Verwalter tinha furtado o tabaco que Pepi me mandara (o qual eu tinha a intenção de dar para o prisioneiro francês que tanto nos ajudava), como eu aprendera a me sentar nas fileiras e me alongar para trás para preservar os joelhos.

Para Pepi, eu tentava escrever a verdade. Para mamãe, eu mentia de forma resoluta e consistente.

Contei para Pepi que estava gripada; contei para mamãe que eu estava forte e saudável. Disse para ele que *Frau* Hachek, uma velha conhecida, estava no campo. Para mamãe, não disse nada disso, pois ela poderia muito bem escrever para *Frau* Hachek e descobrir que eu estava com bronquite crônica e uma brotoeja não identificável, que meus dentes estavam ficando escuros, que eu precisava de mais comida. Quando Frieda, Trude, Lucy e eu caminhávamos para o trabalho, as crianças alemãs gritavam: "Porcas judias!" Na cidade, os comerciantes não nos vendiam nem uma cerveja. Escrevi para mamãe que Osterburg era uma cidade amistosa.

Eu lia Nordau e Kästner e *Fausto* e *Die Idee des Barock* ("A ideia do barroco"). Tentei aprender um pouco de francês com colegas cativas e um pouco de inglês em um livro intitulado *McCallum*, porque, para mim, estava claro que o meu corpo, agora magro e duro estava sendo sacrificado naquele suplício e que apenas minha mente talvez fosse preservada.

Estávamos completamente cortadas do mundo. Nunca víamos um jornal, nunca ouvíamos o rádio. Escrevi para nosso velho amigo Zich, agora um soldado das *Wehrmacht*, as forças armadas, esperando ficar sabendo de alguma coisa. Escrevi até mesmo para Rudolf Gischa, na Tchecoslováquia, meu antigo pretendente que virou nazista.

Implorava que Pepi me mandasse notícias. "É verdade que Creta foi invadida?", perguntei a ele em maio de 1941. Eu não conseguia acreditar naquilo. Para mim, Creta era um local da mitologia grega. Na minha mente, eu via os alemães atirando suas bazucas contra guerreiros unidimensionais usando sandálias e barbas cacheadas e segurando lanças finas decorativas.

Eu não conseguia fazer com que a guerra parecesse real para mim. Mesmo que eu escutasse sobre bombardeios nazistas em cidades espanholas, eu não conseguia imaginar um ataque aéreo contra civis desarmados. Lembre-se: ainda havia cavalos nas estradas da Alemanha rural naquela época. Pouquíssimas pessoas compreendiam como seria uma guerra moderna.

Um dia, quando seguíamos para os campos de aspargos precisamente às seis horas da manhã, vimos nuvens escuras se juntando no horizonte. Sabíamos que ia chover, assim como o supervisor. "Mais rápido, mais rápido", resmungava ele, um homem preocupado com uma cota. Começou a chover. A terra ficou mole. As facas começaram a escorregar. Esperávamos que ele fosse dizer: "Tudo bem. Já chega." Mas ele não disse.

Ele ficou embaixo de um guarda-chuva que o protegia, e nós baixávamos a cabeça em direção à terra e continuávamos colhendo aspargos. Quando a chuva começou a cair torrencialmente, e os aspargos começaram a nadar como arroz em Burma, ele finalmente nos levou para um abrigo.

Presumimos que fosse chamar uma carroça para nos levar de volta para o alojamento, mas não.

— Vamos esperar o pior passar — declarou ele. — Depois, voltaremos para o campo.

Frieda, a garota que perdera dez dentes, começou a chorar.

— Por que o aspargo é tão mais importante do que seres humanos? Por que estamos vivas se o objetivo da nossa vida é tamanho sofrimento?

O supervisor, milagrosamente emocionado pela explosão dela, permitiu que voltássemos para o alojamento.

Veja você, até mesmo os mais inumanos não eram sempre tão inumanos. Essa foi uma lição que eu aprenderia repetidas vezes — como os indivíduos poderiam ser completamente imprevisíveis em relação à moralidade pessoal.

Pierre, o francês que trabalhava conosco, era chamado Franz (apelido de *Franzose* ou francês) pelos alemães porque não conseguiam pronunciar seu nome. Ele era um vinicultor dos Pirineus, e sempre usava uma braçadeira branca com as letras "KG" (de *Kriegsgefangener* — prisioneiro de guerra) estampadas. Guiava o cavalo e o arado nos campos e nós o seguíamos, geralmente de joelhos, semeando, capinando, e eu gritando algumas palavras em francês para que ele corrigisse meu sotaque.

— *Egless!* — gritaria eu.

— *Non, non église*!

— *Palm de turr* — gritaria eu.

— *Pommes de terre!* — corrigiria ele.

Com minha câmera, tirei uma foto dele e mandei o filme de volta para Viena, para Pepi revelar, de modo que Franz pudesse enviá-la para sua esposa e seus filhos.

Pepi ficou com ciúmes! Assim como muitos alemães, ele acreditava que os franceses possuíam alguma vantagem erótica sobre os outros homens e que certamente nos seduziriam.

"Hora de deixar de lado esses estereótipos idiotas", escrevi para meu namorado. "Franz está exausto demais, definhado demais, solitário demais e com saudade da família para ter qualquer desejo erótico por qualquer pessoa."

Na verdade, eram os alemães que tentavam nos seduzir. O supervisor fazia piadas rudes com Frieda, tentando atraí-la com seu poder. Werner, um garoto local que esperava ficar 12 anos no exército, aproveitava todas as oportunidades para passar a mão em Eva, a filha da criada vingativa. Otto, o homem do Exército da Salvação de uma fazenda vizinha, bombardeava-nos com sugestões vis e piadas vulgares.

Os fazendeiros tinham ficado orgulhosos e altivos. Comiam melhor do que qualquer pessoa na Alemanha. E, assim como a Volkswagen e a Siemens, tinham escravos. Tudo que tinham de fazer era alimentar a elite nazista local e podiam ter todos os escravos que quisessem.

— O povo da cidade nos chama de fazendeiros de merda — zombou Otto —, mas agora eles vão pagar, vocês vão ver! — Ele cobrava um preço criminoso por uma galinha ou um porco, e amava quando as pessoas da cidade competiam para cobrir seu preço.

Boatos de dificuldades crescentes em Viena chegaram até nós nas entrelinhas das cartas dos nossos entes queridos. Eu sabia o que mamãe não tinha porque ela sempre mandava exatamente aquilo para mim. Quando estava com frio, mandava luvas que tinha tricotado com alguma lã amarela que encontrara. Quando estava com fome, enviava bolinhos bem pequenos.

Eu juntava alguns *Reichmarks* do pagamento e enviava o dinheiro para casa para Pepi com instruções para ele comprar sabão para mamãe, papel para eu escrever e até algum presente para a mãe dele, que eu ainda tentava conquistar. Na época da colheita, comprei maçãs e batatas dos fazendeiros e quilos de feijão por picles, aspargos e batatas e os mandei para casa, para Pepi e mamãe e os Roemers e Jultschi, sabendo que aquilo seria compartilhado.

Os judeus de origem polonesa já haviam sido mandados de volta para a Polônia. Agora, no verão de 1941, ouvimos a conversa de que os judeus alemães e austríacos também seriam enviados. Essas deportações — ou *Aktions,* como as chamávamos — nos enchiam de terror. Não sabíamos o que a Polônia significava naquela época, mas sabíamos que não era bom. Pensávamos que se tratava de algum tipo de deserto não civilizado, onde os alemães tinham ido colonizar e subjugar os camponeses. "Se mamãe fosse para a Polônia", pensei eu, "ela teria de ser criada de alguns colonizadores alemães — lavar suas louças, esfregar seu chão, passar suas roupas". Eu não podia suportar imaginá-la em tais circunstâncias. Minha mãe, uma criada? Impossível!

Frau Fleschner e o supervisor nos asseguraram que enquanto estivéssemos trabalhando lá, nossas famílias não seriam deportadas. Tinha a sensação de que eles estavam cada vez mais tentando cuidar de nós com o passar do tempo. Certo domingo, nós seis saímos para uma caminhada. Enquanto estávamos fora, a polícia veio xeretar. O supervisor disse que tínhamos saído para os campos para trabalhar e não devíamos ser incomodadas. Quando chegamos em casa, ele sorriu e disse:

— Agradeçam, meninas. Eu tirei vocês da merda de novo.

Um acampamento de trabalhadores escravos poloneses estendia-se pelas cercanias das fazendas. Esses homens carregavam pedras para os fazendeiros, reconstruíam suas casas, limpavam as fezes dos porcos nos celeiros. Os poloneses nos chamavam quando estávamos a caminho do trabalho com nossas enxadas e pás.

— Não deem atenção — dizia eu para minhas companheiras mais jovens.

Mas uma garota dinâmica de cabelo escuro chamada Liesel Brust, ávida por conhecer mais sobre aquele lugar para onde muitos judeus estavam sendo mandados, aproximou-se um pouco de um dos homens e perguntou:

— Como é a Polônia?

— É bonita — respondeu ele. Era jovem. Sorriu. Já tinha perdido os dentes da frente.

— E Varsóvia?

— Palácios cintilantes, museus, óperas, bibliotecas, universidades cheias de professores. O tipo de coisa que uma linda judia como você adoraria. Entre, querida, e eu lhe conto tudo sobre Varsóvia.

Puxei Liesel para longe dele.

— Conheci um chinês que falou do mesmo jeito comigo em Viena — avisei a ela. — Se eu tivesse ido com ele, estaria em um bordel em Kowloon neste momento. Se você entrar nesse acampamento polonês, você nunca vai voltar. Juro para você.

Eu achava que estava falando sobre um bando de prisioneiros famintos por sexo nas planícies alemãs. Como eu poderia saber naquela época que eu poderia muito bem estar falando sobre a própria Polônia?

Quanto mais duro eu trabalhava, mais magra eu ficava e mais próxima de perder a esperança e imaginar a morte, mais sobrecarregada pela ternura de todas as coisas vivas. Eu não fazia mais distinção entre as pessoas; não guardava rancores e gostava de todo mundo. Encontramos ratos no alojamento. Em vez de matá-los, deixamos migalhas para eles comerem. Um pintinho aleijado nasceu no galinheiro. Eu o trouxe para nosso quarto e o alimentei cuidadosamente por três dias antes que morresse.

Escrevi para Pepi explicando que havia dois espíritos da guerra no meu peito. O primeiro sentia que não haveria fim para aquele sofrimento, que todos nós morreríamos na lama. O segundo acreditava que aconteceria um milagre: que a RAF jogaria uma bomba bem em cima de Hitler e Goebbels, que os nazistas desapareceriam e que nos casaríamos e teríamos filhos.

Fiz uma amiga verdadeira em Osterburg, Mina Katz. Uma garota despreocupada de 18 anos, loura e graciosa, que era imune à depressão e sempre via o lado positivo. Ela vinha de uma família grande e pobre e não trouxera nada com ela para o campo de trabalho, a não ser um complexo de inferioridade. Ela teria sido uma boa estudante, se o destino houvesse lhe dado uma educação.

Mina e sua amiga mais velha *Frau* Grünwald trabalharam em uma empresa judaica de entrega de mercadorias. Ela fora tomada por uma nazista, Maria Niederall, que precisava de duas empregadas judias para lhe ensinar o negócio. À medida que o tempo passava, essa mulher se afeiçoou a elas e queria mantê-las trabalhando para ela. No entanto, a Gestapo tinha outros planos. Mina e *Frau* Grünwald recebiam pacotes regulares da antiga patroa — sortimentos suntuosos de comida, sabão e roupas que apenas um ariano com boas conexões conseguiria enviar.

Como uma vela nos campos, Mina carregava um brilho de bondade consigo. Ela ria. Cantava tolas canções de amor. Inventava histórias. Trazia presentinhos para todos. E todos nós a adorávamos. Ela e eu começamos a trabalhar lado a lado em todas as tarefas, cortando a cana de aspargo, amarrando grandes pilhas de feno e arrancando batatas do solo preto e encharcado. Jogávamos as batatas em cestos de 25 quilos e os arrastávamos, cada uma puxando uma das alças, até a carroça que aguardava. Usávamos sapatos de madeira. Contamos uma para outra sobre nossas irmãs e escolas. Trabalhávamos sem pensar no nosso trabalho, tão rapidamente que uma das outras garotas nos apelidou de "cavalos de corrida" dos campos de feijão. Enquanto arrancávamos beterrabas do chão, enquanto cobríamos pequenos brotos de feijão, comecei a ensinar a Mina o que eu sabia — economia, direito, política, literatura. Ela absorvia tudo. Aquela educação nos campos nos nutria a ambas e nos dava força para continuar.

Em julho, empacotamos feno, o suor escorria pelos nossos rostos, o sol queimava nossa pele. Eu espalhava lama nos meus braços e nos de Mina. Escrevi para casa pedindo qualquer tipo de creme para pele, mas, é claro, não havia nenhum para ser enviado, não porque tivesse desaparecido de Viena, mas porque os judeus não tinham permissão para comprar mais nada, a não ser o que suas miseráveis rações permitiam. Você vê essas marcas no meu rosto? Elas apareceram anos mais tarde. São pequenos lembretes negros do sol escaldante de Osterburg.

Às vezes, no turbilhão dos meus pensamentos, eu tinha visões de paz, de uma comunidade rural perfeita, como aquelas sobre as quais líamos na literatura socialista, onde o amor pela vida trancaria a guerra e o ódio do lado de fora.

Certo dia, quando eu estava voltando dos campos de feijão, vi um grupo de pessoas descansando na sombra de uma castanheira na fronteira com uma fazenda vizinha. Havia algumas idosas, alemães com o rosto enrugado e mãos pesadas como ferro. Havia algumas jovens judias — as de Viena cujos nomes começavam com "H", como eu — e alguns garotos alemães, jovens demais para entrar para as *Wehrmacht*, as forças armadas, usando chapéus de abas largas; e alguns franceses. Ninguém parecia ser chefe de ninguém; ninguém parecia ser escravo de ninguém. Estavam todos ali, sentados à sombra, tomando água de uma garrafa.

— Venha se sentar um pouco, Edith — chamou uma das meninas. Eu me juntei a elas. Um jovem francês colocou na grama diante de nós uma foto gasta de uma menininha.

— *Elle est très belle* — elogiei, dizendo em francês que a menina era linda.

Lágrimas traçaram um caminho na sujeira do seu rosto.

Aquilo foi demais para a minha visão.

Em agosto, chegaram as chuvas novamente. A colheita que havia começado tão bem, agora estava arruinada e não havia comida suficiente. Esperávamos que, depois da colheita do milho, pudéssemos usar alguns marcos do "pagamento" para comprar comida extra de *Frau* Mertens. Percebendo que se a situação estava ruim para nós, deveria estar horrível em Viena, recebi permissão para ir ao correio com um saco de batatas.

— Você não pode mais enviar batatas para Viena — anunciou a mulher dos correios em voz bem alta, para que o chefe dela na sala dos fundos ouvisse.

— Por que não?

— Não há batatas suficientes para alimentar os alemães. Os judeus terão de comer chuva.

Eu me afastei dela. Ela agarrou meu braço e sussurrou no meu ouvido.

— Do lado de fora do pacote, escreva que são roupas. Então, ele será enviado.

Agora conseguíamos perceber que nossas cartas estavam sendo abertas e lidas. Fiquei aterrorizada em relação a tudo que eu escrevera, a tudo que mamãe, Pepi ou Christl poderiam escrever. Ouvimos falar sobre denúncias e deportações. De repente, havia tanta coisa a esconder. Se a minha mãe escrevia para mim dizendo: "Lembre-se, minha filha, estou guardando o casaco de peles para você", talvez alguém pudesse ler a carta e ir até lá roubar o casaco de pele e machucar minha mãe. Se Pepi escrevia que ficava no parquinho perto do antigo café para ler o jornal até o anoitecer, a Gestapo poderia ler a carta e ir encontrá-lo lá.

"*Destrua minhas cartas!*, escrevi para ele. "*Leia-as, guarde-as em seu coração e queime-as!* Eu farei o mesmo com as suas. E, quando me escrever, use abreviações. Nunca mencione lugares nem pessoas."

Começamos a chamar a Gestapo de "PE" porque sua sede ficava na rua Prinz Eugentrasse. Escrevíamos "indo para a escola!", o que significava apresentação para deportação, já que as pessoas que eram deportadas costumavam ser reunidas em escolas.

Àquela altura, eu tinha começado a implorar que Pepi se casasse comigo, esperando que, se ele fizesse, poderíamos emigrar como Milo e Mimi ou que, pelo menos, poderíamos ser felizes juntos. "Uma mulher casada com um anel no dedo!", pensei. — "Podendo ter filhos! Que felicidade indescritível!" Eu tinha a noção de que, mesmo que não pudéssemos sair, eu estaria mais segura casada e compartilhando a invisibilidade de Pepi. Ele dizia que me amava. Falava de sua paixão. Mas, em resposta aos meus pedidos, nada dizia, nem para dar-me esperanças, nem para acabar com elas.

Todos nós pensamos em nos converter ao cristianismo. O que teria sido impensado, uma traição vergonhosa aos nossos pais e à nossa cultura, agora parecia um engodo perfeitamente razoável. Pensei nos Marranos na Espanha, externamente convertidos ao cristianismo, esperando o terror da Inquisição acabar para que pudessem seguir sua verdadeira fé novamente. Talvez eu também pudesse fingir ser cristã. Com certeza, Deus compreenderia. E isso talvez ajudasse. Por que não tentar?

Fui sozinha até a cidade de Osterburg e olhei para a estátua de Jesus em frente à igreja local, tentando imaginar que eu o amava. Eram tempos de guerra. Os homens estavam no front de batalha. Ainda assim, eu não via velas na igreja, ninguém ajoelhado, rezando pelo retorno seguro dos filhos, maridos e pais. Os nazistas tinham feito um excelente trabalho de desencorajamento de fé em qualquer outra coisa que não fosse o próprio Führer.

Escrevi para Pepi pedindo instruções sobre como me converter. Que documentos eu precisava? Quais certificados? Que assinaturas? Li as parábolas. Encontrei imagens da Família Sagrada. Caprichei na poesia quando escrevi para meu amante: "Olhe como a mãe é linda! Como está contente e doce! Veja o pai como está orgulhoso, como se deleita com a criança, com o presente que recebeu! Como eu desejo poder ter uma família tão feliz e próxima como esta!"

De alguma forma, o que começara como uma exortação à Família Sagrada evoluiu para uma celebração da família que Pepi e eu talvez tivéssemos, se apenas ele se casasse comigo... se apenas ele dissesse que me queria... se apenas ele deixasse sua mãe — se apenas eu conseguisse voltar a menstruar.

Pois, veja você, eu perdi a minha menstruação. Ela se foi, desapareceu. "Você deveria estar feliz", dizia para mim mesma. "Pense na conveniência." Mas na verdade eu estava sofrendo. À noite, eu me deitava em minha cama de palha, tentando não pensar na dor em minhas costas, tentando forçar meus dedos enrijecidos a se fecharem e rezava "Volte, volte! Volte!". Mas ela não voltou.

Sentei-me em uma tina de animal, escrevendo cartas, a lavagem de roupa acontecendo à minha volta. Trude se acomodou ao meu lado.

— Pare de escrever, Edith. Você está sempre escrevendo. Ouça o que vou dizer. Há quanto tempo?

— Desde junho.

— Eu também. Liesel e Frieda e Lucy também. Escrevi para casa e contei para minha mãe, e ela perguntou ao médico que disse que é por causa do excesso de trabalho. O que seu médico disse?

— Doutor. Kohn disse à minha mãe que eu devo estar grávida — respondi.

Rimos até as lágrimas escorrerem.

De Viena, Pepi escrevia obliquamente em seu novo código, e seria tolo da minha parte tentar convertê-lo agora, que a época para tal gesto talvez tivesse se provado útil já tinha passado havia muito tempo.

Frau Mertens nos emprestou para seus vizinhos, os Grebes, que estavam com pouca mão de obra. Agora éramos exatamente como os outros prisioneiros de guerra, os sérvios, os poloneses, os franceses esquálidos — a não ser pelo fato de que não éramos *realmente* como eles, porque não tínhamos um país.

Eu me amparava na crença de que poderia voltar para casa em outubro. O que haveria para fazer na fazenda nos meses de inverno? Éramos trabalhadores de temporada, não éramos? A perspectiva da volta do tempo frio me aterrorizava — a umidade reumosa, as manhãs congeladas. Como sobreviveríamos ali?

Pensava em minha mãe, com seu cabelo escuro e seu caminhar atrevido, os bolos doces maravilhosos que pareciam comida dos deuses de dedos de açúcar, seu comentário irônico e amargo sobre os tolos racistas que estavam destruindo a Terra. Eu tinha 27 anos, e ainda sonhava com seu doce abraço e sua voz gentil. *Você precisa se tornar mãe, porque você obviamente tem talento para isso.* Eu pensava em minha casa, nas ruas quentes e pavimentadas com paralelepípedos, na música. Minhas mãos quebravam as canas de aspargos e jogavam as batatas em suas cestas, e minha mente cantava valsas e dançava com meu verdadeiro amor.

— Volte, Edith — disse o supervisor. — Você está em Viena.

Ele estava certo. Aprendi a encher minha cabeça com lembranças e me afastar de Osterburg, uma forma fabulosa de compartimentalizar a mente que preservava minha alma. Quando a polícia local chegou e nos informou que deveríamos sempre usar a *Magen David*, a estrela de Davi amarela, imaginei que algo tão tolo jamais aconteceria em Viena, que eu ainda colocava em um pedestal como modelo de sofisticação. E, então, Trude recebeu uma carta dizendo que todos os judeus em Viena também eram obrigados a usar a estrela judaica de seis pontas.

Não consegui acreditar. Como aquilo era possível? Será que Viena descera ao mesmo nível da zona rural e ignorante? A ideia me horrorizava. Veja você quanto tempo leva para abandonarmos suposições que valorizamos.

A polícia nos disse que deveríamos escrever para Viena para pedir as estrelas amarelas e que, quando chegassem, deveríamos usá-las o tempo todo. Mas, se fizéssemos isso, nenhum comerciante da cidade nos atenderia. Então, não as usávamos. Nossos supervisores na fazenda não pareciam se importar. Acredito que, do jeito deles, tinham começado a querer nos manter felizes o suficiente para irmos trabalhar obedientemente para eles, mais do que queriam agradar a polícia.

Pepi escreveu contando-me que o marido de Jultschi, Otto Ondrej, morrera no front oriental.

Pobre Jultschi, a mais fraca entre nós, a mais acossada pela tragédia, estava sozinha novamente. Não conseguia suportar pensar nela, ainda assim, ela não saía da minha mente. “Minhas roupas de funeral ainda estão em Viena”, escrevi para Pepi. “Diga para ela usá-las.”

Para que eu não tivesse qualquer dúvida de que minhas certezas juvenis tinham mudado para sempre, Rudolf Gischa escreveu-me de Sudetos.

“Fiquei surpreso ao saber que ainda está viva”, escreveu ele de maneira franca. (Por quê? Havia alguma nova política? Será que tinham se cansado de nos colocar para trabalhar para eles? Será que os judeus deveriam estar mortos agora?) "Sinto pena de qualquer pessoa que não seja alemã", continuou ele. "É a minha grande alegria saber que sou privilegiado de criar o grande império do Reich para o povo alemão de acordo com os princípios determinados pelo nosso Führer. *Heil* Hither!"

Uma das meninas que tivera permissão para ir embora, Liesel Brust, era mais corajosa do que a maioria de nós e sempre tentara conhecer os prisioneiros estrangeiros. Agora, ela me enviou de Viena uma carta codificada com um grande pacote de roupas íntimas masculinas e pediu-me para deixá-la perto de determinada pedra em determinado campo em determinada noite e, depois, avisar os prisioneiros franceses que estavam esfarrapados onde poderiam encontrá-lo.

Eu nunca fizera uma coisa daquelas antes — um ato de sabotagem política. Ser pega significaria ser banida para um dos campos de concentração que se proliferavam, mas recusar-me significaria tamanha desonra que eu não conseguia suportar nem pensar. Esperei minhas colegas de quarto adormecerem. Suavemente, bem suavemente, abri a janela e esgueirei-me para fora. Era uma noite quente, nublada e carregada com a chuva que cairia no dia seguinte. Debaixo da minha camisa, o pacote se virava e estalava. A mim, parecia um som trovejante. Respirei fundo e corri pelos campos e mergulhei nos pés de milho. As folhas duras me cortavam. Meu coração martelava. Não me atrevi a olhar para trás nem uma vez com medo de ver alguém atrás. A pedra aparecia na distância no final do campo de feijão. Agachei-me o máximo que consegui, corri e deixei o pacote e dei uma olhada à minha volta. Não vi ninguém, nenhuma luz na casa da fazenda, nenhum pedacinho de céu claro para permitir que uma estrela brilhasse. Ouvi um trovão ao longe. Minhas mãos estavam úmidas de suor. Baixei a cabeça e corri de volta para o alojamento dos trabalhadores.

Trude estava sentada na cama, seus olhos arregalados de terror ao perceber minha ausência. Coloquei uma das minhas mãos em sua boca e a outra na minha.

No dia seguinte, Franz me puxou para trás do seu cavalo e arado.

— Onde estão as roupas íntimas?

— Eu as deixei lá.

— Não estavam lá.

— Deixei exatamente no local onde Liesel disse que eu deveria deixar.

— *Merde!* Outra pessoa pegou.

Ofeguei. Talvez eu tivesse sido vista! Talvez as autoridades tivessem aberto e lido a carta de Liesel! Nós seríamos presos! Imaginei os alojamentos em Dachau. Durante todo aquele dia e o seguinte e o próximo, eu esperei que a Gestapo viesse.

Eles não vieram, porém, e nós nunca descobrimos quem pegou as roupas íntimas.

Fui colocada em outro quarto. Dormia sob a janela. À noite, eu acordava e descobria que meu rosto estava molhado. Não eram lágrimas. Era chuva. Eu virava de lado, afastando-me da janela quebrada, e voltava a dormir. Então, a cama estava molhada — e daí?

À medida que o momento da minha volta a Viena chegava, eu tentava dizer a verdade do meu coração para Pepi. Eu disse a ele o quanto me arrependia por não termos partido enquanto podíamos, que erro terrível tinha sido, como não tínhamos ninguém para culpar a não ser nós mesmos. "Nós cozinhamos essa sopa", escrevi, "e agora devemos comê-la, você e eu. Prometo que sempre serei uma boa companheira, seja lá o que acontecer. Conte os dias que ainda estão entre mim e você. Mais 14 dias. Então, estarei com você."

Mina se virou para mim em sua cama e se apoiou em um cotovelo. A lua iluminou seu rosto.

— Diga-me — pediu ela. — Diga-me como será.

— Entrarei na Western Station — disse eu. — Sairei do trem e não vou vê-lo logo de cara. Mas, então, ele vai me ver, e virá até mim sem chamar meu nome e, de forma totalmente repentina, ele simplesmente estará lá, de repente, como um passe de mágica. É assim que ele sempre aparece. Ele trará flores para mim com seu sorriso malicioso estampado no rosto. Iremos para casa juntos pelo Belvedere e o Schwartzenbergerplatz. Iremos para seu quarto e faremos amor por três dias, e ele vai me alimentar com laranjas.

Ela se deitou no colchão, suspirando. Nunca tivera um amante.

Arrumamos nossas malas. Nove das nossas amigas, entre elas *Frau* Grünwald e *Frau* Hachek, receberam passagens para casa. Transformaram-se com a alegria da antecipação enquanto vestiam suas roupas da cidade para a viagem. Mal podíamos esperar para sermos elas.

Quando voltamos dos campos de beterraba, *Frau* Fleschner reuniu todas que ficamos na frente do alojamento. Aguardamos ansiosamente seu anúncio, certas de que ela nos diria o dia, a hora e o trem.

— Vocês não vão para Viena — declarou ela. — Vocês vão para Aschersleben trabalhar em uma fábrica de papel lá. Considerem-se sortudas. Lembrem-se de que enquanto estiverem trabalhando para o Reich, suas famílias estarão em segurança.

Mina começou a chorar. Coloquei meu braço em seu ombro.

"Por favor, diga à mamãe", escrevi para Pepi no dia 12 de outubro de 1941. "Eu não posso escrever para ela. Quando nos veremos novamente? A vida está dura agora. Não sei nada sobre o que está acontecendo em Viena! Por hoje, não posso escrever nada mais. Um beijo. Desesperadamente, Edith."

CAPÍTULOS SEIS

As escravas de Aschersleben

Ficamos no centro do *Arbeitslager* — o campo de trabalho — em Aschersleben, usando nossas roupas de trabalho mais limpas, nossos sapatos menos enlameados e a estrela amarela marcada com a palavra *"judia"*, a qual exigiram que usássemos na viagem de trem e a qual não podíamos mais tirar. Estávamos com a pele morena, do tom das folhas de inverno.

As garotas nos encararam, surpresas, assim como as encaramos. Porque, veja bem, elas eram bonitas. Tinham mãos com unhas feitas e cabelo com penteados adoráveis. Elas usavam meias-calças! O próprio prédio de trabalho nos parecia bonito; tratava-se de uma construção alegre de três andares com uma cozinha, um aposento de banho, sala de recreação, janelas com cortinas e quadros nas paredes. Eu pensei: "Este lugar será maravilhoso comparado a Osterburg!"

Uma garota alta chamada Lily Kramer nos trouxe uma xícara de café de bolota de carvalho. Tinha diploma universitário. Seus óculos ficavam na ponta do narigão.

— Eles permitiam que vocês se vestissem assim em Osterburg?

— Era uma fazenda.

— Bem, aqui, vocês têm de parecer que estão fazendo negócios — informou ela. Inclinando-se para a frente, ela falou em voz baixa: — Eles gostam que pareçamos trabalhadoras de verdade, recebendo salários de verdade, para que não precisem pensar no que realmente somos e, no caso de os visitantes nos virem, eles não ficarão preocupados nem chateados.

— Eles recebem muitos visitantes? — perguntou Mina, ansiosa. Ela sempre procurava o lado positivo, aquela garota.

— Não — respondeu Lily. — Não, não há muitos visitantes. Vocês, por acaso, gostam de música de câmara? — Apertamos os olhos. — E quanto a drama? Schiller? — Será que ela era louca? — Que pena.

Ela suspirou e se afastou, como Helena na peça russa *Tio Vânia* cansada da morte dos tolos que a cercavam.

Nós nos acomodamos. As garotas vinham e iam constantemente em seus vestidos bonitos, todos marcados com a estrela amarela obrigatória. Às seis horas da manhã, os ferros para enrolar o cabelo estavam esquentando para os penteados do dia. Inicialmente, achei que as garotas estavam apenas tentando manter as aparências. Mas logo percebi que era mais do que isso. Estavam tentando atrair um protetor. Não necessariamente um amante, pois, àquela altura — outubro de 1941 —, um ariano poderia ser preso por ter relações com um judeu. Não, as escravas de Aschersleben estavam tentando apenas encontrar alguém que as quisesse por perto para mantê-las empregadas para que suas famílias tivessem permissão para permanecerem no Reich.

Anos mais tarde, vi fotografias da fábrica de papel H. C. Bestehorn, em Aschersleben. Ela tinha uma entrada da frente atraente, um pátio e janelas adornadas com floreiras. Nunca vi aquele lado de Bestehorn. Vínhamos todos os dias dos nossos alojamentos, escoltadas por nossa comandante, jovem, bonita e mesquinha, *Frau* Drebenstadt, e seguíamos para a porta dos fundos, direto para a fábrica. Contei 82 de nós, mas talvez houvesse mais.

Trude, Mina e eu fomos designadas para as máquinas de impressão, velhos monstros verdes vitorianos que socavam caixas de papelão para produtos como macarrão, tapioca, cereal e café — nenhum dos quais podíamos comer.

Eu ficava diante de uma máquina. Com minha mão esquerda, empurrava quatro folhas de papelão sob as lâminas. As lâminas desciam. Eu virava as folhas. As lâminas desciam. Eu tirava as folhas de papelão com minha mão direita e empurrava mais quatro com a esquerda. As lâminas desciam. Eu ficava no mesmo lugar e empurrava o papelão, virava-o, tirava-o, empurrava mais, e fazia isso de seis e meia da manhã até quinze para o meio-dia. Depois, de uma e quinze da tarde até quinze para as seis. As lâminas desciam como foguetes. Bum! Bum! Bum! O zunir dos motores, a batida das lâminas e o farfalhar do papelão eram incessantes.

O chefe do nosso departamento, *Herr* Felgentreu, um nazista assumido, orgulhoso do seu trabalho, esperou o engenheiro, *Herr* Lehmann, calibrar o regulador de tempo da máquina e, então, sincronizou o seu cronômetro. "Você!", apontou ele. "Comece agora." Eu trabalhei loucamente. Empurrar, virar, empurrar, pegar, empurrar, virar, empurrar, pegar, empurrar, virar. *Bum! Bum!*, o mais rápido que consegui, afastando meus dedos das facas. Dez minutos passaram rapidamente. De repente, ele gritou: "Você! Pare!"

Eu estava suando. Meu coração estava disparado. As pontas dos meus dedos queimavam de tanto empurrar e puxar papelão. Felgentreu contou quantas folhas eu havia estampado, multiplicou por seis e chegou a uma cota para uma hora. Então, multiplicou o valor por oito e chegou à cota diária: 20 mil caixas.

— Mas isso é impossível, senhor — protestei. — Uma pessoa não consegue manter o mesmo ritmo dos primeiros dez minutos durante o dia inteiro.

Ele não estava nem ouvindo. Estava se afastando. Comecei a correr atrás dele. *Herr* Gebhardt, nosso supervisor, estendeu o braço para me impedir. A contramestra que trabalhava abaixo dele levou um dedo aos lábios, fazendo um sinal para que eu ficasse quieta. Percebi que era o único dedo, além do polegar que havia permanecido na sua mão direita.

No primeiro dia, produzi 12.500 caixas. Não era um trabalho tão árduo quanto nos campos, mas quando o sinal batia, eu estava tão cansada que mal conseguia andar.

Como refeição noturna, recebíamos dois pedaços de pão e uma xícara de café.

No segundo dia, fui informada que, se eu ficasse abaixo da cota novamente, teria de trabalhar até mais tarde para compensar o que estava faltando. Quando o último sinal soou, eu tinha produzido 17 mil caixas. Eles me mantiveram trabalhando. Àquela altura, estava tão cansada e faminta que levei várias horas para chegar à minha cota. Quando eu estava finalmente deixando o chão da fábrica, um trabalhador ariano jogou-me uma vassoura e ordenou-me que varresse. "Não, Edith", disse *Herr Gebhardt*. "Pode ir jantar."

A maior parte da nossa comida chegava na hora do almoço em uma tigela de cerâmica marrom, um tipo de mistura improvisada de batatas, repolho e aipo, "aritmeticamente equidistante entre verduras e legumes e líquido", disse Lily, a nossa residente intelectual. Tratava-se de uma descrição justa.

Além do trabalho na fábrica, eu tinha de trabalhar na cozinha uma semana por mês. Eu limpava as mesas, descascava batatas, lavava todos os recipientes. Diante de uma panela de batatas cozinhando, colocando uma em cada tigela de cerâmica, eu pensava: "Eu poderia colocar uma no meu bolso. Ia queimar, mas quem se importa?" A cozinheira nazista estava me observando. Ela sabia exatamente o que eu estava pensando. Qual das garotas não havia sucumbido à tentação de roubar batatas naquele lugar? Temerosa, coloquei a batata em outra tigela e *sonhei* que tinha sido no meu bolso.

No nosso jantar de pão e café, Mina sussurrou:

— Será que eles querem nos matar de fome, Edith?

— Acho que vamos ter que tentar compensar no almoço — respondi. — Nesse meio-tempo, vamos escrever para casa e pedir comida.

— Os judeus não têm comida suficiente para si mesmos em casa — sussurrou Trude. — Quando minha irmã estava casada com um ariano, ela e seus filhos recebiam comida suficiente. Mas ela teve de dar comida para os meus pais porque suas cadernetas de rações davam para comprar muito pouco.

— Onde sua irmã vive?

— Eu nem sei *se* ela está viva. O marido a expulsou de casa. Ele disse para a Gestapo que ela tinha morrido, e que ele ficara com as crianças.

— Mas como ela poderia suportar deixá-lo ficar com os filhos? — exclamou Mina.

Nossa normalmente calma e bem-comportada. Trude agarrou Mina com raiva.

— Será que você não compreende que ela teve sorte por ele ter *dito* que ela estava morta e não tê-la entregado, ele mesmo, para a Gestapo? Quando é que você vai deixar de ser tão idiota, Mina?

A princípio, as regras de Aschersleben pareciam iguais às de Osterburg. Mas, então, você percebia que havia diferenças. Uma forte crueldade havia se estabelecido.

"A pessoa só pode usar o banheiro no andar em que mora", diziam as regras. "Caso contrário, terá de pagar uma multa de 50 *pfennig* (centavos). A pessoa só pode se lavar em dias específicos. A pessoa não pode tomar banho depois das oito horas da noite. As camas devem estar arrumadas de acordo com o sistema prescrito, os cantos para dentro e, depois, para dentro de novo, as cobertas sem dobras. Nada pode ser colocado sobre o armário. A pessoa não pode sair, a não ser nos sábados, entre as duas horas da tarde e as seis horas da tarde, e aos domingos, entre as nove e as 11 horas da manhã e entre as duas e as seis horas da tarde, além disso, não pode sair sem a estrela amarela. As judias não podem entrar em lojas. Não podem comprar nada."

Mina mostrou-me as rações para compra de pão que sua ex-patroa, Maria Niederall, lhe enviara.

— O que faremos com elas? — perguntou-me ela. — *Frau* Niederall acha que podemos comprar pão com elas.

— Vou mandá-las para Pepi — respondi —, e ele comprará pão e enviará de volta para nós.

Você poderia me perguntar, porém, se àquela altura o pão já não estaria velho? Velho, duro e talvez até mofado? A resposta é sim, claro. Agora tente imaginar como tais considerações tinham começado a significar tão pouco para nós. Comíamos, agradecidas, pães que tinham sido feitos 14 dias antes. Nós os embrulhávamos em trapos úmidos para restaurar um pouco da umidade e os roíamos como ratos.

No sábado, eu recebia o "pagamento". Doze *Reichsmarks* e 72 *pfennigs*. Mais que seis *Reichsmarks* eram descontados por moradia e alimentação. Muitos mais foram deduzidos para recompensar a Bestehorn pela energia extra que eu havia consumido para conseguir chegar à minha cota. No fim, acabei com quatro *Reichsmarks* e 19 *pfennigs*. Já que eu não tinha nada com o que gastar, tentei ir ao correio e enviar aquela pequena quantia de dinheiro para minha mãe em casa. O guarda na porta não permitiu a minha passagem.

— Você precisa de uma autorização de *Frau* Drebenstadt.

— Mas ela está de folga hoje.

— Você deveria ter conseguido a permissão na semana passada.

— Mas se minha mãe não receber notícias minhas achará que algo terrível aconteceu.

— E se eu permitir que você saia com esta carta, o gerente da fábrica achará que eu permiti que você roubasse alguma coisa.

— O que eu poderia roubar? Não há nada na fábrica, a não ser papelão.

— Volte para dentro — ordenou ele. Ele era um idoso, mas tinha um cassetete e estava assustado demais para não ser cruel. — Estou avisando.

Certa noite, Trude passou mal do estômago. Como todos os banheiros estavam ocupados, ela usou um no andar seguinte. Quando desceu, *Frau* Drebenstadt a estava aguardando e, sem palavra, esbofeteou-a repetidas vezes. Trude ficou chocada demais para chorar.

— Seu pagamento terá uma dedução de 50 *pfennigs* — informou *Frau* Drebenstadt.

Aquilo fez Trude chorar. O correio era tudo para nós. Quando foi cortado — uma punição chamada *Postperre*, usado para muitas infrações — sentimo-nos completamente perdidas.

* * *

Nossa contramestra trabalhou a vida inteira para a Bestehorn. Era uma mulher sem atrativos, curvada, com cotovelos vermelhos e inchados, mas seus olhos tinham um sorriso para nós. Ela esperou até que *Herr* Felgentreu desaparecesse atrás de uma máquina e então me disse:

— Ouça bem, Edith. Se você empilhar as folhas de papelão com cuidado, vai conseguir espremer cinco unidades em vez de quatro. — Ela nos mostrou como. — Se as lâminas quebrarem, fale comigo, e vou pedir para o engenheiro substituí-las. Não deixe ninguém perceber. — Ela se afastou apressada.

Tentei fazer como ela disse. A produção aumentou cerca de vinte por cento. Um milagre! Imediatamente, nós oito que trabalhávamos naquelas máquinas, começamos a empurrar cinco folhas de papelão. Depois de quinze minutos, a contramestra passou por nós e, com os olhos, nos avisou que Felgentreu estava vindo na nossa direção. Voltamos a empurrar pilhas de quatro.

Por volta de quatro horas da tarde, quando nossos chefes estavam tomando chá, a contramestra esbarrou em mim com seu quadril ossudo. Era um sinal de que assumiria por quinze minutos para eu ter uma folga. Todos os dias ela dava a uma de nós uma folga como aquela.

Não havia "explicações" para aquela gentileza tanto como para a crueldade da comandante do campo que esbofeteara Trude. Eram os indivíduos que faziam suas próprias regras na situação. Ninguém os forçava a se comportar de forma insensível. A oportunidade de agir de forma decente em relação a nós estava sempre disponível para eles, mas poucos a usavam.

Em novembro, apesar do meu planejamento regular e cuidadoso, eles me deram uma nova cota diária: 35 mil caixas. Senti o ânimo afundar. Eu tinha certeza de que iria fracassar, e, se isso acontecesse, mamãe seria enviada para a Polônia. Mina, porém, teve uma atitude diferente.

— Um brinde à sua nova cota! — disse ela, alegremente, presenteando-me com um laço vermelho. — Você obviamente é uma das "melhores de Bestehorn"! *Mazel tov*!

Nossa velha amiga Liesel Brust escreveu que estava trabalhando no Centro de Rações para Judeus em Viena, que vira nossos familiares e que todos estavam bem. Aquela carta me deu forças. Prendi o laço vermelho no cabelo e ataquei a máquina com vigor renovado.

Então, eles aumentaram a minha cota para 3.800 caixas por hora. Consegui porque sempre colocava cinco peças de papelão, em vez de quatro, e trabalhava como um raio. Naturalmente, quebrei uma lâmina. Felgentreu descontou do meu pagamento pelo custo extra e gritou comigo. Baixei a cabeça em submissão, atitude que agora eu dominava. Entretanto, alguns dias depois, eu estava usando cinco peças novamente. Gebhardt me viu — tenho certeza que sim. No entanto, ele nada disse.

A pele da ponta dos meus dedos ficou desgastada, esfolada e com sangue batido pelo papelão. Eu teria ficado feliz em usar luvas, mas não dava para operar a máquina usando luvas; elas faziam com que você ficasse mais lenta e aumentavam a possibilidade de seus dedos serem cortados. Então, eu apenas sangrava.

— Temos de continuar trabalhando! — disse eu para minhas amigas. — Enquanto *nós* estivermos trabalhando, *eles* ficarão bem.

No final de novembro, vimos duas das garotas do terceiro andar diante da porta do alojamento usando seus casacos de ir à cidade e segurando suas malas. Estavam voltando para casa.

— Ah, sorte a de vocês! — exclamou Mina. — Vocês vão se casar? Estão se divorciando? Ouvimos dizer que aquela garota de Nordhausen *Arbeitslager* foi para casa porque estava grávida. Vocês estão grávidas?

As garotas riram. Gravidez tinha se tornado uma piada de humor negro naquela altura, porque muito poucas de nós ainda menstruava.

— Nossos pais estão sendo enviados para a escola — explicou uma das garotas. — Estamos voltando para ficar com eles.

Logo, três outras pessoas foram escolhidas para voltarem para Viena para acompanhar os pais para a Polônia. Bestehorn, porém —

aparentemente com pouca mão de obra —, não permitiu que fossem, então suas mães e seus pais tiveram de fazer a viagem para o leste sem elas. Por um lado, sentíamo-nos confortadas por saber que a fábrica lutaria por seus trabalhadores. Por outro, eu vivia aterrorizada de que tal circunstância um dia me separasse da minha mãe, e que, de alguma forma, ela seria enviada para lá sem mim.

"Você tem de me contar no instante que ouvir qualquer coisa!", escrevi para ela. ("Vou precisar de alguns dias para conseguir uma permissão da Gestapo para viajar", escrevi para Pepi. "Então, por favor, diga para mamãe que ela precisa me informar imediatamente se ela for para a escola!")

Eu saía para trabalhar no escuro e voltava no escuro, então não sabia dizer quando o dia acabava, e logo perdi a noção do tempo. Eu colocava a data errada nas minhas cartas. Escrevia para mamãe duas vezes por dia, às vezes mais, e enviava um apelo de perguntas no escuro.

"Quem está lutando contra quem na guerra?", escrevi para Pepi durante uma das muitas suspensões do correio. "Não consigo acompanhar. Nós nunca vemos os jornais. Há um radinho na área de jantar, mas não temos tempo nem forças para ouvir. Não sabemos nada a não ser rumores. Quando esta guerra vai acabar? Quando nossos libertadores chegarão? Como está tudo em Viena? Vocês têm comida suficiente? Diga para mamãe para parar de enviar comida porque eu tenho certeza de que ela não tem o suficiente para si mesma. Você pode sair? Você pode andar nas ruas? Você pode conseguir algum trabalho? Sua mãe está conseguindo sustentá-lo? Queimou as minhas cartas? Leia tudo e queime depois!"

Nas entrelinhas, ele poderia ler: *Você se lembra de mim? Você ainda me ama?*

Os boatos nos enlouqueciam de preocupação. Ouvimos dizer que os nazistas, no seu ardor por "purificar" sua raça, estavam, na verdade, matando os retardados, os loucos e os senis com gás venenoso. "Ah, isso é demais, isso deve ser a propaganda de alguém", dissemos

Lily e eu uma para outra. Ouvimos que pessoas nos campos de concentração estavam literalmente morrendo em decorrência do excesso de trabalho, que guardas sádicos inventavam torturas desumanas para aqueles que não conseguiam acompanhar: eles os obrigavam a carregar pedras sem nenhum objetivo, a ficar de pé a noite inteira na chuva, cortavam as rações pela metade.

E ouvíamos coisas horríveis sobre as condições nos guetos poloneses. Uma garota recebeu uma carta do seu namorado nas *Wehrmacht*, as forças armadas. "Fique em Aschersleben!", avisou ele. Na cidade polonesa onde era seu posto, os guetos, disse ele, estavam lotados; não havia comida, nem trabalho, nem espaço para respirar. As pessoas estavam adoecendo e morrendo por falta de cuidados. E todos os dias chegavam mais transportes trazendo mais judeus de todos os países que a Alemanha estava conquistando.

Quando a Gestapo ouviu sobre esta carta, seus homens invadiram o alojamento, arrastaram a garota aos berros para fora, reviraram seu armário e rasgaram seu colchão, procurando por outras cartas. Pela reação deles, todas nós compreendemos que o que o soldado contara devia ser verdade. A Polônia devia ser pior do que Aschersleben.

"Diga para Z não me escrever!", escrevi histericamente para Pepi. "Não podemos ser pegos nos correspondendo com militares! É proibido!"

Dezembro de 1941 trouxe o Natal mais triste da minha vida até aquele momento. Ainda assim, estávamos todas obcecadas em presentear. Pedi para Pepi comprar um guarda-chuva para mamãe — "o mais elegante e moderno", insisti — ou talvez um par de brincos ou uma bonita caixa para o seu pó de arroz. Eu queria acreditar que ela ainda era minha linda mãe, com brincos e pó de arroz e sem qualquer necessidade de um guarda-chuva elegante. Fantasias; todos nós as tínhamos.

Uma garota, cujo pai tinha sido enviado para Buchenwald, pediu para o namorado em casa comprar um kit de barbear para ele, então fez um lindo embrulho e anexou um cartão que dizia: "Presente de

Natal para meu querido pai, da sua filha amorosa." Ela o deixou em seu armário, imaginando que quando ele saísse do campo de concentração, ela lhe entregaria.

Uma das garotas mais azaradas entre nós viera da Polônia para estudar Medicina em 1933. Você consegue imaginar uma época pior? Ela perdera havia muito tempo qualquer contato com sua família e não recebia nada de ninguém, então eu lhe dei um pedaço de pão que recebi de mamãe. Estava duro como pedra.

— Que maravilha! — chorou ela. — Exatamente como o pão da minha mãe. Um dia vou pedir a ela para assar pão para você também, Edith!

Nós acreditávamos no futuro. Todas nós ainda acreditávamos.

Minha amiga Mina planejou seus presentes como se ela fosse o Papai Noel e Pepi Rosenfeld era todas as renas no Polo Norte.

— Agora, veja bem, Edith, eu economizei oito *Reichsmarks*. Então, se mandarmos este dinheiro para o seu Pepi, ele deve conseguir comprar uma caixinha de chá de ervas para minha mãe, e uma boa caneta para meu pai e uma caixa de doces para meus irmãos e irmãs. Eles amam doces. Eles ainda têm dentes porque os nazistas não permitem que comam doces, então, como pode ver, de certa forma o regime fez um grande favor à família Katz.

Ela realmente me fazia rir.

— *Frau* Niederall certamente vai nos enviar algo maravilhoso para o *Hanukka*. Meu pai costumava dar de presente para cada um dos filhos uma caixa com moedas sem valor no *Hanukka*. Nós achávamos que era o maior dos tesouros e jogávamos *dreidel*, jogos com piões do *Hanukka*, e apostávamos e comíamos *latkes*, as panquecas de batata. Ah, Edith, era tão divertido, era um prazer ser judeu. Um dia, quando você e Pepi estiverem casados e eu for a madrinha dos seus filhos, vou ensiná-los jogos com *dreidel* e vamos cantar todas as maravilhosas canções em iídiche que meu pai conhece.

— Tenho medo de esperar por tanta felicidade, Mina.

— Não seja tola. A esperança é um presente de Deus para o mundo. Olhe para a sorte maravilhosa que eu, pessoalmente, tive até agora, só porque continuei tendo esperança. *Frau* Niederall comprou a Empresa de Entregas Achter. Ela manteve a mim e *Frau* Grünwald quando poderia muito bem ter nos expulsado. Ela me ensinou como me vestir de forma elegante, como passar perfume aqui e ali, como escrever cartas comerciais e cumprimentar os clientes. Eu a chamo de tia, isso mostra como a amo! Quando você a conhecer, deve chamá-la *Frau Doktor*.

Ela enfiou a mão embaixo da cama, seu rosto brilhando.

— Olhe, tenho um presente de *Hanukka* para você — disse ela. — Para lhe dar esperança. — Ela me entregou um pedaço de madeira no qual queimara um ditado francês que o nosso amigo Franz costumava dizer para nos animar em Osterburg:

La vie est belle, et elle commence demain.
("A vida é bela e começa amanhã.")

Algumas poucas famílias judaicas ainda moravam em Aschersleben no final do outono de 1941, entre elas *Frau* Crohn e sua filha Käthe, uma mulher doce e inteligente, mais ou menos da minha idade. Quando as garotas de *Arbeitslager* saíam nos sábados ou domingos, os Crohns nos convidavam para um "café". Sou incapaz de dizer o quanto essas visitas significavam para mim. Elas traziam de volta uma sensação de lar, de vida civilizada, de comunidade judaica em um mundo de ódio.

Certo domingo, estávamos voltando da casa dos Crohns. Lembro-me de uma garota chamada Ditha que estava lá, uma garota chamada Irma e outra chamada Clair. Caminhamos pela Breite Strasse, uma rua proibida para os judeus. Alguns garotos locais gritaram em tom de paquera "Ei, lá vão as estrelas da sorte!" De alguma forma, eles não compreendiam a humilhação e a perseguição que aqueles bordados odiosos simbolizavam. Consideramos o tom amigável um bom presságio.

Mina e eu buscamos em todos os lugares por algo para levar para os Crohns à medida que as festas se aproximavam e, finalmente, trocando e fazendo promessas, conseguimos uma garrafinha de conhaque. *Frau* Crohn serviu na hora, em pequenas taças que ela, de alguma forma, conseguira esconder dos saqueadores da vizinhança que levaram todo o resto. Brindamos aos americanos que tinham acabado de entrar na guerra depois do ataque japonês a Pearl Harbor.

Quando todos os judeus da região norte da Alemanha tinham recebido ordens de se prepararem para a deportação para a Polônia, eu fui à casa de Käthe para ajudá-la a arrumar as malas. Lembro-me que ela não tinha permissão para levar uma faca nem uma tesoura. Käthe me deu um dos seus livros — *The First Born* ("O primogênito") de Frischaner — e escreveu: "Uma lembrança das muitas horas ensolaradas."

Ela foi levada com mais de mil outros de Magdeburgo para o gueto de Varsóvia. Escrevi para ela lá. Achei muito estranho que minha boa amiga não me escresse de volta.

No final de novembro, na escuridão congelante antes da aurora, *Herr* Wittmann, um dos gerentes da empresa, marchou no alojamento, *Frau* Drebenstadt, amedrontada, nos fez ficar de pé, atentas.

— Vocês não trabalharão hoje — declarou ele. — Fiquem aqui. Baixem as venezianas. Desliguem as luzes. Richard Bestehorn, um distinto líder comercial e cidadão honorário da cidade de Aschersleben, faleceu e haverá uma procissão funeral no pátio. Em hipótese alguma vocês devem tentar assistir. Se aparecerem no pátio, serão presas.

Ele foi embora. Juntamo-nos na janela e espiamos o lado de fora. Dois prisioneiros franceses estavam varrendo o pátio na frente do nosso alojamento. Eles adornaram o prédio com ramos de pinheiro e tecido preto de luto.

— Por que será que não nos querem lá? — perguntou Mina. — Nós certamente poderíamos ajudar aqueles franceses, que não estão fazendo um trabalho muito bom.

— Somos desprezadas demais para nos juntarmos à "raça superior" na sua reunião solene — respondeu Lily com sua amargura inteligente de sempre. — Além disso, se eles não nos virem, podem fingir que nunca souberam que estávamos aqui.

Na época, achei que Lily estava apenas sendo cínica, mas, é claro, ela acabou sendo profética. Entendo agora que tudo foi feito para que os alemães nunca nos vissem; ou, se nos vissem, não teriam de admitir; ou, se tivessem que admitir, pudessem dizer que parecíamos bem e nunca sentissem um senso de culpa ou um instante de compaixão. Lembro-me de ler o que Hermann Göring disse para Hitler: esses momentos de compaixão podem ser um grande problema. Todo alemão provavelmente tem um judeu favorito para tirar do bando, algum velho médico, alguma garota bonita, algum amigo da escola. Como a Alemanha poderia se tornar *Judenrein,* purificada de judeus, se todas essas exceções fossem feitas? Então a política era não induzir ninguém a se comportar de forma decente e, durante todo o tempo, manter-nos na mais profunda escuridão.

Em circunstâncias como aquela, nenhuma gentileza passava despercebida. *Herr* Gebhardt nunca disse uma palavra para mim, mas eu sabia que ele me ajudava nos pequenos gestos, e eu sempre serei grata por isso. Até mesmo o escorregadio Wittmann tinha um ponto fraco por uma garota. Seu nome era Elisa. Ela era bonita, imponente, bem-educada, uma dama. Antes de ser enviada de volta a Viena, ele a chamou em seu escritório e disse: "Se você precisar de qualquer coisa, pode me pedir. Eu vou ajudá-la."

Eu ficava diante da máquina. O papelão deslizava, meus dedos sangravam, e eu tentava ensinar para Mina as teorias que talvez tornassem nosso trabalho significativo. Taylorismo na América; Keynes na Grã-Bretanha; Marx, Lênin e Trotsky. Em alguns dias, eu não conseguia me lembrar de nada daquilo. "Ou você chega aqui burro", escrevi para Pepi, "ou o trabalho emburrece você".

Eu contava para Mina as histórias de todos os livros que eu estava lendo. Uma biografia de Maria Antonieta — orgulhosa e bonita demais, meu conto admonitório. Uma biografia de Isadora Duncan, tão arredia e livre, uma inspiração. Contei para Mina a história de *Chaim Lederers Rückkehr* ("O retorno de Chaim Lederers"), de Sholem Asch, *Das Gänsemännchen* ("O homem ganso"), de Jacob Wasserman, e *O livro das lendas*, de Selma Lagerlof.

— Pense na nossa contramestra como Verônica — sussurrei. — Verônica enxugou a fronte de Jesus enquanto ele carregava sua cruz até o calvário, e a imagem do seu rosto ficou no tecido. Nossos rostos ficarão impressos nos corações daqueles que são bondosos conosco, como uma bênção.

Já que os Estados Unidos entraram na guerra, e nós consideramos isso um sinal de que logo estaríamos livres, decidimos comemorar o *Hanukka,* o festival da liberdade, em dezembro de 1941. Uma das novatas, uma soprano *coloratura,* cantou para nós. Ela conhecia árias, *Lieder,* e também algumas músicas em iídiche que apenas algumas poucas garotas, como Mina, compreendiam. O som da antiga língua, *apenas o seu som,* enchia nossos corações de alegria.

Encontramos algumas velas e fizemos um tipo de menorá. Mas, então, para nossa consternação, descobrimos que nenhuma de nós conhecia a oração — nenhuma. Você consegue imaginar? Sermos tão desprovidas, tão ignorantes da nossa própria cultura, nossa própria liturgia! Esse foi o legado da nossa vida assimilada em Viena. Nós nos viramos para Mina. Ela cobriu o rosto com as mãos. "Eu não consigo me lembrar", gemeu ela. "Papai sempre fazia a oração. Papai..."

Ficamos olhando para as velas bruxuleantes, sem saber como fortalecê-las. Lily sugeriu que deveríamos apenas dar as mãos e fechar os olhos e dizermos juntas "Que Deus nos ajude". E foi o que fizemos.

Que Deus nos ajude. Que Deus nos ajude. Que Deus nos ajude. *Lieber Gott hilf uns.*

Depois do *Hanukka,* recebemos uma nova comandante do campo, *Frau* Reineke, e eles aumentaram a produção para 44 mil caixas por dia.

Uma garota que conhecíamos anunciou com grande prazer que iria para casa para se casar. Então, uma vez mais, pedi Pepi em casamento.

"É claro que eu me casarei com você. Mas isso não é possível neste momento", escreveu ele.

"Por que é possível para ela e não para mim? Se não pudermos salvar um ao outro, pelo menos poderíamos nos aquecer! Eu sonho com o dia quando vamos viver juntos. Onde que você acha? Em uma pequena vila ou um pequeno castelo? Em um apartamento no centro da cidade ou em uma casa como a dos meus avós em Stockerau? Eu vou cozinhar e limpar, dar banho nas crianças e ir trabalhar no tribunal."

"Ouça bem, Edith, isso é bobagem. Não vamos poder nos casar. Certamente você compreende quantas coisas existem contra isso." (Será que ele estava se referindo a Hitler? À história? À sua devotada mãe?) "Vou amá-la para sempre. Agora você deve me esquecer."

Uma garota que conhecíamos chamada Berta tinha um namorado no campo de trabalho em Wenderfurt, próximo a Blankenburg. Ele recebeu autorização para visitá-la, mas, sendo judeu, não poderia mais usar o trem. Então, no frio congelante, na neve, ele caminhou penosamente até Ascherleben. A alegria de Berta quando o viu partiu meu coração, pois eu sabia que Pepi jamais faria tal gesto por mim.

Certo domingo, caminhei com Trude e Mina. A neve estava cegante. Toda branca e pura, cobrindo a Alemanha com seu manto natalino. Não dava para ver o que havia embaixo. Fiquei estupefata com a *minha insignificância*, sentindo-me um ponto negro naquela vasta paisagem. "Não posso continuar", disse eu para minhas amigas e voltei, desesperançada.

Agora, enquanto eu estava trabalhando na minha máquina da fábrica, todas as histórias me fugiam. Isadora Duncan, Maria Antonieta, Marx, Keynes, Asch, Wasserman, Lagerlof — perdidos. Tudo em que eu conseguia pensar era na verdade da nossa situação. Eu era uma escrava, e Pepi não me queria. Bum. Bum. Bum.

Parei de trabalhar. As lâminas bateram e se quebraram. Minhas pernas cederam. Afundei no chão. As outras garotas não se atreveram a olhar para mim. *Herr* Gebhardt me pegou e me levou a uma cadeira. Então, nossa contramestra colocou os braços em volta de mim e falou comigo com tanta ternura e preocupação que meu sofrimento perdeu sua força, e eu consegui voltar a trabalhar novamente.

Veja bem, isso é tudo que basta — um momento de bondade. Alguém que seja doce e compreensivo, que parece ter sido enviado para lá como um anjo na estrada para que você passe pelo pesadelo. Verônica.

Refletindo, afundada no colchão de palha naquela noite, Mina concluiu que Pepi só estava tendo um ataque de pânico. "Não dê a menor atenção à carta dele", disse ela. "Continue escrevendo para ele como você deseja os beijos dele e o gosto dele e todas essas outras coisas românticas que você sempre diz, e tudo vai acabar maravilhosamente bem."

Então, escrevi para Pepi que ele deveria ver esperanças nas minhas cartas porque, no ano seguinte, certamente teríamos paz. "Passe as festas com alegria", escrevi. "Imagine como eu iria beijá-lo se eu estivesse aí com você sob as luzes de uma árvore de Natal."

Contei para as pessoas lá em casa que o trabalho não apresentava mais nenhum problema. Não era uma completa mentira. Você pode se acostumar a qualquer coisa, ter "Sara" como seu novo nome do meio, usar uma estrela amarela no seu casaco, trabalhar horas intermináveis, comer pouco, dormir instantaneamente no minuto que puder.

Fizemos um milhão de caixas para compota vermelha e milhões mais para café artificial e mel artificial, para macarrão e espaguete, para tabaco para mascar. Cada vez que um alemão abria uma daquelas caixas, ele nos tocava.

Era fim de janeiro de 1942. Os nazistas logo decidiriam em Wannsee assassinar todos os judeus remanescentes na Europa, mas nada sabíamos sobre tais planos. Sabíamos apenas que agora não podíamos mais ir à cidade, que todas as rações tinham sido reduzidas novamente, e que o correio parara novamente.

A garota cujo pai fora enviado para o campo de concentração de Buchenwald recebeu uma carta de um amigo dele. "Esta é a música que cantávamos juntos a caminho do trabalho nas manhãs", escreveu o amigo. Nossa soprano nos ensinou a canção de Buchenwald, e nós a cantarolávamos sempre que tínhamos força para isso.

> Oh, Buchenwald, esquecer-te não podemos,
> Porque és nosso destino.
> Aqueles que te deixaram são os únicos
> Que podem avaliar a maravilha da liberdade.
> Oh, Buchenwald, não reclamamos nem gememos,
> Seja qual for o nosso destino.
> Dizer "sim" para a vida é o que queremos
> Porque virá o dia quando livres seremos.

A canção me deu coragem. Fui até *Frau* Reineke, nossa nova comandante do campo, que era uma mulher de meia-idade e mãe, e que esperávamos tivesse mais consideração do que sua antecessora.

— Por favor, senhora, mesmo que o serviço dos correios tenha parado, será que poderíamos receber os pacotes que nossas famílias já nos enviaram? Sabemos que nossas mães estão tirando comida da própria boca para ajudar a nos alimentar. E sabemos que agora a comida está estragando, mofando, apodrecendo.

Ela me olhou com olhos frios e recusou meu pedido. A partir daquele momento, não receberíamos mais pacotes de alimento.

Mas existem, graças a Deus, outros tipos de alimento. Pepi deve ter remexido no lixo da escola, pois nos enviou exemplares rasgados da peça *Don Carlos*, de Friedrich von Schiller. Lily ficou felicíssima.

Todas as noites com a nossa última luz e nossas últimas forças, sentávamo-nos e líamos aquela peça do século XVIII, como se fôramos alunas de uma aula de teatro. Uma outra garota veio reclamar que estávamos fazendo muito barulho. Acabou se tornando nossa plateia.

Eu representei o rei Filipe, o tirano que manda matar o próprio filho, Dom Carlos, em vez de liberalizar suas políticas e permitir que seus súditos vivessem em liberdade. Você acha que havia alguém entre nós que não tenha se identificado com o filho, que não tenha ouvido suas palavras e se lembrado da conferência de Évian-les-bains?

> Eu não tenho ninguém, ninguém [chorava Mina, como Dom Carlos], em toda essa vasta e extensa Terra, ninguém...
> Não há nenhum lugar — nenhum — nenhum
> no qual eu possa talvez descarregar meus sonhos.

Todas nós compreendemos que o rei Filipe era o progenitor de Hitler.

> O bem-estar dos cidadãos floresce aqui em paz sem nuvens! [Declarei, representando o monarca furioso e defensivo]

> A paz de cemitérios! [zombou Lily, representando o progressista marquês de Posa.]
> Milhares já fugiram das suas terras, pobres, mas felizes.
> E os súditos que perdestes em nome da fé eram os mais nobres.

Pensamos em Thomas Mann, Freud, Einstein. Pensei em tio Richard e tia Roszi, em Mimi e Milo e na nossa pequena Hansi. Não eram eles os mais nobres súditos da Áustria Alemã, que fugiram para o exílio, pobres, mas felizes?

Parece inacreditável, mas, em retrospecto, acredito que o próprio Shiller estava nos enviando uma mensagem, avisando-nos sobre a Solução Final por meio de sua antiga peça.

Disse o rei para o grande inquisidor:

> Podes criar uma nova religião que
> Apoie o assassinato sangrento de um filho?...
> Concordas em propagar essa noção
> Por toda a Europa?

E a resposta foi sim.

Éramos filhos da Alemanha. Uma nova religião exigindo nosso "assassinato sangrento" foi promulgada por toda a Europa, com a cooperação da igreja. Os vienenses não testemunharam como o cardeal Innitzer, o chefe da igreja católica na Áustria, cumprimentou Hitler com a saudação nazista depois da *Anschluss*, a anexação?

Eu não percebi na época, mas, por meio da arte, nós talvez tenhamos compreendido a realidade.

Em 18 de janeiro de 1942, fiquei menstruada novamente pela primeira vez em quase um ano.

Em fevereiro, peguei escarlatina. Assim como uma jovem corpulenta, Anneliese, que tivera outrora uma vida privilegiada.

Por duas semanas, fiquei de cama, queimando em febre na enfermaria em Bestehorn. Estava agitada de ansiedade. Eu não podia ficar doente! Se ficasse doente e não tivesse nenhuma utilidade em Bestehorn, eles talvez enviassem mamãe para a Polônia! Eu disse que estava bem, mas não estava. Tentei sair da cama. A enfermeira nos trancou. Ela trazia comida e desaparecia. Se melhorássemos, ótimo, se não, que assim fosse.

Na verdade, a escarlatina foi a melhor coisa que poderia ter acontecido comigo, porque eu estava exausta e terrivelmente fraca. Eu precisava de comida e de um descanso prolongado, e foi exatamente o que ganhei, seis semanas de comida e descanso. Tenho certeza de que a escarlatina salvou minha vida.

Quando pude trabalhar de novo, estávamos no meio do mês de março. Encontrei o alojamento mais vazio. Mamãe tinha escrito cartas animadas; ela e um homem chamado Max Hausner tinham se apaixonado, e eu fiquei feliz e esperava que ela se casasse com ele. Mas agora suas cartas vinham fragmentadas, desarticuladas, como se não conseguisse organizar os pensamentos.

Pepi me disse que sua tia Susie, a esposa do irmão de seu pai, fora deportada; e que os pais de Wolfgang, *Herr* e *Frau* Roemer, também tinham sido enviados para o Oriente.

Em Aschersleben, o desgaste continuava. Berta, cujo namorado caminhara de tão longe para vê-la, saíra sem sua estrela e fora imediatamente presa e enviada para um campo de concentração.

Ouvimos que as garotas que foram embora para se casar estavam sendo deportadas junto com seus maridos. Uma garota que teve um caso de amor com um prisioneiro francês foi enviada para um campo de concentração, e o francês, executado.

Nosso velho amigo Zich foi morto no front ocidental.

Então, um pacote que Mina enviou para sua família voltou. Ela foi informada que sua mãe, seu pai e seus irmãos e irmãs estavam sendo deportados e que ela deveria se juntar a eles.

Nós tricotamos para ela um suéter com vários pedaços de lã em diversas cores. Eu tricotei uma das mangas; Trude tricotou a outra.

O dia que Mina partiu, a última luz de Bestehorn se apagou para mim. Escrevi pedindo que minha mãe tomasse conta dela. Implorei para Pepi ver se havia algo que pudesse ser feito para mantê-la em Viena. Mas o que realmente poderia ser feito? Alguns dias antes de ir embora com sua família, Mina escreveu-me que tinha visitado minha mãe e o pai de Anneliese também, e que ambos lhe deram algo para a viagem.

"Não perca contato com titia", escreveu ela, referindo-se a Maria Niederall, sua ex-patroa. "Não fique triste, querida; ainda existe a possibilidade de que tudo vai acabar bem, então não perca as esperanças. Não leve Aschersleben tão a sério. É claro que vou escrever para você quando puder, mas não se preocupe se não receber notícias minhas. Lembre-se de que sempre pensarei em você com amor. Sua, Mina."

Eu não tinha como saber que Hitler ordenara que todos os trabalhadores judeus fossem enviados para campos de concentração, que todos nós seríamos substituídos por escravos dos países conquistados. Mas senti a escuridão se fechando. Eu me sentia ignorante em relação ao que estava acontecendo e apavorada em relação ao que viria em seguida.

Queimei todas as cartas de Pepi, a não ser uma. A data era 26 de maio de 1942, e acho que a mantive porque, com toda a sua compaixão infinita, ela me segurava: "Minha querida ratinha! Seja corajosa e acredite tanto no futuro quanto você tem acreditado até agora. Minha querida criança, se eu apenas pudesse amenizar sua fome! Sinta-se beijada mil vezes e abraçada pelo seu Pepi."

Mamãe enviou-me telegramas. "TEREI DE PARTIR EM BREVE. VENHA RÁPIDO. VENHA IMEDIATAMENTE."

Em Aschersleben, fui à polícia.

— Minha mãe está partindo! Preciso ir com ela!

Eles não me deram nenhuma resposta.

Implorei para meu supervisor para me mandar para casa. Fui até *Frau* Reineke:

— Minha mãe não pode partir sem mim — chorei. — Ela é idosa. Eu sou sua única filha. Por favor.

Em Viena, mamãe implorou que a Gestapo permitisse que ela ficasse até a minha chegada.

— Quantos anos tem sua filha?

— Ela tem 28.

— Então ela já tem idade suficiente para viajar sozinha depois de você.

— Por favor.

— Não.

— Por favor, senhor.

— Não.

Voltei à polícia. Mas eles não me deram os documentos que eu precisava para viajar, e os judeus não tinham mais permissão para viajar sem documentos especiais. Senti a porta se fechando entre mim e minha mãe, e fui eu que fiquei presa do lado de fora.

Ela deixou cartas para mim com Pepi. "Diga a Edith que tentei o máximo que consegui. Espero que ela não fique muito abatida. Ela virá no próximo trem. Deus nos ajude para que possamos ficar juntas de novo."

E, então, ela escreveu. "A comunidade judaica aqui me disse para deixar Edith onde ela está. Talvez seja o melhor. Ela deve ficar, mesmo que isso seja terrível para mim."

Sua última carta: "É meia-noite e meia", escreveu ela para Pepi. "Estamos esperando a SS. Você pode imaginar como estou me sentindo. *Herr* Hausner ainda está fazendo minhas malas, porque, no momento, não sou capaz de fazer nada. Por favor, por favor, ajude Edith a fazer as malas. Por favor, cuide das últimas coisas que me restam. Tem uma mala para ser pega com *Herr* Weiss, que está sendo deixada aqui porque tem 75 anos. Está cheia de coisas que Edith precisa levar com ela. Que você fique bem. Que possamos nos encontrar de novo com saúde e alegria."

"Oh, querido Pepi, estou tão triste. Eu quero viver. Por favor, não se esqueça de nós."

"Beijos, Klothilde Hahn."

Minha mãe foi deportada em 9 de junho de 1942.

A Gestapo em Aschersleben se recusou a me deixar ir para Viena até 21 de junho.

CAPÍTULO SETE

A transformação em Viena

Seis de nós estávamos deixando Aschersleben e seguindo para Viena. Nossa permissão de viagem estipulava que deveríamos nos reportar em determinado lugar em determinado dia para *Umsiedlung* — "realocação" — no oeste. Mas todos os boatos que ouvimos insinuavam que não devíamos manter esse compromisso.

— Mas como? — perguntou uma menina chamada Hermi Schwarz, enquanto arrumávamos as malas para a viagem. — Eles verão a estrela amarela e logo nos agarrarão.

— Eu não vou usar a minha — sussurrei. — Se usar a estrela, jamais terei a chance de ver minha prima Jultschi e ouvir como mamãe estava antes de ir embora. Eu não vou conseguir passar nenhum tempo com minha amiga Christl nem com Pepi. — Estava imaginando o calor de suas boas-vindas, alguns dias de amor.

— Mas nem podemos subir no trem sem a estrela — argumentou Hermi.

— Verdade — respondi. — Mas podemos descer do trem sem ela.

Encontramo-nos no escuro da madrugada, as últimas escravas de Aschersleben. Abraçamo-nos e sussurramos nossas despedidas e, para não chamar atenção, concordamos em viajar em grupos de duas, cada par em um compartimento diferente. Hermi e eu seguimos juntas. Era um trem agradável, cheio de famílias de férias. "Para um povo em guerra", pensei, "os alemães pareciam muito despreocupados." No meu isolamento, eu ainda não sabia que estavam tendo vitórias atrás de vitórias e, em junho de 1942, esperavam conquistar toda a Europa.

Depois de uma hora de viagem, segui pelo corredor do trem até o lavatório. Espremi-me para passar por um policial, murmurando um "Com licença". Segurei meu casaco dobrado no braço e minha bolsa cobrindo o lugar onde a estrela tinha sido costurada. Quando entrei no banheiro, soltei os pontos frouxos que seguravam a estrela e a coloquei na bolsa. No caminho de volta, passei por Hermi no corredor que estava a caminho do banheiro para fazer exatamente a mesma coisa.

Você me perguntará porque não pensamos em Berta, nossa amiga que fora enviada para um campo de concentração por fazer isso. E eu responderei que não pensávamos em mais nada, a não ser em Berta, que todos os homens uniformizados que passavam pela janela do nosso compartimento nos enchiam de terror. Mas tentamos aparentar calma, e trocamos gentilezas com outros passageiros. Uma delas disse que estava indo para Viena para visitar a filha. Desejei-lhe uma feliz visita. Virei o rosto para que ela não visse que eu estava lutando contra as lágrimas, pensando em mamãe.

Na estação, minhas queridas amigas de dissolveram entre os austríacos do mesmo jeito que o corpo se transforma em pó. Será que alguém se lembra delas? Será que alguém as viu no final?

Fiquei completamente parada. Tinha a sensação de que os buracos onde eu havia costurado a estrela no meu casaco formavam o contorno exato do símbolo judaico para todos verem. Eu temia que a Gestapo me visse e viesse me prender.

Pepi chegou de repente, tomou-me nos braços e me beijou. Por um átimo de segundo, perdi-me no amor de novo e acreditei que ele me salvaria. E, então, vi a mãe dele — as sobrancelhas traçadas a lápis, a papada e o queixo duplo. Ela veio na minha direção, agarrou meu braço e me segurou com força, caminhando rápido, sibilando no meu ouvido.

— Ah, graças a Deus você não usou a estrela, Edith; nós nem poderíamos ter cumprimentado você se a estivesse usando. Você deve ir direto para a casa da sua prima, tirar um cochilo, comer alguma coisa, então, amanhã, vá o mais rápido possível para Prinz Eugenstrasse porque estão esperando por você. Assim como sua mãe — certamente, ela está em Vartegau na Polônia. Ela quer que você se junte a ela com certeza.

— Ela escreveu para você! Mamãe!

— Bem, não desde que se foi, não, mas eu tenho certeza absoluta de que ela está lá. Você deve se juntar a ela imediatamente. Nem pense em não se reportar à escola porque eles vão caçá-la e encontrá-la, e a sua mãe será punida, assim como todas as pessoas que você conhece. Você não vai querer colocar as pessoas que você conhece em perigo mortal, não é mesmo, Edith? Olhe para você! Está tão magra! Certifique-se de que sua prima lhe dê uma refeição substancial!

Pepi finalmente a arrancou do meu braço. Estava lívido de raiva. Ela ficou para trás, assustada com o olhar firme que ele lançou. Ele caminhou ao meu lado, carregando minha mala em uma das mãos e segurando minha mão com a outra. Nossos ombros se tocaram. Pepi Rosenfeld sempre foi do tamanho perfeito para mim. Anna se apressou atrás de nós, dividida entre tentar ouvir o que falávamos e não querendo andar na mesma rua com uma judia.

Fomos até o prédio de Jultschi, que estava sentada nos degraus com seu filhinho, Otto, uma criança adorável, com enormes olhos escuros e gentis e orelhas grandes, como as do pai. Com uma exclamação de alegria, comecei a pegá-lo no colo. Eu queria me jogar nos braços de Jultschi.

— Ah, vamos entrar, *Fräulein* Ondrej — convidou Jultschi educadamente, apertando minha mão. — Que bom vê-la novamente. — Uma de suas vizinhas desceu a escada. — Esta é a prima do meu marido de Sudetos — explicou ela.

A vizinha sorriu calorosamente.

— Bem-vinda à Viena. *Heil* Hitler!

Eu já tinha ouvido a expressão antes, mas só agora percebi que tinha se tornado uma forma de cumprimento entre as pessoas comuns.

— Amanhã, cinco horas da tarde, no Belvedere — sussurrou Pepi. — Amo você. Sempre amarei você.

Sua mãe o puxou para longe.

Eu me sentei na cozinha de Jultschi. Ela estava preparando chá e falando como sempre fizera — um jorro de informações, uma explosão. Adormeci na mesa.

O pequeno Otto estava andando com uma fralda fedorenta e dedinhos grudentos. Eu o lavei na pia e brinquei de roubar seu nariz e colocá-lo de volta, fazendo-o rolar de rir. Para mim, ele era a criança mais linda e angelical do mundo. Jultschi se sentou à máquina e começou a costurar. O barulho da máquina acobertava nossas vozes e tornava possível que conversássemos, explicou ela. Cuidado nunca era demais. As pessoas ouviam e denunciavam. Seus vizinhos tinham desaparecido.

— Todas as semanas, os nazistas trazem pedaços de estojos de madeira que eu devo colar. Acho que é para medalhas ou revólveres. Tenho uma cota. Vivo da pensão de Otto, que não é tão ruim. Mas, é claro, sou judia, então, o meu pequeno Otto é considerado judeu também. De acordo com as Leis de Nuremberg, ele deveria usar a estrela amarela, mas ele tem menos de cinco anos e eles ainda não se incomodam com ele. Pepi tem me ajudado com o pedido para declarar que ele é um *Mischling*, é como eles chamam uma pessoa oficialmente reconhecida como mestiça. Então, talvez eles lhe deem mais para comer e permitam que frequente a escola e permitam que eu continue morando aqui, fora do gueto. Eles deixam alguns poucos remanescentes aqui, para que os vizinhos nos vejam e não se incomodem com as deportações. Quanto tempo você acha que vai ficar? Dois dias? Três?

— Na verdade, pensei em ficar durante toda a guerra — disse eu, fazendo cócegas nos pezinhos de Otto.

Jultschi deu um gritinho. Eu ri.

— Não seja engraçadinha, Edith. Tem hora para tudo e essa definitivamente não é a hora para piadas.

— Conte-me sobre mamãe. E o seu *Herr* Hausner.

— Ele é um querido. A primeira esposa faleceu. Eles o mandaram para *Arbeitslager* no início, então, soltaram-no para que ele pudesse ir para a Polônia. Sabe, ouvimos dizer que, em fevereiro, eles tiraram 12 mil judeus das fábricas alemãs e os mandaram para oeste porque havia incontáveis prisioneiros dos países ocupados para substituí-los. Ah, Edith, esses ataques surpresa tipo *Blitzkrieg* estão me deixando uma pilha de nervos, ninguém mais na Europa parece ter um exército, só a Alemanha. O que vai acontecer quando eles conquistarem a Inglaterra?

— Eles não vão conquistar a Inglaterra.

— Como você sabe?

— Agora que a nossa pequena Hansi se juntou à Brigada Judaica, o exército britânico é invencível.

Ela riu, por fim, e fez sua máquina de costura rugir.

— Agora, lembre-se, você não deve falar sobre os judeus, Edith. Ninguém mais fala sobre eles. Você não deve dizer uma palavra. As pessoas odeiam ouvir.

Nos fundos da estação de rações para os judeus, Liesel esperava por mim, toda confiante e cheia de sorrisos como sempre. Ela me deu rações para pão, carne, café e óleo de cozinha.

— Se você me der suas rações, como irá comer?

— Tem comida aqui. Eu pego o suficiente. Entregue os cupons para sua prima e para Pepi. Deixe que eles comprem para você. Volte todos os dias. Eu sempre terei algo para você comer. Mas não venha no mesmo horário dois dias seguidos. E mude o visual. Sempre mude.

Eu não me atrevia a ir ao meu antigo bairro — alguém lá poderia me reconhecer. Então, eu caminhava pelo Kohlmarkt, passava pelo antigo restaurante de papai, pelo lugar onde eu ouvira o rádio pela primeira vez, aparelho que agora estava sendo usado para destruir meu mundo. Busquei um sentimento de nostalgia. Mas, em relação à Viena, naquele momento eu só sentia raiva. Ali, na minha própria cidade, eu tinha me tornado uma fugitiva e estava sendo caçada. Se fosse vista por qualquer pessoa que me conhecesse, eu talvez fosse denunciada. Se não procurasse as pessoas que me conheciam, eu morreria de fome.

Pepi se encontrou comigo no dia seguinte no parque. Trouxe consigo as coisas que minha mãe deixara para mim: uma mala com seis vestidos de verão e um pacotinho com joias que incluía a corrente de ouro do papai. Ele me entregou o recibo da loja de penhores que minha mãe recebeu quando empenhou nosso casaco de pele.

— Nós temos de nos encontrar aqui? — perguntei. — Achei que poderíamos ir à sua casa.

— Não, isso é impossível — respondeu ele. — Mamãe sempre prepara o almoço para mim e, então, tenho de tirar um cochilo de tarde; caso contrário, não sirvo para nada. Eu sempre virei encontrá-la no fim do dia, e vamos jantar juntos aqui.

Ele estendeu a mão para mim. Eu me afastei.

— Será que você não tem nenhum sentimento? — exclamei. — Como você não conseguiu perceber que eu estava esperando ficar com você? Por que você acha que eu desafiei a Gestapo e me tornei uma fugitiva? Para que pudéssemos jantar no parque?

Ele começou a dizer alguma coisa. Eu dei um tapa em sua boca.

— Durante 14 meses, eu me senti tão sozinha, tão desesperada, e a única coisa que me mantinha seguindo era pensar em você! Por que você não arranjou um jeito de ficar sozinho comigo? Você ama outra pessoa?

— Não! — sussurrou ele, rouco. — Não.

Inflamado pelo meu desejo, ele me puxou para si. Arianos vienenses de respeito lançaram olhares feios em nossa direção, chocados por nós nos beijarmos em público.

— Vou encontrar um lugar.

Fui visitar Maria Niederall na empresa de entregas Achter, na rua Malvengasse, no segundo distrito. Uma assistente chamada Käthe reconheceu meu nome.

— É Edith, *Frau Doktor*! — chamou ela. — A amiga de Mina.

Dos fundos da loja, surgiu uma mulher alta de olhos escuros. Ela me olhou de cima a baixo e abriu um grande sorriso.

— Entre — convidou ela. — Käthe, traga café e sanduíches.

Frau Doktor não era bonita, mas, ah, ela tinha estilo! Roupas esportivas, elegantes como Dietrich, tinha unhas compridas, pernas longas e cabelo castanho arrumado em ondas e cachos em volta do rosto. Usava brincos de ouro de verdade e, no peito, tinha um distintivo especial de honra no formato da suástica para mostrar que ela tinha entrado para o Partido Nazista no início dos anos 1930. Ela se casara com um advogado com doutorado, o mesmo título que eu não conseguira receber. Então, ela era a esposa de um *Doktor* — daí: *Frau Doktor.* Ela observou enquanto eu comia, notando como eu estava esfomeada e como minhas mãos desgastadas tremiam de tensão.

— Parece-me que você precisa de umas férias — concluiu ela.

— Achei que eu teria alguns dias com o meu namorado. Mas a mãe dele não me deixa chegar perto da casa.

— E ele obedece à mãe?

— Em tudo.

— Ele é homem?

— Ele é advogado e um estudioso.

— Ah, bem, isso explica a docilidade dele. Você dormiu com ele?

— Dormi.

— Então, ele pertence a você, não à mãe. Käthe, traga um pouco daqueles bolos doces.

Comi cada migalha e, no final, passei o mindinho no prato para raspar a última parte da cobertura do pratinho de porcelana florida.

— Minha assistente aqui tem um tio em Hainburg com uma grande fazenda, muita comida e ar fresco. Vou tomar as providências para você se hospedar com ele por uma semana até recuperar suas forças.

— Mas *Frau Doktor,* como poderei viajar? Eles costumam fazer *razzia,* as buscas nos trens, e acabarão me encontrando.

— Você vai viajar à noite. E terá um cartão de membro do Partido Nazista com sua foto só para o caso de alguém verificar. Mas ninguém vai fazer isso, tenho certeza. Tome um pouco mais de café.

— Eu tinha esperança de a senhora ter tido notícias de Mina.

— Nada — respondeu *Frau Doktor.* Seus olhos, de repente, brilharam com lágrimas. Ela as afastou. — Eu poderia tê-la ajudado, sabe? Ela poderia ter permanecido na Áustria.

— Ela queria ficar com a família — expliquei. — Se eu pudesse ter ficado com minha mãe, teria ido também.

Ela tomou as minhas mãos nas dela.

— Você precisa amaciar um pouco essas mãos — disse ela, espalhando uma loção de cheiro adocicado nas mãos rachadas e calejadas. A sensação dos seus dedos fortes no meu pulso, o cheiro do creme: aquilo era um luxo tão urbano, tão civilizado. — Leve o creme com você. Coloque nas mãos todos os dias, duas vezes por dia. Você logo voltará a se sentir como uma mulher.

Na noite seguinte, para grande alívio de Jultschi, parti no trem para Hainburg, em uma linda área perto da fronteira tcheca, famosa por seus pássaros, florestas brumosas e fazendas exuberantes. Carregava na bolsa os documentos que *Frau Doktor* me entregou. Mas eu não confiava neles. Sentei-me rigidamente em meu assento, e ensaiando mentalmente o que diria se a Gestapo me encontrasse:

Consegui o dinheiro para a passagem juntando meu pagamento desde Osterburg. O cartão do Partido Nazista eu roubei de um completo estranho em algum lugar no trem de Aschersleben. Então, colei a minha própria fotografia. Não tenho família nem amigos em Viena. Todos se foram. Ninguém me ajudou. Ninguém me ajudou. Ninguém.

No meio desse devaneio de ansiedade, cheguei a um lugar de conto de fadas dos irmãos Grimm, iluminado por uma lua de verão. O impetuoso tio de Käthe estava me aguardando com um cavalo e uma carroça. Ele era gordo, peludo e amigável, assim como seu cavalo. Disseram ao tio que eu sofria de um mal intestinal e precisava de ar puro e boa comida para me recuperar. Enquanto passávamos pela adorável cidade ouvindo os passos do cavalo, ele listou todas as coisas maravilhosas que sua esposa me daria para comer. Costeleta de porco e frango no espeto, bolinhos e *sauerbraten,* uma carne assada no vinagre, picles de pepino e salada de batata.

— Parece delicioso — murmurei, enjoada.

Dormi em uma grande cama embaixo de uma pilha de edredons. Na cômoda, havia um pequeno relicário — com flores frescas e miniaturas das bandeiras nazistas em volta de um retrato emoldurado de Adolf Hitler. O Führer observou meu sono.

Na mesa de café da manhã, olhando para os ovos, o pão e o bacon e sentindo o cheiro do mingau de cereal, fiquei enjoada. Corri para o lado de fora, ofegante. Mais tarde, o robusto fazendeiro levou a mim e seus outros convidados para um passeio de carroça no campo que florescia. As outras pessoas na fazenda — um homem, sua esposa e seus dois netos pálidos — vinham de Líncia, em uma viagem apoiada pelo programa "Força pela alegria" de Hitler, que encorajava os cidadãos a visitarem locais e santuários por todo o Reich. Nosso anfitrião organizou um abundante piquenique para nós.

Mordisquei a comida, respirando fundo e pensando: "Recupere suas forças. Cure o seu corpo. Aproveite essa chance."

O fazendeiro começou a falar sobre a grandiosidade do Führer. Que homem ele era! Um homem que amava as crianças, um patrono das artes! Que um futuro brilhante se abria diante de nós por causa de sua liderança inspirada! *Lebensraum* — espaço para respirar, ir para fora. Os campos verdejantes da Rússia, as planícies "vazias" da Polônia. Nós tínhamos visto o noticiário de Hitler marchando, triunfante, por Paris? Que dias gloriosos para a Áustria, finalmente unida com seus confrades na Alemanha, finalmente aproveitando a liderança mundial que os judeus demoníacos tinham tirado deles com sua falsidade e astúcia.

Ele ergueu o copo de cerveja.

— À saúde do nosso Führer! *Heil* Hitler!

E todos exclamaram em uma só voz, ali, perto dos riachos entre as florestas impressionantes e os pássaros gorjeadores, saciados pela deliciosa refeição, satisfeitos como gatos no sol:

— *Heil* Hitler!

Corri para um grupo de moitas e vomitei incontrolavelmente. Consegui ouvir o fazendeiro nazista sussurrando às minhas costas:

— Coitadinha. Uma amiga da minha sobrinha Käthe. Muito doente. Algum tipo de problema estomacal.

Em menos de uma semana, eu estava de volta à Viena. A esposa do fazendeiro fez um pacote com pão, presunto e queijo e *Stollen,* pão com frutas cristalizadas e cobertura de açúcar, para mim. Coloquei o pacote na mesa de Jultschi. Observamos o pequeno Otto comer bolo com seu novo dentinho. Aquilo, pelo menos, foi um prazer.

Christl encontrou-se comigo em um café. Estava mais bonita e mais forte do que nunca, mas seus lábios estavam contraídos, formando uma linha de tensão. Ainda estava escondendo Bertschi onde quer que conseguisse. Vários garotos que cortejaram a ela e à irmã tinham morrido na guerra.

— Você se lembra de Anton Rieder, aquele que estudou para ser diplomata?

— Não. Não diga. Não.

— Ele morreu na França.

Chorei por Anton. Talvez pudéssemos ter salvo um ao outro.

Christl temia por seu pai, que estava trabalhando com as *Wehrmacht*, forças armadas, como engenheiro no front russo.

— A rádio ridiculariza os russos — disse ela. — Fala todos os dias como eles são inferiores, como o bolchevismo deixou o povo passando fome e os tornou burros. Mas a minha mãe era russa. E ela aguentou a dor da sua doença como Atena. E eu acho que teremos mais problemas com os russos do que o Führer imagina. — Ela abraçou os meus ombros. — O que você vai fazer?

— Eu não sei. Acho que terei de ir para a Polônia.

— Fique com essa mulher Niederall — disse Christl. — Ela tem boas ligações. Como recompensa pelo apoio inicial ao partido, ela recebeu a loja que pertencia àquela gentil família Achter, eles, pelo menos, foram sábios o bastante para saírem daqui logo no início. Diferente de você, minha brilhante amiga.

Ela me sacudiu de forma brincalhona. Eu não ri. Como Jultschi disse, havia hora de ser engraçada, e aquele não era o momento.

* * *

Frau Niederall se sentou à sua mesa de jantar extremamente polida, servindo café de verdade de um recipiente delicado de porcelana.

— Do jeito que você comeu no outro dia, eu estava certa de que apreciaria as refeições na fazenda do tio de Käthe. Mas ouvi dizer que você mal conseguia manter um bocado no estômago.

— Sinto muito. Não quero parecer ingrata.

— Você parece estar doente. Em uma situação normal, eu a mandaria para o hospital. Diga-me, você tinha um tio chamado Ignatz Hoffman, um médico em Floridsdorf?

— Sim. Ele se matou.

— Eu o conhecia — contou ela. — Quando eu era pequena, morava naquele distrito, e fiquei muito doente, e seu tio salvou a minha vida. Depois que ele morreu, sua esposa precisava de ajuda para tirar suas coisas da Áustria.

— Ah! Então, foi a senhora...

Inclinei-me em direção a ela, ansiosa para compreender quem ela era, por que ela se tornara uma nazista.

— Ainda jovem, fui trabalhar para o *Doktor* Niederall. Eu não era boa em taquigrafia, mas era excelente em todo o resto. Ele encontrou um bom apartamento para mim e me manteve lá. Isso é o que a maioria dos homens quer, sabe, Edith? Eles querem uma mulher esperando, em um aposento confortável, com uma boa refeição pronta e uma cama quente. Durante anos, eu fui seu segredo assumido. Mas ele não podia se divorciar da esposa, a quem odiava e por quem era odiado também, porque as leis católicas do nosso país temente a Deus proíbem o divórcio.

— Os nazistas disseram que mudariam as leis do divórcio. Então, eu os apoiei. E eles me recompensaram. Finalmente, sou a *Frau Doktor.* Tarde demais para ter filhos, sinto dizer, mas não tarde demais para aproveitar o respeito que vem com a legitimidade.

Não é incrível que uma mulher tão fina se juntaria a monstros apenas para conseguir uma aliança de casamento?

* * *

Christl me dava comida. Eu dormia nos fundos de sua loja. À noite, o vigia vinha com sua lanterna. Eu me escondia atrás de uma parede de caixas, com medo de respirar, pensando: "Se eles me encontrarem, minha amiga que me escondeu irá para um campo de concentração. Eu preciso encontrar outro lugar para ficar."

Encontrei tio Felix na rua. Ele passou por mim, eu fui para um lado e, depois, virei-me para segui-lo até um beco. A Gestapo fora ao seu apartamento e exigira ver seus documentos, mas ele dissera que não tinha seus documentos porque estava tentando emigrar para a África do Sul e os enviara para lá. E o investigador tinha acreditado. Veja você, nem todos na SS eram tão inteligentes quanto o coronel Eichmann.

Fiquei apenas uma noite com tio Felix. Ficar mais seria perigoso demais. Se os vizinhos notassem aquele idoso abrigando uma jovem, eles poderiam olhar duas vezes. Fiquei ali deitada, ouvindo a respiração pesada de velho enquanto ele dormia e pensei: "Se formos pegos, eles o mandarão para um campo de concentração. Ele nunca vai sobreviver. Preciso encontrar outro lugar para ficar."

Minha mãe me escrevera contando que minha prima Selma, a filha do irmão mais velho do meu pai, Isidore, tinha sido designada para transporte. Quando seu namorado ficou sabendo disso, fugiu da *Arteitslager*, a prisão de trabalhos forçados, em Steyr, e voltou para Viena para que pudesse ir para a Polônia com ela.

Essa história me inspirou.

— Venha comigo para a Polônia — disse eu para Pepi. — Pelo menos estaremos juntos lá.

Ele não concordou, mas usou essa ideia para ser bem-sucedido na ameaça à mãe.

— Edith precisa de um lugar para ficar! — insistiu ele. — Se você não nos ajudar, irei para o leste com ela.

Assustada, ela lhe deu a chave de outro apartamento no prédio que pertencia a um vizinho que estava de férias. Dormi lá várias noites.

Mas eu não podia tomar banho nem usar o sanitário ou acender a luz — as pessoas achariam que ladrões tinham invadido e chamariam a polícia. Acho que nunca nem me despi naquele lugar. Anna chegava de manhã. Ela fazia um gesto me chamando até a porta, olhava em volta para se certificar de que não havia ninguém por perto e, então, me empurrava dizendo "Vá. Vá logo."

Eu estava arruinada.

Eu vagava como uma pessoa desamparada, em um transe de preocupação. Onde dormiria naquela noite? Onde estava mamãe? Se eu desistisse e finalmente fosse para a Polônia, eu a encontraria? Distraída, entrei na frente de um jovem de bicicleta. Ele desviou para não me atingir.

— Olhe por onde anda!

— Sinto muito.

Ele sorriu. Lembrei-me dele como um colega magrelo, usando short.

— Bem, nada de ruim aconteceu — disse ele. — Mas agora que eu salvei sua vida, isso certamente me dá o direito de caminhar um pouco com você. — Eu estava morrendo de medo dele, mas ele não sabia disso. Ele só ficava tagarelando. — Os malditos nazistas arruinaram Viena com seus pontos de controle e bloqueios e coisas assim. Se você me perguntar, estávamos muito melhor com Von Schuschinigg, seja lá onde ele está agora, mas se você contar que eu disse isso, vou negar. Venha, vamos parar para tomar um refresco. O que me diz?

— Obrigada. Eu tenho que ir. Mas obrigada...

— Ah, vamos lá, só meia hora...

— Não, sério...

Ele pareceu magoado e talvez um pouco zangado. Isso me assustou terrivelmente. Então, sentei-me um pouco com ele, e ele falou e falou. Por fim, deixou-me seguir meu caminho.

— Eis uma coisa para se lembrar — disse ele, entregando-me uma medalhinha de Santo Antônio. Meus olhos se encheram de lágrimas. — Ah, não fique assim, não é um pedido de casamento nem nada, só uma coisa para dar boa sorte...

Mantive a medalha comigo para o resto da minha vida.

* * *

Para tomar banho direito, eu ia às piscinas públicas de Amalienbad no "dia das mulheres" na rua Favoritenstrasse no décimo distrito. Era uma região da classe trabalhadora, onde provavelmente ninguém me conhecia. Longe do centro da cidade, a casa de banho servia a muitos vienenses que tinham sanitários, mas não banheiras, em casa. Não havia guardas nas portas. Não havia placas proibindo a entrada de judeus. Ninguém fazia perguntas nem exigia ver qualquer documento.

Lavei-me na piscina rasa e ensaboei-me e enxaguei meu cabelo sob a ducha e sentei-me por um tempo no vapor denso, sentindo-me segura o suficiente para cochilar.

De repente, senti um toque no ombro. Pulei e comecei a gritar.

— Calma. Sou eu. Você se lembra de mim? — Uma garota alta e pesada com óculos delicados e embaçados e um grande sorriso.

Era Lily Kramer, a líder cultural da *Arbeitslager,* prisão de trabalhos forçados, em Aschersleben. Fiquei tão feliz por vê-la que não conseguia parar de abraçá-la. Lily contou-me que seu pai conseguira ir para a Nova Zelândia, e que ela estava se escondendo com a governanta que ajudara a criá-la e que morava naquele bairro.

— Como você suporta a tensão? — perguntei.

Eu esperava o cinismo habitual. Em vez disso, recebi uma citação de Schiller:

— "O homem é muito maior do que aquilo que pensamos dele" — disse ela, citando uma das falas do marquês de Posa, o papel que ela representara em *Don Carlos.* — "E ele romperá os elos da prolongada matança e exigirá seus direitos consagrados." Eu acredito nisso, Edith. Eu acredito que o mundo vai se levantar contra esse tirano do Hitler e o mandar para o inferno.

Até hoje, não faço ideia se a minha amiga Lily sobreviveu à guerra. Mas preciso dizer a você, naquele momento, eu não via absolutamente nenhum motivo para compartilhar do otimismo dela.

* * *

— Encontre um quarto para mim — disse eu para Pepi no parque naquela noite.

— Não há nenhum lugar — protestou ele.

— O jovem mais bem relacionado em Viena, o advogado sem portfólio para qualquer um que precise de correspondência oficial, não consegue arrumar um lugar para sua namorada?

— Por que você não ficou em Hainburg? Eles estavam dispostos a hospedá-la, mas você...

— Porque eu não aguentei ouvir todo o papo nazista! Quando minha mãe pode estar morrendo de fome em algum gueto na Polônia! Quando meus amigos estão espalhados por aí... Talvez mortos, que Deus não permita! Mina, Trude, Berta, Lucy, Anneliese e *Frau* Crohn e Käthe e...

— Shhh, minha querida, minha ratinha, shhh, não chore.

— Diga para sua mãe se mudar para a casa do marido *Herr* Hofer em Ybbs, e deixe eu ficar no seu apartamento com você!

— Ela teme que se se mudar, eles vão me encontrar! — disse ele. — Você não sabe como tem sido aqui. Eles não me deixam trabalhar porque sou judeu. Mas, se eu sair, eles não sabem porque eu não estou trabalhando e acham que sou desertor do exército. Tentei trabalhar limpando chaminés e meu rosto ficaria escuro de fuligem, mas mesmo assim alguém me reconheceu e eu precisei desaparecer de novo. Tentei aprender a encadernar livros, mas não tenho talento para coisas artísticas. Tenho medo de aparecer nas ruas por temer que alguém que me conhecia perguntar por que ainda estou aqui e me denunciar. Todo mundo está com medo, Edith. Você não entende o que pode significar estar envolvido com alguém como você, que é procurada pela Gestapo.

Ele parecia pálido e careca e delicado sob o luar — como uma criança, não como um homem. Senti pena dele. Eu estava tão cansada e desesperada. Tinha vindo para Viena por ele, porque eu tinha certeza no meu coração que não importava o que ele tinha escrito nas cartas, quando me visse, iria me querer de novo, e nós viveríamos nos escondendo pela cidade pelo tempo que a guerra durasse. Mas tratava-se de uma esperança vã e estúpida. O foco da minha vida fora o meu caso de amor com Pepi Rosenfeld, e os nazistas destruíram aquilo. Eles fizeram com que ele tivesse medo de mim.

Andei pelas ruas durante todo o mês de julho. Eu me sentava no cinema apenas para ficar no escuro e descansar. Um dia, assisti a uma *Wochenshau* — um cinejornal — de judeus sendo agrupados em um campo. "Estas pessoas são assassinas", disse o locutor. "Assassinos que finalmente estão tendo o castigo que merecem." Saí correndo do cinema. As ruas estavam fervilhando. Andei e atravessei a linha do bonde. Alguém gritou meu nome em um tom de surpresa calorosa:

— *Fräulein* Hahn!

— Não — respondi. — Não!

Nem olhei para ver quem tinha me chamado. Corri e entrei no bonde, sentei-me e fui para algum lugar, para qualquer lugar.

Bati na porta de Jultschi. Ela me deu abrigo, mas estava chorando:

— Tenho uma criança aqui, Edith — disse ela. — Eu entrei com pedido de documentação para meu filho. Eles virão verificar quem está ficando aqui conosco. Por favor, você tem de encontrar outro lugar para ficar.

Fiquei na loja de Christl novamente. Fiquei várias noites com *Herr* Weiss, o amigo idoso da minha mãe. Procurei o pai de Jultschi, outrora um frequentador de lugares sofisticados, um *bon vivant*, sempre fazendo acordos. Agora ele pagava a alguém uma fortuna para ter permissão para se esconder em um quartinho. Ele não podia me ajudar.

Bati na porta da minha velha amiga Elfi Westermeyer. Sua mãe me encontrara várias vezes quando Elfi e eu éramos membros do Socialistische Mittleschülerbund.

— Olá, *Frau* West...

— Vá embora.

— Achei que talvez eu pudesse falar com Elfi.

— Vá embora.

— Só um momento da sua...

— Se você tentar entrar em contato com Elfi novamente, vou chamar a polícia.

Ela fechou a porta. Eu corri de lá.

Nos fundos da loja de rações para judeus, onde Liesel Brust me dava suas rações que salvaram minha vida, encontrei Hermi Schwarz, a garota que viera de Aschersleben para casa comigo no trem.

— Não consigo mais viver assim — chorou ela. — Ninguém me quer. Todos têm medo. Tenho tanto medo de prejudicá-los. Amanhã, vou à escola. Talvez eu encontre uma vida melhor na Polônia.

Peguei o bonde e sentei-me à janela. O desespero tomou conta de mim. Comecei a chorar. Não conseguia parar. Todos os gentis austríacos se aproximaram para me confortar. "Pobrezinha. Deve ter perdido o namorado na guerra", diziam eles. Todos bastante preocupados.

Já tinham se passado quase seis semanas desde que eu começara a viver escondida em Viena. Eu já havia explorado toda a boa vontade que havia disponível para mim, e, embora certamente houvesse mais, eu não me sentia confortável em colocar em perigo as pessoas que eram gentis comigo. Eu não conseguira encontrar um emprego que talvez me sustentasse, nem um lugar para morar. Assim como Hermi, minhas esperanças estavam no fim. Decidi que ia fazer uma última visita à *Frau Doktor*, tomar uma última xícara de café, agradecê-la por toda a ajuda e assumir meu lugar em um transporte para o leste.

— Vim me despedir — declarei.

Frau Doktor não respondeu. Pegou o telefone.

— Hansl — disse ela —, estou com uma garota aqui. Ela perdeu seus documentos. Você pode ajudá-la?

A resposta foi claramente sim, pois ela me disse para ir imediatamente até o número 9 da rua Fleischmangasse no quarto distrito.

— Quando chegar lá — instruiu-me ela —, conte a verdade.

Segui direto para lá, sem mais conversa.

A placa na porta dizia JOHANN PLATNNER, SIPPENFORSCHER — ESCRITÓRIO PARA ASSUNTOS RACIAIS.

Naquela época, muita gente procurava um *Sippenbuch*, um livro de registros explicando a linhagem dos seus pais e avós dos dois lados para provar que eram arianos havia três gerações. Para isso, precisavam da ajuda de um *Sippenforscher*, uma autoridade em assuntos raciais. Aquele era o lugar para onde *Frau Doktor* me enviara.

Pensei: "Meu Deus, fui traída." Mas a voz de Mina voltou-me à mente: "Vá até titia. Você pode confiar nela."

Os filhos de Plattner me levaram até seu escritório. Quando o vi, meu coração se apertou no peito. Ele estava usando um uniforme nazista com a suástica no braço.

— Você teve sorte de me encontrar em casa — declarou ele. — Amanhã voltarei para a África do Norte. Diga-me exatamente a sua situação.

Não havia como voltar atrás. Contei tudo para ele. Exatamente.

— Você tem bons amigos arianos?

— Tenho.

— Encontre uma amiga que se pareça com você, que tenha a cor do cabelo parecida. Alguém mais ou menos da mesma idade. Peça para que vá até o posto de racionamento para avisar sobre sua intenção de tirar férias. Eles entregarão a ela um certificado dando a ela o direito de receber rações durante suas férias, para onde quer que ela vá. Então, ela deve esperar alguns dias. Depois, deverá ir à polícia e dizer que, enquanto estava de férias, remando pelo velho Danúbio, sua bolsa caiu no rio, levando todos os seus documentos, incluindo a caderneta de racionamento, para o fundo das águas. Não diga que houve um incêndio ou que o cachorro comeu os documentos, pois eles pedirão o que sobrou. Apenas o rio manterá o segredo. A polícia lhe dará a segunda via dos documentos. A senhorita está guardando tudo isso na sua memória, *Fräulein*?

— Estou.

— Sua amiga, então, lhe dará a caderneta original de racionamento, assim como sua certidão de nascimento e de batismo. Você assumirá o nome dela, pegará seus documentos e partirá imediatamente de Viena para morar em algum lugar no Reich.

— Em hipótese alguma, preste muita atenção nisso, em hipótese alguma a senhorita deve solicitar um *Kleiderkarte*, uma caderneta de racionamento para roupas. Essas são mantidas em um registro nacional e, se você solicitar uma, as autoridades saberão na hora que alguém com a mesma identidade já tem uma.

— Compre uma passagem de temporada, um *Streckenkarte*, para o trem. Ela terá sua fotografia e servirá como uma identificação aceitável.

— Use essa passagem e os dados pessoais da sua amiga e isso lhe protegerá.

— Sim, senhor — ofeguei. — Obrigada, senhor.

— Mais uma coisa — acrescentou ele. — Estamos com falta de mão de obra no Reich, como já deve ter percebido com o seu histórico. Logo, todas as mulheres do país serão solicitadas a se registrar para trabalhar. Isso pode causar-lhe problemas, porque sua amiga será solicitada a se registrar também. Então, você deve ir trabalhar para a Cruz Vermelha, porque é a única organização em que não é necessário se registrar.

Ele se virou. A entrevista estava encerrada. Eu nunca escutara algo com tanta atenção em toda a minha vida. Cada palavra estava gravada na minha mente.

Ele não me desejou boa sorte. Ele não pediu dinheiro. Ele não se despediu. Eu nunca mais o vi.

Ele salvou a minha vida.

Pepi arranjou um encontro com Christl. Falou em meu nome, explicando o plano de Plattner. Christl não hesitou nem por um segundo.

— É claro que ela pode ficar com meus documentos — disse ela. — Amanhã mesmo vou solicitar a caderneta de racionamento de férias.

E assim foi.

Será que você compreende o que significaria para Christl Denner se descobrissem que ela estava me ajudando daquela forma? Ela teria sido enviada para um campo de concentração e provavelmente seria assassinada. Lembre-se disso. Lembre-se da rapidez com que aceitou, a total ausência de dúvida ou medo.

Frau Niederall convidou-me para jantar junto com alguns professores, membros da burocracia nazista, a maior parte envolvida na distribuição de cadernetas de racionamento, para que eu pudesse ouvir a explicação do sistema, com todas as suas tortuosas sutilezas.

Christl conseguiu se bronzear um pouco sentando-se no terraço para que parecesse ter navegado pelo rio. Um salpico delicado de sardas dançava em seu nariz. Em 30 de julho de 1942, ela foi à polícia e declarou que tinha saído de férias e que tinha perdido todos os seus documentos no rio. Eles imediatamente providenciaram um novo conjunto. E, é claro, o oficial a convidou para tomar um café, e ela foi, e é claro que ele queria vê-la de novo, mas ela contou a história do corajoso marinheiro em alto-mar, ou talvez a do corajoso médico na Afrika Korps, ou qualquer outra.

Ela me deu seus documentos originais — certidão de nascimento, de batismo e a caderneta de racionamento de férias. Então, ela e Elsa foram visitar o pai em Osnabrück. Eu deveria deixar Viena imediatamente, mas eu não sabia para onde ir. Eu não conhecia a Alemanha — só estivera em duas cidadezinhas, como Aschersleben e Osterburg. Eu estava com tanto medo que não conseguia ter nenhuma simples ideia.

Fui ao cinema para pensar.

No cinejornal, eles mostraram algumas imagens de Goebbels abrindo a "Grande Exibição de Arte Alemã de 1942" em Munique, em um novo prédio feio e rebaixado que Hitler achava bonito; chamava-se Das Haus der Deutschen Kunst, a Casa das Artes Alemãs. Música militar alta tocava enquanto as obras de arte passavam na tela. Havia um quadro aterrorizante da guerra no front russo, com soldados alemães arrastando-se pelas grandes estepes em direção às chamas e ao caos da batalha. Havia um busto de Hitler, no qual toda suavidade da expressão humana parecia estar distorcida por uma aparência de ferocidade e determinação cruel. Havia um retrato do grupo de Ernst Krause dos membros do *Leibstandarte SS* Adolf Hitler, condecorados com Cruz de Cavaleiro da Cruz de Ferro. Os homens mais detestáveis da Europa tinham sido apresentados tão lindos como atores de cinema e apareciam diante de nós em glória como se fossem heróis invencíveis de uma causa honrada e justa. Eu vi *O juiz*, uma das medonhas esculturas em relevo de Arno Breker. A que representava um vingador alemão de rosto sombrio prestes a desembainhar a espada.

Mas também... Mas também, veja você, havia duas estátuas de mármore branco: *Mutter mit Kind* de Josef Thorak, uma mãe amamentando seu bebê; e *Die Woge* — "A onda" — de Fritz Klimsch, uma mulher deitada e esticada, apoiada em um braço, um joelho dobrado e uma das mãos no joelho.

Olhei para a estátua, e algo aconteceu comigo. Como posso explicar para você? Foi um tipo de epifania. *A onda* desceu sobre mim. Ouvi a estátua falar comigo. *Komm, Edith, komm zu mir* ("Venha para mim, Edith"). Ouvi a voz de *A onda* me chamando com a voz da minha mãe, e nela ouvi amor, segurança, bondade, bênção. Era uma fantasia, é claro; mas aconteceu, juro para você — aconteceu comigo em uma época de grande medo e confusão, quando eu estava prestes a deixar de ser eu mesma. Aquela estátua branca de mármore falou comigo sobre paz e liberdade e a promessa da vida. Senti que no instante seguinte ela deixaria a tela, sua superfície de mármore aquecendo-se e virando pele, e ela me abraçaria e me diria que eu ficaria em segurança.

— Decidi ir para Munique — eu disse para *Frau Doktor*.

Nunca na minha vida senti mais certeza da minha própria decisão.

Comprei o jornal de Munique, *Münchner Nachrichten*. Na seção de "Quartos para alugar", uma mulher da cidadezinha suburbana de Deisenhofen oferecia um quarto em troca de costura e remendos. Pensei: "Isso é perfeito para mim. É um sinal de que Munique é a escolha certa."

Frau Doktor vendeu o casaco de cordeiro persa da minha mãe e me deu o dinheiro. Deixei as joias com ela, não como pagamento — nenhuma de nós jamais consideraria tal coisa — mas para guardar em segurança. Eu a abracei, abençoando-a com todo o meu coração.

Fui até a casa da minha prima Jultschi e peguei minha mala com os seis vestidos que mamãe fez para mim, os sapatos e as roupas íntimas, e as poucas camisolas que ela deixara. Beijei minha pobre prima, sentindo tanta pena dela quanto ela sentia por mim, e beijei nosso querido garotinho.

Fui à casa de Pepi. Anna estava lá, feliz por me ver vestida para viagem. Falou sobre como uma sobrinha dela tinha partido naquela manhã mesmo para viajar pelo Reich de férias pelo programa "Força pela alegria", como ela tinha preparado bolos e salsichas para ela levar. Fiquei lá sentada em silêncio, esperando por Pepi, e ela nem me ofereceu um sanduíche para a viagem.

Finalmente, ele chegou. Trouxe-me um presente. Era um livro de poemas de Goethe que ele mesmo tinha encadernado — de forma bem grosseira — em uma capa de papel azul empoeirado. Dentro da encadernação, bem escondidos, estavam meus documentos verdadeiros de identidade, os que diziam que eu era Edith Hahn, uma judia, residente em Viena. Com eles também estavam os documentos da minha última prova e meu histórico escolar da universidade.

— Algum dia, talvez você precise deles — sussurrou ele. — Para mostrar a alguém que você foi uma brilhante aluna de Direito na sua vida anterior.

Ele foi comigo até a estação ferroviária e me colocou em um trem noturno para Munique. Não me deu um beijo de despedida. A época para beijos tinha terminado.

Não houve *razzia*, revistas de documentos de passageiros pela polícia, no trem. Isso era boa sorte — também não houvera *razzia* no trem de *Arbeitslager*, quando eu poderia ter sido presa por não usar a estrela; também não houvera no trem para Hainburg, quando eu poderia ter sido presa apenas por estar no trem; e nenhuma no trem para Munique, quando eu estava carregando pela primeira vez os documentos que diziam que eu era Christine Maria Margarethe Denner, vinte anos, ariana cristã. Viajei a noite inteira, encolhida para que, quem quer que eu fosse agora, não fosse percebida.

Durante aquela terrível viagem para Munique, eu finalmente engoli a pílula amarga da rejeição do meu amante e me envenenei com ela. Assassinei a personalidade com a qual nasci e me transformei de borboleta em lagarta. Naquela noite, aprendi a buscar as sombras e a preferir o silêncio.

De manhã, fiquei em pé na estação e olhei em volta para os alemães. Eles pareciam bem — saudáveis, rosados, bem alimentados. Braçadeiras com suástica e a fotografia de Hitler em todos os lugares. Faixas vermelhas, pretas e brancas esvoaçavam nas paredes e nos telhados, e a marcha militar tocava. Havia tantas mulheres bonitas e risonhas; tantos soldados condecorados e confiantes. Você poderia comprar todo tipo de flor e vinho e coisas maravilhosas para comer. Um lugar de férias, essa cidade de Munique, com bom humor e pessoas felizes.

Pensei: "Agora sou como Dante. Caminho pelo inferno, mas não estou me queimando."

CAPÍTULO OITO

O cavaleiro branco de Munique

Na verdade, eu não tinha viajado para o inferno, mas para um canto do paraíso, para a cidadezinha de Deisenhofen, fora de Munique e o lar agradável de *Herr* e *Frau* Gerl. Quando ela abriu a porta da frente e me viu, ofegou. Entendi o que deve tê-la alarmado. Ela viu uma garota pequena, magra e exausta, com olhos assombrados e uma voz tímida, nervosa demais para dizer o próprio nome de maneira adequada.

— Marga... reth... D... D... Denner. Mas todo mundo me... me... chama... hum... de Grete.

— Você sabe o que eu acho? — perguntou ela. — Acho que você deve ir direto para a cama e eu vou levar para você café e bolo. Agora, faça o que eu digo, vá.

Toda vez que vou para a cama à noite no meu apartamento em Netanya é um pouco como ir para a cama na casa de *Frau* Gerl naquela primeira manhã depois da viagem de trem até Munique. Segura finalmente — segura o suficiente para fechar os olhos e dormir.

Frau Gerl era uma mulher com imaginação e humor, uma enfermeira por profissão. Seu marido trabalhava para os tribunais, creio eu. Ela o conheceu do mesmo modo que me conheceu — por um anúncio no jornal. Eles tinham um filhinho de uns quatro anos. Como protestantes em uma cidade católica, viviam um pouco isolados dos vizinhos. E isso era bom para mim.

Em vez de pagar aluguel, eu costurava para *Frau* Gerl três vezes por semana. Fiz saias com o tecido das togas antigas do marido, remodelei as camisas dele para servir nela, fiz roupinhas para o filho, remendei os lençóis. Contei a ela que minha mãe morrera e meu pai se casara com uma jovem apenas alguns anos mais velha do que eu, e que a nova esposa me odiava e tornou minha vida em Viena um inferno, então eu fugi e pedi um emprego na Cruz Vermelha. Ela acreditou. Ela me chamava *Dennerlein.* Sua única regra é que não queria que nenhum rapaz viesse me visitar. Fiquei feliz em acatar.

— Antes da guerra — contou-me ela —, eu trabalhava para um advogado judeu, tomando conta de sua mãe. Mas o governo disse que eu não podia mais trabalhar para eles. A velha senhora chorou ao me ver partir. E, então, o advogado foi preso. E, então, eu fui presa também.

Estávamos sentadas na sua cozinha ensolarada. Eu estava costurando e ela, amassando batatas.

— Eles me acusaram de ter um caso com meu patrão. "Onde ele guarda o ouro?", perguntaram eles. Como eu poderia saber, respondi, eu me pareço uma mineira? "Você era a criada! Você deve ter visto!" Eu era uma enfermeira. Respondi que via comadres.

Ela riu. Àquela altura as batatas já estavam quase líquidas.

— Eles levaram meu patrão para me ver na prisão — continuou *Frau* Gerl. — Ah, aquele pobre homem tinha sofrido tanta violência deles. E sabe o que ele fez, Grete? Ele caiu de joelhos diante de mim e implorou o meu perdão porque minha associação com sua família me levara àquele terrível lugar.

— O que aconteceu com ele? — atrevi-me a perguntar.

— Ele se foi — respondeu ela. — Desapareceu. A família inteira.

Sentada na cozinha de *Frau* Gerl naquelas primeiras semanas em Deisenhofen, ouvi histórias nas quais não conseguia acreditar.

— Os homens da SS costumam ser muito atraentes. Em termos de raça, são absolutamente perfeitos, sabe? Mas todo mundo tem tanto medo deles que ninguém quer ser amigo deles e eles são muito solitários.

Suspirei pesarosamente — ah, pobre SS!

— Então, o governo ficou com pena deles e convenceu as garotas da Juventude Hitlerista a dormir com eles e ter bebês racialmente perfeitos que serão criados em creches governamentais como pinheiros.

Comecei a rir.

— Ah, isso não pode ser verdade. Deve ser propaganda política de alguém...

— Isso se chama *Lebensborn* — disse ela, enrolando a massa com autoridade. — Quando você for a Munique, verá o escritório.

Uma boa disposição animava a cidade de Munique em agosto de 1942, fazendo-a vibrar e dançar, porque os alemães estavam vencendo a guerra. As pessoas de férias abarrotavam os locais históricos nacionais, como a cervejaria na qual Hitler fizera o seu *Putsch* (golpe de Estado) contra as autoridades bávaras em novembro de 1923, e a Casa das Artes Alemãs, lar da minha "estátua mágica".

Caminhei pelas ruas fervilhantes, encolhendo-me dentro das roupas, mas muito curiosa. Havia exibições, óperas, shows de bandas. Vi homens da SS dos países bálticos. Eles não falavam uma palavra em alemão, mas ainda usavam aquele uniforme. O que aconteceria aos judeus de Vilna, a cidade que meu pai chamava Jerusalém Europeia, com tais pessoas no poder? Vi prisioneiros de guerra russos fazendo trabalhos forçados na área de construção, vigiados por um alemão com um rifle, suas roupas marcadas com um círculo vermelho.

Vi um judeu de meia-idade com a estrela amarela no casaco, esfregando as ruas. Meu coração se contraiu no peito. Se ao menos eu pudesse tocá-lo, falar com ele. Passei por ele sem nem me atrever a virar a cabeça. Então, eu me vi olhando para os escritórios do programa *Lebensborn*, exatamente como *Frau* Gerl dissera.

Junto com meu comprovado dom de passar despercebida, o qual descobri em Viena dias depois do assassinato de Dollfuss, eu agora estava ainda mais discreta no meu disfarce chamado Grete. Ela era silenciosa, tímida, muito jovem e inexperiente, sem qualquer ambição, opinião ou planos. Não procurava conhecer pessoas, mas estava sempre pronta a ser cortês e útil.

Essa garota às vezes atraía a atenção de jovens soldados alemães de folga em Munique, solitários, sem ninguém com quem conversar, e eles puxavam conversa e sugeriam uma xícara de café.

Lembrando-me de como Christl lidava com a Gestapo, eu aceitava. Para ser honesta, eu desejava principalmente alguém que comprasse uma refeição para mim. Eu estava vivendo do dinheiro que *Frau Doktor* conseguira para mim com a venda do casaco de pele da mamãe, o qual estava acabando bem depressa. Cada sanduíche ou fatia de bolo ajudava.

Em geral, aqueles rapazes queriam conversar sobre si mesmos. Eles gostavam de mim porque eu era uma excelente ouvinte. É claro que eu nada dizia sobre mim. Isso acabou sendo surpreendentemente fácil. As pessoas não queriam saber muito naquela época. Tinham suas próprias opiniões, segredos e problemas. Afinal, estávamos em guerra. Se um jovem soldado quisesse me encontrar de novo, eu concordava, marcava o encontro e não aparecia. Ele nunca vinha me procurar, porque não sabia onde procurar.

Bem naquela época, a Cruz Vermelha me intimou para uma entrevista. Era uma casa grande e cara com uma mulher da alta sociedade. Usava um vestido de veludo marrom. Seu terraço tinha vista para o rio Isar. A fotografia de Hitler estava pendurada em sua sala e um pingente de diamantes da suástica pendia em uma corrente de ouro no pescoço da mulher. Perguntou-me sobre a minha experiência.

Com precisão, tagarelei sobre cada detalhe que eu decorara dos documentos que Pepi guardara para mim sobre os avós de Christl. Meu avô paterno nasceu em tal cidade, estudou em tal escola, trabalhou naquele emprego. Meu avô materno morreu de tal doença, frequentava a igreja tal e fundou tal empresa. A única falha do meu conhecimento era sobre os pais da minha — de Christl — mãe. Embora os documentos arianos sobre o avô materno tenham sido encontrados, o mesmo não aconteceu com os da avó materna. Ainda assim, já que minha mãe — a de Christl — estava morta e seu pai fora um oficial do exército alemão, a mulher da Cruz Vermelha deixou isso passar.

— Você tem um conhecimento admirável dos seus antepassados, Grete. Uma demonstração impressionante. A maioria das candidatas não é tão bem informada.

Meu estômago se contraiu. "Tola! Você sabia muito!", pensei. "Você vai se denunciar por saber demais! Preste atenção a isso!"

Ela disse que eu receberia um trabalho em algumas semanas.

Gradualmente, fui aprendendo a usar meu disfarce com mais conforto. Eu me movia como um grão de poeira em uma bolha — invisível, mas mesmo assim vulnerável à destruição a qualquer momento.

Fui à ópera *La Bohème.* Acredito que Trude Eipperle estava cantando o papel de Mimì. Um soldado perguntou se poderia dizer que eu era sua noiva porque casais militares não precisavam esperar na fila. É claro que concordei. Recebemos nossas entradas de imediato. Então ele me levou a um restaurante lotado. Acho que ele devia ter uma alta patente, porque, quando a garçonete passou com dois pratos cheios de comida para outras pessoas, ele os pegou das mãos dela e os colocou na nossa mesa e ninguém protestou.

Frau Gerl decidiu comprar um vestido para mim. Ela tinha alguns pontos extras no seu *Kleiderkarte* — a caderneta de racionamento para tecidos e roupas — e já que eu dissera que tinha usado todos os meus pontos (na verdade, eu não me atrevia a comprar nenhuma roupa porque Johann Platnner me avisara para não fazê-lo), ela me deu os seus pontos. Ela me levou a uma loja que vendia o tradicional *dirndl*, o vestido típico do sul da Alemanha e da Áustria, um estilo popular na época porque relembrava a tradição nórdica celebrada pelo regime nazista. Lembro-me perfeitamente do vestido. Era vermelho, e vinha com uma blusa branca e um casaquinho combinando. *Frau* Gerl ficou atrás de mim. Eu conseguia vê-la no espelho. Como ela ficou satisfeita por ter me servido, o corte e o estilo! De repente, lembrei-me da minha mãe sorrindo do mesmo jeito, lembrei-me da fita métrica em volta do seu pescoço, o dedal prateado e o brilho dos seus olhos.

— Grete? Você está bem?

Assenti, recuperando-me rapidamente.

A dona da loja deve ter compartilhado do entusiasmo de *Frau* Gerl, pois nos vendeu aquele vestido por menos cupons do que teria conseguido.

Usei aquele vestido quando os Gerls me levaram a uma cervejaria ao ar livre com a apresentação de *Cabaret* do ator alemão Weiss Ferdl. O lugar estava abarrotado de alemães da alta sociedade com seus *Blitzkrieg*, saindo para uma noite com seus entes queridos, sentindo-se prósperos, aproveitando seus novos apartamentos e seus novos negócios, adquiridos a preços de banana — de onde, eles não paravam para se perguntar.

— Os nazistas são pessoas de bom coração e tão generosos! — exclamou o comediante. — Ouvi dizer que pararam de tomar banho e deram suas banheiras aos seus gansos para que eles fiquem lindos e limpos e gordos para serem mortos para o jantar de Natal!

Aquele comediante logo desapareceu.

Vinte e oito de agosto de 1942. Uma sexta-feira, extremamente quente. Lembro-me da data porque era o aniversário de Goethe. No palácio Maximilianaeum, uma famosa galeria de arte em Munique, sentei-me diante de uma paisagem luxuosa em tons de dourado, provavelmente uma das pinturas de Schimid-Fichteberg ou Herman Urban que os nazistas tanto amavam porque faziam com que a Alemanha se parecesse com campos elíseos. Tentei ver o que eles viam, pensar na terra deles naqueles amarelos e alaranjados heroicos e fortes e apagar da minha mente a imagem de garotas exaustas arrastando-se na lama atrás do francês macilento.

Um homem alto sentou-se ao meu lado. Era magro, cabelo louro sedoso, olhos azuis brilhantes e uma boca fina e dura — um ariano até a raiz do cabelo. Usava roupas civis e, na sua lapela, havia um broche da suástica, o símbolo de um membro do Partido Nazista. Suas mãos eram fortes e limpas, as mãos de um artesão. Ele olhou para mim e sorriu.

— Esta paisagem que temos diante de nós é um perfeito exemplo do estilo bávaro *Heimat* — comentou ele. — Mas com certeza a senhorita já sabia disso.

— Não, eu não sabia.

— Bem, nesse estilo, o pintor celebra a pátria. Os fazendeiros são sempre saudáveis e fortes, os campos e as vacas são abundantes e plenos e o tempo, sempre bonito. — Ele olhou para as minhas mãos, procurando uma aliança de casamento, e não encontrou nenhuma. — Exatamente como a senhorita, *Fräulein...?*

Não respondi. Afastei-me um pouco dele no banco para demonstrar que eu não tinha interesse nele. Ele não ficou nem um pouco intimidado.

— Trabalho em Brandenburgo-Havel — disse ele. — Temos todo o tipo de fazendeiros nas proximidades, mas nenhum tão bonito e robusto como estes do quadro. A senhorita acha que talvez alguém esteja fantasiando?

Acho que dei um pequeno sorriso ao ouvir aquilo.

— A senhorita sabe, nosso Führer ama arte. Ele compra duzentas ou trezentas pinturas todos os anos. Se você conseguir que um quadro seu seja selecionado para uma exibição na Casa das Artes Alemãs, construirá sua reputação. Também ajuda se seu tio fizer parte da diretoria do Krupp ou se sua mãe tomar chá com *Frau* Goebbels.

— O senhor é pintor?

— Sou.

— Sério? Essa é a sua profissão?

— Minha profissão é supervisionar o departamento de pintura da fábrica de aviões Arado. A senhorita soube que o Führer deu a Sepp Hilz seu próprio dinheiro do seu próprio bolso para que ele comprasse um estúdio? E que Gerhardinger se tornou professor porque o Führer ordenou? De um pintor comum a professor universitário, do dia para noite.

— Não, eu não sabia disso.

— Podemos caminhar pela galeria?

— Tudo bem. — Ele era muito maior que eu, e tive dificuldade de acompanhá-lo. Ele falava e falava.

— Pessoalmente, gosto dos clássicos. O Führer prefere pintores austro-bávaros do século XIX como Spitzweg. E Grützner. Eu sou grande fã de Angelika Kauffmann.

— Hum... Quem?

— Ela foi um gênio do século XVIII e muito bonita também, pelo menos de acordo com seu autorretrato. Klopstock a fez se interessar pela história alemã, e ela pintou cenas das vitórias de Hermann. — Seu rosto estava animado. Seus olhos brilhavam. — Existe um quadro de Kauffmann de Hermann voltando para a floresta de Teutoburgo... A bonita esposa que estava esperando por ele enquanto lutava contra os romanos saíra para se encontrar com ele, e as garotas locais dançavam. Eu amo aquele quadro.

Ele ofereceu-me a mão.

— Meu nome é Werner Vetter.

— O meu é Grete Denner.

— A senhorita gostaria de almoçar comigo?

— Se o senhor continuar contando histórias interessantes sobre pintores...

E foi o que ele fez. Werner Vetter veio de Wuppertal na Renânia próximo a Düsseldorf. Sabia muitas coisas sobre arte, muito mais que eu, e isso me impressionou. Ele viera a Munique para férias de duas semanas. Restavam-lhe sete dias.

Ele pediu que eu contribuísse com meus cupons de comida (foi o único homem que conheci que fez isso) e, então, pediu sanduíches. Werner cortou o seu com a faca e comeu com garfo como se fosse um *schnitzel* (filé de vitela à milanesa). Ele viu que eu estava olhando.

— Minha *tante* Paula me ensinou a nunca comer usando as mãos — explicou-me ele. — Eu tinha uns 12 anos na época, mas algumas coisas permanecem com a gente.

Ele parecia tão doce e excêntrico, aquele homenzarrão comendo um sanduíche com tanta delicadeza, e aquilo me encantou. Por outro lado, era membro do Partido Nazista. Por outro, ele tinha um sorriso tão amigável. Por outro, ele poderia ser um membro disfarçado da SS. Por outro, ele sabia tanto sobre arte...

— Max Liebermann também era um pintor muito bom — disse ele, tomando um gole de cerveja. — Pena que era judeu.

Concordei em me encontrar com ele no dia seguinte. Foi a primeira vez que concordei em me encontrar com um alemão pela segunda vez. Acabamos passando o restante de suas férias juntos.

Quando penso no risco que corri — ele poderia ser qualquer um! —, fico surpresa, até hoje. Mas eu gostei de Werner, veja você. Ele era calmo e divertido. Amava falar, então eu não precisava falar muita coisa. E ele parecia com os típicos alemães à minha volta: comprometido com Führer, confiante na total vitória militar, debochado dos russos, cheio de fofocas sobre Goebbels e suas amantes. Durante aquela semana com Werner, aprendi o que precisava saber para ser bem-sucedida ao fingir ser uma deles. Foi o período de treinamento de Grete.

E, então, é claro, havia o fato de ele me fazer me sentir uma mulher novamente, o modo como ele abria portas para mim e me oferecia a mão para subir no trem todas as noites. Senti-me como se tivesse entrado em um daqueles quadros *Heimat*, que eu estava ficando dourada e alaranjada como os milharais idealizados. Era uma sensação surreal e estranha. Um mês antes, você estava faminta, sendo caçada e um risco indesejado. No seguinte, você é uma moça solteira em uma viagem turística, e o rei dos vikings está elogiando-a e tentando convencê-la a pegar o último trem para Deisenhofen antes do *blackout*, para que você possa passar a noite com ele.

Ele me levou ao palácio de Nymphenburg, a residência de verão dos Wittelsbachs, os antigos regentes da Bavária. Passeamos pelos vastos jardins, pelos pavilhões barrocos. Admiramos a exibição cheia de imagens de porcelana — janotas do século XVII com perucas enroladas e sapatos dourados, atores graciosos usando fantasias da *commedia dell'arte*.

Werner ridicularizou tudo aquilo. Ele tinha um desdém de trabalhador pela aristocracia. Fazia poses debochadas como um cortesão, fazendo as pessoas rirem. Ele me colocou em um pedestal para que eu pudesse imitar um querubim e abraçar o brasão dos Wittelbachs. Eu não me atrevia a pensar em mamãe, trabalhando como escrava, como uma criada ou uma costureira em algum gueto. Tentava me concentrar em ser Grete, uma turista ariana, e sentir que eu tinha total direito às minhas "férias". Mas, quando um policial passou por nós, entrei em pânico e rapidamente me escondi atrás do meu alto acompanhante.

Fomos ao jardim inglês e seus infindáveis gramados. Ele se deitou na grama sob o sol de fim de verão, sua cabeça no meu joelho.

— Tenho três irmãos — contou-me ele. — Robert e Gert estão no front. Meu outro irmão conseguiu um trabalho fácil no qual fica com o rabo sentado trabalhando para o partido. Gert tem uma filhinha fofa chamada Bärbl, minha sobrinha favorita.

Compramos uma boneca de pano para a menina, com tranças marrons e boca bordada. Paramos para tomar cerveja. Werner virou a dele; eu dei um golinho na minha. Ele achava isso muito engraçado, o jeito como eu tomava pequenos goles de cerveja. Fiz uma anotação mental para tentar aprender a beber de forma mais vigorosa, como uma garota local.

— Quando eu era criança, meu pai nos abandonou — contou-me ele. — E minha mãe, bem, a minha mãe gostava de cerveja um pouco mais do que você. Então, nós, meninos, éramos muito pobres e muito selvagens. Mamãe se mantinha limpa o suficiente. Mas não os filhos, nem a casa. Nossa casa era uma bagunça. Eu odiava isso.

— *Tante* Paula, irmã da minha mãe, vinha tomar conta de nós. Um dia, ela chegou e encontrou minha mãe desmaiada, e ela olhou embaixo da cama e viu todas as garrafas fétidas e vazias e simplesmente nos pegou, a mim e ao meu irmãozinho Gert, e nos levou para casa com ela, para Berlim.

— Seu marido era um judeu chamado Simon-Colani, um professor de sânscrito, muito inteligente, sabe? Um desses verdadeiros pensadores. Acho que ele achou que eu tinha algum talento porque decidiu me mandar para a escola de arte para que eu tivesse um negócio.

"Havia judeus na família dele", pensei. "Não somos todos monstros para ele."

— Ser treinado e ter talento não significava que você conseguia emprego na Depressão — continuou Werner. — Eu estava tão falido que fui obrigado a dormir na floresta em um verão. Havia vários de nós, jovens, que não conseguiam ganhar a vida. — A voz dele estava baixa e áspera. — Os nazistas nos colocaram em uma organização de trabalho voluntário e nos deram um lugar para morar e um uniforme. Então, comecei a me sentir um pouco melhor em relação a mim mesmo, sabe? Eu queria voltar para *tante* Paula e mostrar a ela e ao meu tio o quanto eu tinha me saído bem. E, então, ele morreu.

Soltei uma pequena exclamação. Eu não esperava esse fim para a história.

— Então, fui ao funeral dele.

Imaginei um funeral como o do meu pai, com orações hebraicas, os homens cantando os louvores, e aquele sobrinho alto e louro com o uniforme nazista entrando. Só de imaginar a cena fiquei sem ar.

— Foi por isso que você conseguiu um emprego que o mantém longe da guerra? — perguntei. — Por que você entrou para o partido?

— Ah, não, não. É porque sou cego de um olho. Sofri um acidente de motocicleta e quebrei a cabeça e o meu nervo óptico se rompeu. Olhe de perto, você vai ver. — Ele se debruçou na mesa para me mostrar seu olho cego. Eu me inclinei para ver. Ele se aproximou mais. Eu olhei com mais atenção. Ele me beijou.

Foi um choque o quanto gostei da experiência. Fiquei surpresa comigo e devo ter enrubescido. Werner riu da minha vergonha.

— Meu Deus, você é uma doce menina — disse ele.

Werner e eu fomos à Frauenkirche, igreja de Nossa Senhora, e à Peterskirche, igreja de São Pedro, e ao palácio de verão de Schleissheim. Fomos a Garmisch Partenkirchen, uma linda região de resort, e passamos um dia inteiro subindo as montanhas, passeando pelos córregos. Permiti que ele me pegasse no colo e me carregasse pelo terreno irregular. Como estávamos sozinhos, sem soldados nem policiais por perto, senti-me mais relaxada, o que era um grande perigo — porque eu poderia me esquecer do meu disfarce e me tornar eu mesma. Então, eu censurava cada palavra e cada expressão. Aparentemente, Werner gostava daquilo. Minha versão limitada o agradava. Ele não conhecia a outra versão.

Todas as tardes, juntávamo-nos a uma multidão em determinado café para ouvirmos a radiodifusão do *Wehrmacht Bericht*, o noticiário da guerra, e nos atualizarmos sobre a batalha de Stalingrado que acontecia na época. Hitler invadira a Rússia em junho de 1941, as *Wehrmacht*, forças armadas, vinham conquistando uma cidade russa atrás da outra. Mas, recentemente, os russos começaram contra-ataques violentos. E o inverno estava chegando. Pela primeira vez, na multidão naquele café, eu vi um brilho de preocupação nos alemães. De volta à casa de *Frau* Gerl, recebi uma carta de *Frau Doktor* dizendo que ela — que tinha tanta coisa contra a igreja — estava indo à missa todos os dias, fazendo orações especiais de penitência para salvar as *Wehrmacht* em Stalingrado.

Werner não estava preocupado. "General Paulus é um gênio militar", afirmou ele. "Logo tomará a cidade, e nossos homens vão dormir em abrigos, protegidos do frio do inverno."

Caminhei ao longo do terceiro degrau de um monumento adorável para ficar mais alta. Ele caminhava ao meu lado, mas no degrau abaixo, seu braço descansando em meus ombros. Aproximamo-nos de uma estátua de uma mulher nua. Ele me puxou para longe das vistas, atrás dela, e me beijou apaixonadamente. Seu abraço me envolvendo por completo — grande, forte, uma sensação de estar completamente enterrada, escondida. Para mim, na situação em que eu me encontrava, aquilo era um conforto inegável. Eu poderia me esconder em sua sombra. Sua tagarelice tornava desnecessário que eu falasse muito. Eu me sentia protegida com Werner, como se ele completasse meu disfarce.

Enquanto estávamos seguindo para pegar o trem noturno, Werner se deu conta de que tinha se esquecido da câmera na cafeteria. A câmera era muito valiosa; não era possível comprar uma naquela época. No entanto, se voltássemos para pegá-la, eu perderia minha conexão para Deisenhofen, e nós teríamos de passar a noite. Eu certamente não estava pronta para aquilo.

— Você deve ficar e procurar a câmera — disse eu. — Eu volto para casa sozinha.

— Não. Você está comigo. Eu devo levá-la para casa.

— Mas é mais importante...

Eu vi um brilho de raiva em seus olhos, e aquilo me amedrontou.

— Não discuta comigo, Grete. Nunca discuta comigo, e nunca me diga o que fazer.

Galante e, ao mesmo tempo, assustador — essa era a essência de Werner.

Ele me escreveu várias vezes depois que voltou para Brandemburgo e me enviou um pequeno modelo de uma escultura chamada *The Innocent of the Seine*. Para seu aniversário em setembro, pensei em comprar para ele um par de luvas.

— Não, não, não — protestou *Frau* Gerl. — Você deve mandar-lhe um bolo!

— Mas eu não sei assar um bolo.

Ela sorriu.

— Eu sei.

E foi assim que Werner Vetter em Brandemburgo recebeu um bolo de Grete Denner em Deisenhofen como presente de aniversário, um gesto do qual não se esqueceria.

Meu treinamento na Cruz Vermelha começou em outubro. O curso levava três semanas e aconteceu em um refúgio muito bonito na floresta na cidade de Gräfelfing, onde os membros da associação de padeiros passava as férias. Era uma construção à moda antiga de madeira e reboco, com uma insígnia extravagante da associação pintada no teto sobre a área de jantar. A floresta do outono parecia o paraíso. Tantas coisas na Alemanha eram assim: cenários lindos, comportamentos bizarros.

Eu não fiquei próxima às outras mulheres que trabalhavam na Cruz Vermelha. Eu ficava sozinha e fazia o que era necessário. Eu dizia "Bom-dia" e "Boa-noite". Nas manhãs, enfermeiras de verdade nos ensinavam rudimentos de anatomia e nos mostravam como preparar curativos e bandagens. Mas, então, nas tardes, representantes da Frauenschaft, as auxiliares do Partido Nazista, vinham nos instruir em relação à nossa verdadeira missão: levantar a moral dos feridos e espalhar a propaganda da invencibilidade alemã.

— Vocês devem se certificar de que cada soldado aos seus cuidados saiba que, apesar dos covardes ataques aéreos britânicos em maio passado, a catedral de Colônia ainda está de pé — disse uma robusta instrutora uniformizada. — Vocês também devem contar a todos que não houve bombardeios na Renânia. Fui clara?

— Sim, senhora — respondemos todas.

Na verdade, a Renânia fora massacrada pelos ataques aéreos dos Aliados.

— Vocês agora estão convidadas a participar da germanização de Vartegau na Polônia ocupada para morar e criar grandes famílias lá. As condições são excelentes. Vocês receberão uma propriedade com grande força de trabalho barata. Os poloneses compreenderam que são *Üntermenschen,* que são inferiores, e que o seu destino é trabalhar para os alemães superiores.

Eu não achei que muitas garotas da Cruz Vermelha levariam aquilo tudo tão a sério, mas acabou que milhares de alemães foram e aproveitaram seu tempo como conquistadores em Vartegau. Mais tarde, quando a guerra foi perdida, e eles voltaram aos montes, destituídos com as mãos estendidas, muito poucos dos seus conterrâneos estavam dispostos a ajudá-los.

Você irá se perguntar como foi possível que eu enfrentasse o mesmo papo de "futuro do mundo" que me fizera fugir de Hainburg. A resposta é simplesmente que eu fugia de lugares para ir para lugares. Cercada por uma população que comprara completamente ideias monstruosas, eu simplesmente me retraía, cada vez mais, tentando viver uma imitação do escritor alemão Erich Kästner, a quem sempre admirei e que reagiu aos anos nazistas com o que chamara "emigração interior".

Minha alma se recolheu a um silêncio racional. O corpo permanecia ali naquela loucura.

— Lembrem-se — continuou nossa instrutora nazista. — As enfermeiras da Cruz Vermelha estão próximas ao coração de Hitler e lhe são muito queridas. Ele ama vocês. E vocês devem retribuir esse amor sem reservas.

Ela nos fez fazer um juramento especial ao Führer. Erguemos nossos braços. Dissemos "*Heil* Hitler!" Na fortaleza da minha alma, rezei: "Que o monstro do Hitler seja destruído. Que os americanos e as bombas da RAF transformem os nazistas em pó. Que o exército alemão congele em Stalingrado. Que eu não seja esquecida aqui. Que alguém se lembre de quem realmente sou."

O inverno estava chegando, e eu estava aguardando para a designação do meu hospital. Conforme esfriava, pensei que eu talvez pudesse fazer uma última viagem a Viena. Eu queria desesperadamente conversar com alguém; precisava quebrar o silêncio que se fechava sobre mim, passar algumas horas com pessoas com quem eu pudesse conversar abertamente.

Disse a *Frau* Gerl que eu tinha de ir para Viena pegar algumas roupas de inverno — ela nunca questionou essa explicação —, e eu peguei um trem de volta. A viagem pareceu-me mais segura agora porque eu tinha a identidade da Cruz Vermelha com a minha foto.

A recepção em Viena partiu meu coração. Pepi pareceu constrangido com a minha aparição repentina; não sabia mais o que fazer em relação a mim. A vida de Jultschi havia se deteriorado. Ela tinha muito pouco trabalho. As rações para judeus tinham sido cortadas. O pequeno Otto não fora declarado *Mischling*, mestiço, então, agora, assim como todas as crianças judias, ele não recebia nem leite. Não poderia ir à escola. Tentei contar sobre a Cruz Vermelha, *Frau* Gerl e Munique, mas ela não quis ouvir.

— Volte para lá — disse ela. — Não quero mais você aqui.

Eu esperara ficar por três dias. Depois de apenas dois, voltei para Deisenhofen, infeliz e rejeitada. E havia um telegrama no saguão da frente de *Frau* Gerl de Werner dizendo que chegaria em Munique de manhã e simplesmente precisava me ver. É incrível pensar nessas reviravoltas do destino. Se eu tivesse ficado três dias em Viena, eu jamais teria chegado a tempo de receber o telegrama. Mas, por sorte, recebi — por sorte.

Cedo na manhã seguinte, fui a Munique me encontrar com Werner. Na estação de trem, tirei meu chapéu, temendo que ele não me reconhecesse em roupas de inverno. Mas ele me viu na hora. Gritou seu cumprimento, tomou-me nos braços e me deu uma chuva de beijos, sentou-me em um café na Casa das Artes Alemãs para tomarmos o desjejum.

— A caminho do trabalho ontem decidi que preciso tê-la — declarou ele, acariciando minha mão.

— O quê?

— Isso mesmo. Tem que ser assim. Você deve se tornar a minha esposa.

— *O quê*?

— Então, eu tirei uma folga no trabalho. Disse ao meu chefe na Arado que a casa da minha mãe foi bombardeada na Renânia e que eu tinha que me certificar que ela estava bem.

— Werner! Você pode ser preso por isso! Desculpas falsas! Falta ao trabalho!

— Mas eles acreditaram em mim. Olhe bem para esse rosto — ele sorriu. — Essa é a expressão que você *tem* de acreditar. Então, quando você vai se casar comigo?

— Nós estamos no meio da guerra! As pessoas não se casam em época de guerra.

— Eu estou loucamente apaixonado por você! Você não sai da minha cabeça nem um minuto sequer. Eu me sento na banheira, penso em você, e a água começa a ferver.

— Ah, Werner, pare com isso...

— Quero conhecer seu pai. Vou a Viena conhecê-lo. Ele verá que sou maravilhoso. Você vai ver.

Minha mente estava a mil por hora. Achei que eu ia passar o dia com um homem charmoso, curando meu ego ferido. Jamais sonhei com uma coisa daquelas! O que eu ia fazer? Werner estava pronto para pegar um trem para Viena para pedir minha mão para meu pai. Onde eu ia conseguir um pai?

— Vamos lá, vamos mais devagar. Isso não é racional. Só nos conhecemos há alguns dias.

— Para mim é o que basta. Sou um homem de ação.

— Mas por que você não me escreveu? Por que correu o risco de mentir para sua empresa?

Ele se recostou na cadeira, suspirou, e baixou a cabeça.

— Porque eu me senti culpado. Porque eu menti para você sobre ser solteiro. Eu sou casado e estou no meio de um divórcio, essa é a verdade. E a minha sobrinha Bärbl da qual falei... Bem, ela, na verdade, é minha filha. Então, eu achei que já que eu não tinha sido completamente sincero com você, eu precisava vê-la pessoalmente, cara a cara, para dizer a você a verdade. Eu amo você, Grete. Você é a minha inspiração. Venha viver comigo em Brandemburgo, e, assim que sair meu divórcio, poderemos nos casar.

Meu café derramou na mesa porque minha mão trêmula não conseguia controlar a xícara. Eu estava apavorada. Ele queria que eu conhecesse seu irmão Robert e sua cunhada Gertrude e a famosa *tante* Paula; queria apresentar-me a seus amigos; não tinha fim.

Fomos ao museu. Ele me pressionou e me pressionou enquanto passávamos por aqueles enormes quadros e faixas nazistas, por Helmut Schaarschmidt e Hermann Eisenmenger e Conrad Hommel, retratos de Hitler e Göring, céus cheios de fogo e águias, soldados de rostos sombrios com capacetes de aço, os homens-deuses de pedra de Arno Breker com sua postura do Parthenon, sacudindo suas espadas. Werner nem olhou para nada daquilo. Ele segurava minha mão e sussurrava no meu ouvido, dizendo que tinha um bom apartamento, e que o emprego dele era muito bom, como ele me faria feliz.

— Pense na banheira! Pense no sofá! Pense no Volkswagen que vou comprar para nós dois!

Isso continuou por horas.

— O mundo está incerto — protestei. — E se você for enviado para o front e for morto em batalha?

Werner soltou uma gargalhada.

— Eles jamais me mandarão para o front! Sou cego de um olho!

— E se o hospital da Cruz Vermelha for bombardeado e eu morrer?

— E se eles a mandarem para outro hospital e algum soldado colocar os olhos em você e se apaixonar por você como aconteceu comigo, e eu acabar perdendo você? Seria insuportável! Eu não conseguiria continuar a viver!

— Ah, Werner, pare com isso...

— Conte-me sobre seu pai.

Ele era um judeu dedicado, e se ele soubesse que estava apenas passeando em um museu com um tipinho como você ele me mataria e, então, teria outro ataque do coração e morreria novamente.

— Conte-me sobre sua mãe.

Ela está na Polônia, para onde seu odioso Führer a mandou.

— Conte-me sobre suas irmãs.

Elas estão na Palestina, lutando ao lado dos britânicos para destruir seu exército, que Deus as ajude.

— Seus tios, tias, seus primos, seus antigos namorados.

Todos se foram. Talvez estejam mortos. Escondendo-se tanto da praga dos nazistas que poderiam muito bem estar mortos.

— Eu amo você. Preciso tê-la.

Não, não, deixe-me em paz. Vá embora. Tenho muitas pessoas para proteger. Christl. Frau Doktor. Pepi. Você.

— Você! — exclamei. — Não posso me envolver com você.

Rassenchande, o escândalo da mistura racial — um crime.

— Por que não? Meu Deus, Grete, você foi prometida para outra pessoa? Você roubou meu coração e não me disse nada? Como pode ser?

Ele pareceu magoado, destruído pela ideia de que eu talvez não o quisesse. Reconheci sua dor porque eu mesma a senti. Joguei meus braços no pescoço dele e sussurrei violentamente no ouvido dele.

— Eu não posso me casar com você porque sou judia! Meus documentos são falsos! Minha foto está nos arquivos da Gestapo em Viena!

Werner parou de caminhar. Ele me afastou de si com os braços. Fiquei pendurada nas mãos dele. Seu rosto endureceu. Seus olhos se estreitaram. Sua boca se contraiu.

— Nossa, sua pequena mentirosa — disse ele. — Você me enganou completamente.

Ele parecia tão sombrio e determinado quanto um dos homens da SS na pintura de Krause.

"Idiota", pensei. "Você acabou de assinar a própria sentença de morte." Esperei que a espada do homem-deus de Breker caísse. Imaginei meu sangue escorrendo pelo chão de mármore, a batida horrenda na porta de Christl.

— Então, agora estamos quites — declarou Werner. — Eu menti para você sobre ser divorciado, e você mentiu para mim sobre ser ariana. Estamos quites e podemos nos casar. — Ele me abraçou e me beijou.

Acho que devo ter ficado histérica naquele momento.

— Você é louco! Não podemos ficar juntos. Eles vão nos descobrir!

— Como? Você vai contar para mais alguém além de mim sobre a sua verdadeira identidade?

— Pare de brincar, Werner; isso é sério. Talvez você, de alguma forma, não compreenda, mas eles podem prender você por estar comigo. Eles vão me matar e os meus amigos também e vão mandá-lo para um daqueles terríveis campos de concentração. Você não tem medo? Você deve ter medo!

Ele riu. Eu estava imaginando-o pendurado em uma forca nazista, como aquele francês que ficara com uma judia na *Arbeitslager*, e ele estava rindo, levando-me para uma sala cheia de paisagens douradas.

Até hoje não compreendo o que tornou Werner Vetter tão corajoso quando seus compatriotas eram tão covardes.

— Na verdade eu tenho 28 anos e não 21 — disse eu.

— Bom. Isso é um alívio porque aos 21 você talvez fosse jovem demais para se casar.

Ele parou em uma alcova com o busto de Hitler.

— Você cozinha tudo tão bem quanto o bolo que você enviou para o meu aniversário?

Juro que foi o espírito da minha mãe, aparecendo para mim como um anjo sempre que eu precisava de algum conselho doméstico, que deve ter me dito para responder sim.

É claro que aquela era uma baita mentira. Para compreender Werner Vetter, lembre-se de que era perfeitamente possível que eu fosse uma judia na Alemanha no auge do poder nazista, mas era essencial que eu mentisse sobre ser uma boa cozinheira.

— Volte para Brandemburgo — sussurrei. — Esqueça sobre tudo isso, eu não vou cobrar nada de você.

Ele voltou para Brandemburgo, mas não repensou as coisas. Ele tinha decidido, veja você, e quando Werner fazia isso, não havia nada que o detivesse.

Você pode me perguntar se eu pensei que ele pudesse me denunciar, se a Gestapo viria bater na porta de *Frau* Gerl. Eu não pensei nisso. Eu confiava em Werner. Juro que não sei o porquê. Talvez fosse porque eu realmente não tivesse escolha.

Ele enviou vários telegramas dizendo que tinha arrumado as coisas para que eu ficasse com a mulher de um amigo dele. Seu nome era Hilde Schlegel. Ela tinha um quarto extra e me receberia até que o divórcio saísse.

Fiquei com medo de receber mais um daqueles telegramas ardorosos, temerosa de que aquilo chamasse a atenção da SS. Eu tinha medo que meu trabalho na Cruz Vermelha, quando chegasse, me enviasse a territórios na Polônia, onde eu precisaria da minha identidade nacional, a qual eu não tinha. Eu tinha medo de que se permanecesse na casa de *Frau* Gerl, a Gestapo começasse a se perguntar quem eu era. Afinal, ela tinha antecedentes antinazistas. Pensei que, se eu fosse com Werner, estaria mais bem escondida: uma pequena *Hausfrau*, uma dona de casa, na cozinha, morando com um membro do Partido Nazista que trabalhava para a empresa que construía aviões que bombardeariam Londres. Um homem com autorizações. Um homem confiável que nunca seria questionado. É claro que ser a mulher desse homem era um disfarce melhor do que ser solteira.

Quando escrevi para Pepi para contar que eu ficara noiva de Werner, ele ficou irado. Como eu poderia fazer tal coisa? Como eu poderia sequer considerar me casar com um não judeu? "Pense no que seu pai diria!", protestou ele. "Pense no quanto eu a amo."

Bem, eu tinha aprendido do modo mais difícil o quanto ele me amava. Pepi tinha conseguido um lugar seguro para eu dormir mesmo que por uma noite em Viena? Sua mãe, com todas as suas conexões — ela tinha sequer preparado uma xícara de chá enquanto eu me escondia? Você sabe que, quando Pepi soube o que *Frau Doktor* dissera sobre ele — que ele pertencia a mim porque eu tinha dormido com ele —, ele se recusou a falar com ela? Aquela mulher maravilhosa, que tanto me ajudou, que poderia tê-lo ajudado também — ele nunca nem a agradeceu pelo que ela fez; nunca foi se encontrar com ela. Ele poderia ter fugido comigo antes da guerra. Poderíamos ter ido para a Inglaterra muito tempo antes; poderíamos ter ido para Israel para construir o país dos judeus; poderíamos ter fugido daquele pesadelo. Mas não. Pepi não ia embora por causa da sua detestável e racista mãe! Era esse o tanto que ele me amava!

E ali estava aquele cavaleiro branco de Munique, que viera destemidamente e cheio de adoração, e ofereceu-me não apenas segurança, mas amor. É claro que aceitei. Aceitei e agradeci a Deus pela minha boa sorte.

Frau Gerl e seu marido foram até o bosque e roubaram uma pequena árvore de Natal para mim. Era ilegal cortar árvores naquela época do ano, mas eles queriam me dar um presente antes de eu ir embora. Em 13 de dezembro de 1942, fui para Brandemburgo, para Werner Vetter, com aquela árvore amarrada na minha mala.

CAPÍTULO NOVE

Uma vida tranquila na rua Immelmannstrasse

Comecei a viver uma mentira como uma *Hausfrau,* uma dona de casa, comum. Era uma mentira tão boa quanto qualquer outra que uma mulher poderia viver na Alemanha nazista, porque o regime celebrava a domesticidade feminina e era extremamente generoso com as donas de casa.

Meu jeito era tranquilo. Meu hábito era ouvir. Eu me comportava de forma amigável com todos; não me tornei próxima de ninguém. Com toda a minha força, tentei me convencer de que eu era realmente e totalmente Grete Denner. Obriguei-me a esquecer tudo que me era caro, toda a minha experiência de vida, minha educação para me tornar uma pessoa meiga, comum e educada, que nunca dizia ou fazia qualquer coisa para chamar atenção. O resultado foi que externamente eu parecia um mar sereno e silencioso, mas, por dentro, eu vivia uma tempestade — tensa, turbulenta, estressada e insone, preocupando-me constantemente porque eu sempre precisava aparentar não me preocupar com nada.

Werner morava em uma casa da empresa, em um dos mais de três mil apartamentos construídos para os empregados da fábrica de aviões

Arado em um aterro de prédios idênticos e retos, virados para o leste da cidade. Nosso apartamento ficava na rua Immelmannstrasse, que agora se chama rua Gartz. Eles descontavam o aluguel diretamente do salário de Werner antes de ele trazê-lo para casa.

A Arado fabricava aviões de guerra, entre eles o primeiro bombardeiro a jato do mundo. Durante a guerra, era a maior indústria de armamentos no distrito de Brandemburgo, o que incluía não apenas a cidade de Brandemburgo, mas também Potsdam e Berlim. Os diretores da empresa, Felix Wagonfür e Walter Blume, eram ricos e famosos. Blume se tornou o chefe da economia militar para o Reich, e Albert Speer o tornou professor.

Por volta de 1940, a Arado tinha oito mil trabalhadores; em 1944, eram nove mil e quinhentos. Quase 35% eram estrangeiros. Você pode perguntar por que os nazistas permitiam que tantos estrangeiros trabalhassem em uma empresa de alta segurança. E eu digo para você, eu realmente acredito que era porque Hitler insistia que as mulheres arianas deviam ser máquinas de reprodução protegidas cuja principal tarefa era ficar em casa e ter bebês.

Ouvimos dizer que os americanos e os ingleses encorajavam as mães a trabalharem nas indústrias de guerra, que eles forneciam creches para as crianças e pagavam altos salários para uma mão de obra altamente motivada e patriótica. Mas o Führer rejeitava essa ideia. As alemãs recebiam rações extras, até mesmo medalhas de honra, por reproduzirem profusamente. Então, lugares como a Arado dependiam principalmente de garotos que eram jovens demais, homens que eram velhos demais, garotas que sabiam que seria melhor se engravidassem e trabalhadores dos países conquistados, um grupo não especialmente motivado a quebrar recordes de produção para *Luftwaffe*, a força aérea alemã.

Os trabalhadores estrangeiros da Arado viviam em oito campos de trabalho. Os holandeses, especialmente os desenhistas de aeronaves, viviam de forma bastante decente. Assim como os franceses, a quem os alemães começaram a admirar por suas habilidades e diligência. E também os italianos, que deveriam ser nossos aliados. Que aliança era aquela! De forma geral, os alemães achavam que os italianos eram covardes e mal-educados, e os italianos achavam que os alemães eram bombásticos e incultos. Além disso, os italianos odiavam comida alemã. Uma vizinha minha certa vez contou-me, horrorizada, que tinha visto um trabalhador italiano em um restaurante cuspir a salsicha com um "Eca!" ("Bem no chão!", exclamara ela) e, então, saíra, gritando que apenas bárbaros hunos poderiam consumir aquelas sobras.

Todos os trabalhadores do "Oriente" — poloneses, sérvios, russos e outros — viviam na miséria, vigiados e com medo.

Felizmente, eram principalmente franceses e holandeses que trabalhavam sob a supervisão de Werner no departamento de pintura da Arado. Ele se certificava de que havia tinta suficiente e que a insígnia era aplicada corretamente na aeronave e ganhava um salário bastante bom. Seu apartamento era, de longe, o melhor do prédio.

Cada um dos prédios dos trabalhadores tinha quatro andares, com três apartamentos por andar. Nosso apartamento ficava no primeiro andar, de frente para a rua. Um grande lote vazio do outro lado, listado para se tornar uma praça, não continha nada, a não ser uma fileira de lixeiras. Tínhamos um quarto, um grande aposento que era uma mistura de cozinha e sala, um quarto menor e um banheiro — com banheira! Na verdade, tratava-se de uma unidade de aquecimento a gás com uma grande caldeira em cima e, então, esvaziava na banheira para o banho. Apenas nós, entre todos os moradores, possuíamos tal luxo.

Nosso forno já viera preparado para a guerra. Era elétrico; mas se a eletricidade fosse cortada, poderia ser alimentado com pedaços de carvão.

Werner tomava muito cuidado para não provocar a fofoca dos vizinhos. Ele não me levou para morar com ele até que o divórcio fosse finalizado em janeiro de 1943. Antes disso, fiquei com a esposa do seu amigo, Hilde Schlegel, uma garota afetuosa com cachos saltitantes, que morava a algumas casas de distância. O marido de Hilde, Heinz, também pintor, fora enviado para o front oriente. Ela queria muito um filho e passara recentemente por uma operação para ajudá-la a conceber. Já que os nazistas eram generosos com as esposas de soldados, ela tinha o suficiente para viver e não precisava trabalhar.

— Quando Heinz entrou para o exército, ele me deu dinheiro suficiente para ir vê-lo — contou-me Hilde. — Ele foi ferido, mas só de leve, e ficou no hospital em Metz. Ah, que época maravilhosa foi aquela, Grete. Uma verdadeira lua de mel, as primeiras férias que já tive. Porque, como você deve saber, as coisas nem sempre foram assim. Deixe-me contar para você, enfrentamos tempos difíceis quando eu era criança. Durante 12 anos, meu pai não tinha emprego fixo. Então, quando nosso querido Führer subiu ao poder, as coisas melhoraram muito. Praticamente todos os jovens que conhecíamos entraram para a Juventude Hitlerista. Quando eu tinha 15 anos, fui a um banquete do Partido Nazista, e eles serviram pãezinhos com manteiga. Foi a primeira vez que eu comi manteiga. — Será que esse era o motivo, perguntei-me. Será que era por isso que eles desviavam o olhar e bancavam os cegos? Por causa de manteiga? — Sinto que tudo que temos devemos ao nosso querido Führer, que ele viva para sempre.

Ela bateu a xícara na minha em um brinde.

Hilde se tornou a minha "amiga" mais próxima em Brandemburgo, se é que se pode dizer isso em relação a uma pessoa que não faz a menor ideia de quem você realmente é. Ela caminhava comigo pela rua Wilhelmstrasse em direção à cidade, para me mostrar as lojas onde eu poderia fazer minhas compras. E também me contou tudo sobre a primeira esposa de Werner, Elisabeth.

— Enorme! Mais alta que Werner! Linda. Mas temperamental. Ah, que gritaria, que brigas! Pergunte para *Frau* Ziegler no apartamento em frente ao de Werner se eu não estou dizendo a verdade. Eles tinham brigas terríveis. Ele bateu nela! E ela revidou! Não é de se estranhar que ele finalmente tenha encontrado uma menina adequada e doce como você.

Elisabeth levou a maior parte dos móveis quando se mudou, mas ficamos com o suficiente para vivermos. Werner guardava todas as suas ferramentas e tintas e pincéis no "quartinho", transformando-o na sua oficina. Mantínhamos uma cama de solteiro lá para o caso de alguém vir fazer uma visita. Contra a parede interna, ele montou uma mesa de trabalho; e, então, em pequenos ganchos, pendurou todas as suas ferramentas bem organizadas por tamanho e função. Para fazer com que eu me sentisse bem-vinda, decidiu decorar o apartamento sem cor pintando um mural na seção de madeira da parede da sala.

Todas as noites, ele chegava do trabalho, trocava de roupa e comia a refeição da noite que eu preparava. Em seguida, ia trabalhar naquele mural. Usou uma técnica chamada *Schleiflack*. Se não me falha a memória, eram necessárias várias etapas de lixamento, aplicação de verniz, pintura e acabamento — um trabalho sujo, empoeirado e lento. Ele roubava tinta no armazém da Arado, cores alegres que geralmente brilhavam nas asas dos aviões que bombardeavam a Inglaterra. Noite após noite, Werner lixava, rascunhava um traçado, colocava uma camada de base, deixava secar, lixava de novo, pintava de novo. Eu me sentava perto da porta e o observava, lembrando-me dos artesãos que eu vira em Viena, subindo como acrobatas em seus andaimes, pintando as fachadas das butiques e dos hotéis. Eu estava tão impressionada com ele, tão cheia de admiração, que eu não precisava de nenhuma outra distração a não ser vê-lo trabalhar. Seu rosto ficava manchado e brilhando de suor e com a intensidade do seu prazer com aquele projeto. Os pelos louros dos seus fortes antebraços ficavam cobertos de pó e emplastro. Logo um friso de frutas e flores apareceu, circundando a cozinha, uma rede de videiras entrelaçadas, folhas curvadas, maçãs, cenouras, cebolas e cerejas — uma grinalda representando a liberdade dos tempos de paz dentro da qual nós dois viveríamos, como em um círculo encantado.

Quando terminou o mural, Werner se agachou no meio do chão e girou devagar com os sapatos sujos de tinta. Seus olhos azuis críticos brilhavam com intensidade crítica enquanto procurava lugares nos quais eram necessários toques finais.

— O que você acha? — perguntou ele.

— Acho que está lindo — respondi. — E que você é um grande artista.

Sentei-me no chão ao lado dele e o abracei bem forte. Eu não me importei nem um pouco de ter sujado as minhas roupas de tinta.

Em janeiro, depois que o divórcio foi finalizado, mudei-me para aquele apartamento, e, quando Werner fechou a porta atrás de nós, tornei-me uma alemã privilegiada de classe média. Eu tinha um lar, um local seguro, um protetor. Lembrei-me das bênçãos do rabino que sentara na minha cama e batera nas minhas mãos e rezara em hebraico por mim em Badgastein. Senti-me uma mulher de sorte.

Tínhamos um relacionamento muito tranquilo e sereno, Werner e eu. Mas você deve compreender que eu não era uma companheira normal, como Elisabeth ou *Frau Doktor*, cheia de exigências e opiniões. Eu estava preocupada que tudo fosse como Werner gostava. Eu nunca o lembrei deliberadamente que era judia. Eu só queria que ele esquecesse aquilo, que enterrasse no fundo da sua mente, do mesmo jeito que eu fizera com Edith Hahn, deixando que a informação pegasse poeira, mal sendo lembrada. Eu colocava toda minha energia e imaginação para aprender a fazer a única coisa que menti sobre ser capaz de fazer — cozinhar. *Frau Doktor* enviou-me pacotes de lentilhas e um livro de receitas: "Cozinhe com amor", dizia o livro, e você pode ter certeza de que era o que eu fazia.

Todas as manhãs eu me levantava às cinco horas da manhã, preparava nosso café da manhã e o almoço de Werner, e ele ia para o trabalho de bicicleta. Eu comia uma batata de manhã para que ele tivesse pão suficiente para seu sanduíche de almoço. Percebi claramente que antes da minha chegada ele não comia o suficiente, que ele não sabia se alimentar de forma adequada. Antes ele tinha dores de cabeça terríveis à noite, dores de cabeça de fome; eu mesma conhecia aquela dor, então eu sabia como ele sofria, e esforcei-me para alimentá-lo muito bem. Para o caso de eu ficar presa no *Städtische Krankenhaus*, o hospital público, no qual a Cruz Vermelha me colocara, eu o ensinei como preparar *Kartoffel-puffer*, panquecas feitas de batatas fritas e qualquer outra coisa que você conseguisse encontrar. Werner Vetter engordou dois quilos depois que me mudei.

Tante Paula Simon-Colani, uma mulher pequena e poderosa por quem logo caí de adoração, vinha frequentemente de Berlim para nos visitar para se aliviar um pouco dos constantes bombardeios por lá. Ela me disse que a família de Werner herdara uma obsessão por limpeza.

— Espane a poeira, minha querida — disse *tante* Paula. — Espane como se sua vida dependesse disso.

Acabou que foi um bom conselho. Certo dia, Werner chegou em casa antes de mim e, só para satisfazer a obsessão da família, estendeu o braço e passou o indicador pela beirada superior da porta para ver se havia poeira ali. Ele era alto o suficiente para fazer isso. Para limpar o alto da porta, eu tinha que subir em uma cadeira. Mas fiz isso, graças a Deus, porque *tante* Paula me avisara. Então, não havia poeira.

— Estou extremamente satisfeito com o modo que você vem mantendo a casa — elogiou-me ele, certa noite. — Até mesmo as beiradas da porta estão limpas. Isso é bom, muito bom.

— Ah, bem, mas eu tenho uma vantagem. *Tante* Paula me avisou que você ia verificar. — Eu ri, sentando-me no seu colo, passando os dedos pelos botões de sua camisa e fazendo cócegas em sua barriga. Acho que ele talvez tenha ficado um pouco constrangido. Ele nunca mais disse nada sobre limpeza novamente.

Werner tinha um problema com autoridade, o que constituía um sério problema quando você considera que ele estava vivendo na sociedade mais autoritária do mundo naquela época.

Acredito que ele lidava com seu problema mentindo. Era um mentiroso inspirado. Minhas mentiras eram pequenas, críveis. As dele eram enormes e exuberantes. Se ele não queria acordar para ir trabalhar em uma manhã, ele dizia que a casa do irmão em Berlim fora atingida por uma bomba da RAF, as crianças estavam na rua sem ter para onde ir, e ele simplesmente precisava ir ajudá-los. E a Arado acreditava nele.

Ele amava mentir para seus superiores. Suas mentiras faziam com que se sentisse livre — na verdade, superior aos seus superiores — porque ele sabia algo que eles não sabiam, e ele estava tendo um dia de folga enquanto eles estavam trabalhando.

Anos mais tarde, fiz amizade com uma de suas outras esposas. Ela disse que Werner lhe contara que meu pai tinha cometido suicídio, saltando de uma janela com uma máquina de escrever no pescoço. Por que Werner contaria uma história dessas? Talvez apenas para entretê-la, talvez apenas para se divertir, para tornar a vida um pouco mais emocionante. Às vezes, eu acho que foi isso que despertou o interesse dele por mim: a emoção de uma mentira. Afinal, uma amante obediente, dócil, disposta, amorosa, cozinheira, faxineira, costureira não era algo que todo alemão tinha em casa no inverno de 1942-1943.

Werner e eu nunca conversávamos sobre os judeus ou o que poderia estar acontecendo com minha mãe no leste. Falar sobre aquilo poderia ser simplesmente perigoso para mim, porque aquilo poderia fazer com que ele se sentisse culpado, como alemão; ou talvez com que se sentisse amedrontado, como alguém que estava correndo um risco por ajudar uma fugitiva.

Ele sabia que eu era uma mulher bem-educada, mas aquilo certamente não era algo de que eu o lembrasse. Ele não gostava de pessoas que tivessem alguma pretensão de superioridade em relação a ele. Então, eu cuidadosamente limitava as minhas opiniões a questões práticas. Por exemplo, quando Werner estava se divorciando de Elisabeth, eu lhe disse que em uma batalha de custódia pela pequena Bärbl, ele deveria pedir seis semanas de visitação.

— Se ela só vier por períodos curtos, você não terá qualquer influência sobre ela — expliquei. — Mas se ela vier por seis semanas, então serão verdadeiras férias com o pai, e ela logo conhecerá você e o amará.

Werner fez essa solicitação ao tribunal. Quando seu divórcio saiu — em janeiro de 1943 —, ele recebeu seis semanas de direito de visita, ficou tão feliz que dançou uma valsa ao redor do apartamento, cantando (bem baixinho): "Não é maravilhoso ter uma advogada em casa?"

Todos os meses, ele mandava dinheiro para comprar o carro que fora inventado especialmente para os nazistas para ser o veículo dos sonhos do homem comum — o Volkswagen. Eu não tinha fé naquilo. Achava que era apenas algo que o governo estava fazendo para tirar dinheiro das pessoas.

— Você nunca vai receber esse carro — disse eu, enquanto passava suas camisas.

— Eu já paguei diversas prestações.

— Juro para você, querido, você nunca vai recebê-lo.

Ele me olhou pensativamente por um momento. Algum instinto deve ter dito a ele que o que eu dizia era verdade, porque ele logo parou de pagar e, logo, tornou-se um dos poucos alemães que não foram roubados daquela forma peculiar.

Em termos sexuais, Werner era um homem vigoroso. Insistia que nos arrumássemos para a cama juntos. Nunca ficava acordado até mais tarde que eu. Nem eu depois dele. Outra mulher cujo estresse e tensão provocasse insônia na noite anterior, que trabalhara o dia inteiro como ajudante de enfermeira no hospital municipal, que limpara a casa e preparara o jantar, talvez dissesse: "Não, hoje não. Estou cansada." Mas não eu. Eu sabia que estava vivendo com um tigre. Eu queria que o tigre estivesse saciado e feliz, com a barriga cheia, camisas passadas e nenhuma discussão.

Será que isso parece impossível? Será que uma mulher pode ser satisfatória na cama enquanto finge ser outra pessoa, quando tudo que ela amava tinha desaparecido e ela vivia em um perpétuo estado de terror de ser descoberta e morta? A resposta bem sincera é sim. O sexo é uma das poucas coisas que você consegue fazer na vida que faz com que você se esqueça de tudo que não pode fazer.

Além disso — você deve compreender isso —, eu gostava de Werner, mais e mais a cada dia.

Sua primeira esposa, Elisabeth, assombrava-me. Ela nem morava mais em Brandemburgo; mudara-se com Bärbl para Bitterfeld a noroeste de Halle, na Alemanha central — mas, às vezes, eu sentia como se ela estivesse à mesa conosco ou dormindo no nosso travesseiro.

— Ela passou aqui quando você estava no trabalho — contou-me *Frau* Ziegler. — Estava fazendo perguntas sobre você. Quem é essa vienense? Qual é a sua história? Eu disse a ela: "Elisabeth, Grete é uma ótima pessoa. Você deveria ficar feliz por Bärbl ter uma madrasta tão boa."

Percebi pelo brilho malicioso em seu olhar o quanto a antiga vizinha de Elisabeth apreciara aumentar o desconforto da outra em relação a mim. Se ela apenas tivesse ideia do quanto estava aumentando meu desconforto em relação a Elisabeth!

Elisabeth perguntou à outra vizinha se havia chances de que Werner ainda a amasse e talvez a quisesse de volta. O que eu faria a respeito daquilo? Eu queria ficar com Werner, mas odiava a ideia de casamento — as verificações de antecedentes, os documentos e as perguntas. Por outro lado, eu vivia com medo de que se não me casasse logo com Werner, sua ex-mulher o tiraria de mim.

Se parecia que eu era assombrada por Elisabeth, então, você deveria ter visto Werner. Lá estávamos nós na cozinha certa noite, a imagem da paz doméstica. Eu estava cosendo os furos nas meias de Werner. Ele estava lendo um romance que pegara na biblioteca da Arado. De repente, o livro caiu no chão. Ele se empertigou. E começou a falar.

— Você é a responsável por todos os nossos problemas de dinheiro — disse ele, furioso. — Você não tem senso sobre como gastar nem como economizar. Você compra roupas, você as usa uma vez e depois as joga fora. É porque você é preguiçosa, preguiçosa demais para lavar as roupas, passá-las, comportar-se como uma mulher deveria.

Eu não sabia o que pensar. Ele estava falando comigo? Eu era a única pessoa naquele aposento, mas a pessoa com quem ele estava falando não era nada como eu.

— Werner? Qual é o problema? — perguntei, baixinho. Ele nem me ouviu. Começou a andar de um lado para outro na cozinha, esfregando o peito e tentando não ter um ataque cardíaco, passando os dedos pelo cabelo arrumado.

— Trabalho como um burro de carga. Minto e invento histórias na Arado para que você tenha todas as coisas que quer. Compro presentes, compro presentes para a pequena Bärbl, e você ainda não está satisfeita. Ainda diz que sua amiga tem isso e que a outra tem aquilo! Você sempre quer mais e mais e mais!

Percebi que ele estava falando com Elisabeth, que, de alguma forma, sua mente o levara para o meio de uma conversa que ele tivera com ela, provavelmente naquele cômodo.

— Werner, por favor, você se divorciou de Elisabeth. Você é um provedor maravilhoso. Olhe para mim. Sou eu: Grete. Estamos vivendo juntos em paz e felizes. Estou remendando suas meias. Pare de gritar.

Ele socou a mesa da cozinha. Os garfos e facas voaram. Os pratos chacoalharam.

— Não vou mais aguentar isso — berrou ele. — Sou o chefe dessa casa e espero ser respeitado! Nada de novo será comprado até a Vitória! Você terá de viver com as roupas que tem! E qualquer coisa para Bärbl, eu mesmo irei comprar!

Ele caiu de volta na cadeira, ofegante e exausto. Esperei que ele voltasse a si. Demorou um pouco. Pensei: "Edith, você está vivendo com um louco. Mas mesmo assim, quem mais seria louco o suficiente para viver com você?"

O bem que Werner mais valorizava era seu rádio, um excelente equipamento. No sintonizador, ele inserira um pedaço de papel pardo. Enquanto aquele pedaço de papel estivesse no lugar, tudo que você conseguia ouvir era o noticiário alemão.

O rádio era nossa principal fonte de entretenimento, nosso terror e nosso consolo. O *Wehrmacht Bericht*, o noticiário da guerra, estava disponível para todo mundo. Era isso que Werner e eu ouvíamos quando estávamos namorando em Munique. O rádio nos trazia nosso programa favorito de música, canções românticas de Zarah Leander, pequenos concertos da Filarmônica de Berlim nas noites de domingo, e Goebbels declamando seu editorial semanal do *Das Reich*, a "revista de notícias" dos nazistas (se é que alguém consegue imaginar uma coisa dessas). Se você se atrevesse a ouvir notícias estrangeiras e fosse pego, poderia ser enviado a um campo de concentração — e milhares eram.

Durante os primeiros dias de fevereiro de 1943, o rádio nos avisou sobre a derrota do exército alemão em Stalingrado. Até mesmo essa terrível notícia foi apresentada de uma forma teatral e quase bonita por ordens do brilhante Goebbels.

Ouvimos o soar de tambores — o segundo movimento da "Quinta Sinfonia" de Beethoven.

"A Batalha de Stalingrado acabou" — anunciou o locutor. "Fiel ao seu juramento de lutar até o último fôlego, o Sexto Exército sob a liderança exemplar de Field Marshall Paulus foi vencido pela superioridade do inimigo e pelas circunstâncias desfavoráveis contra nossas forças."

Hitler declarou que haveria quatro dias de luto nacional durante o qual todos os locais de entretenimento deveriam permanecer fechados.

A notícia foi manipulada e controlada tão de perto que até mesmo tal desastre poderia, de alguma forma, estimular a renovação da determinação dos alemães de lutar. No dia 18 de fevereiro, a rádio nos trouxe o discurso da "guerra total" de Goebbels proferido no Sportspalast, o palácio de esportes, no qual conclamou os alemães a fazer sacrifícios cada vez maiores, para acreditar com cada vez mais fervor na vitória final, a doarem-se de corpo e alma ao Führer, a adotarem o lema "Chegou a hora de o povo se erguer, atacar e se libertar!" Nesse meio-tempo, milhares de pessoas no estádio gritavam loucamente: *Führer befiehl, wir folgen!* "Führer, comande-nos, e nós o seguiremos!" Com tamanha histeria, com total controle da notícia, foi quase totalmente possível não sentir a gravidade que fora a derrota de Stalingrado. Não colocá-la junto com as notícias da derrota de Rommel em El Alamein e o desembarque dos Aliados na África do Norte, não compreender que a guerra tinha se voltado contra a Alemanha e que aquilo era o começo do fim, mas ainda acreditar que Hitler logo conquistaria a Inglaterra e o mundo.

Para viver na ignorância, tudo que você precisava fazer era ouvir apenas ao noticiário nazista.

Era noite. Werner estava trabalhando até tarde, e eu, sozinha. Estava sentada olhando para aquele pedaço de papel pardo segurando firmemente o mostrador do rádio de forma firme e permanente no lugar politicamente correto.

— E se eu me mexesse? — sugeriu o papelzinho.

— Você não pode se mexer — respondi.

— Eu poderia escorregar do meu lugar.

— Não sem ajuda.

— Você poderia me ajudar...

— Não! Impossível! Qualquer pessoa que faça isso será enviada para Dachau ou Buchenwald ou Oranienburg ou Deus sabe para onde. Uma enfermeira da Cruz Vermelha que ajuda você a sair do seu lugar no sintonizador poderia acabar em Ravensbrück.

— Então, se você está com medo — disse o papelzinho pardo —, deixe-me onde estou e continue vivendo no escuro.

Eu virei as costas para o rádio, pensando com meus botões que eu estava enlouquecendo, exatamente como meu marido, discutindo com produtos da minha imaginação. Agachei-me de quatro e esfreguei o chão da cozinha. Mas o pedacinho de papel me chamou.

— Olá, você! *Hausfrau*! Você sabe o que há no outro lado desse sincronizador? A BBC.

— Psiu!

— E a Rádio Moscou.

— Silêncio.

— E a Voz da América.

— Cale-se!

— Tudo em alemão, é claro.

O homem do andar de cima começou a martelar uma estante de livros que estava montando, como ele fazia quase todas as noites depois do trabalho. Sua esposa — acho que o seu nome era Karla — estava cantando enquanto passava a roupa.

— Você já considerou estes versos de Goethe? — perguntou-me o papelzinho.

> Pensamentos covardes, ansiosa hesitação,
> Timidez feminina, tímidas reclamações,
> O teu sofrimento não afastarão
> Nem a ti libertarão.

Então, desafiada pelo meu próprio lema, por fim, tirei o pedacinho de papel do sintonizador do rádio e o joguei fora. Com a proteção das marteladas no andar de cima, sintonizei na BBC.

Werner chegou do trabalho, cansado e faminto. Eu lhe dei o jantar. Abracei-o forte em meus braços. E bem antes de irmos dormir, eu disse para ele: "Ouça..." Bem baixinho, usando os travesseiros e edredons para abafar o som, eu sintonizei no noticiário da BBC. Fomos informados que dos 285 mil soltados alemães na batalha de Stalingrado, apenas 49 mil foram evacuados. Mais de 140 mil foram massacrados, e 91 mil foram feitos prisioneiros. Os prisioneiros estavam passando fome, frio, sofrendo de ulcerações de frio, sendo transportados em temperaturas congelantes abaixo de zero. Embora não tivéssemos como saber daquilo na época, apenas seis mil desses homens voltariam para a Alemanha.

Lágrimas escorreram pelo rosto de Werner.

A partir de então, eu ouvia a rádio estrangeira três ou quatro vezes por dia, e Werner também. Na rádio de Moscou, não acreditávamos. (Suas transmissões sempre começavam com *"Tod der Deutschen Okkupanten*!" — "Morte aos invasores alemães!") Às vezes, achávamos que a BBC exagerava. O sinal da Voz da América não era muito claro. Tendíamos a achar que a Beromünster da Suíça era mais objetiva.

Compartilhamos nossa nova descoberta com *tante* Paula durante uma de suas visitas. Ela nos escreveu e nos agradeceu por termos lhe mostrado as "lindas fotos".

Um dia, quando atravessei o corredor para levar um pouco de farinha para *Frau* Ziegler, ouvi um som familiar vindo do apartamento de Karla. Foi só um tom, mas eu o reconheci como uma das notas de chamada da BBC. Instantaneamente, entendi que nossos vizinhos barulhentos no andar de cima enganavam todo mundo com suas marteladas e canções. Eles estavam ouvindo às rádios proibidas, assim como nós.

Fora da nossa casa, Werner parecia ser um leal membro do partido, inabalável em sua fé em Hitler. Sei disso porque conheci pessoas com quem ele trabalhava na Arado, que falavam comigo como se esperassem que eu compartilhasse as opiniões que achavam que Werner tinha.

— Concordo com Werner, *Fräulein* Denner — disse uma das nossas vizinhas. — Churchill é um bêbado e um esnobe de classe alta e ele não tem a concordância do seu povo. Eles não o adoram como nós adoramos nosso Führer. Eles o abandonarão mais cedo ou mais tarde, e a Inglaterra será nossa.

— Como Werner sempre diz, o Führer sabe o que é melhor — disse outro sobre um homem que vivia com uma fugitiva judia e ouvia todas as noites ao noticiário estrangeiro.

Trabalhar no *Städtische Krankenhaus*, o hospital municipal, resolveu um problema para mim: eu não precisava mais ir todos os meses para carimbarem minha caderneta de racionamento.

Veja bem, cidadãos comuns do Reich como Werner recebiam suas cadernetas de racionamento de um entregador. Não eu. Eu tinha de ir até o escritório de racionamento pessoalmente — uma viagem aterrorizante, porque eu não tinha um cartão de registro legal, nenhuma identificação que dizia quem eu era e onde eu morava. Aquele cartão, que possibilitava que a pessoa adquirisse todos os outros cartões necessários para comida e roupas, estava em um arquivo em Viena e pertencia a Christl Denner.

Quando você mudava seu endereço, sua identificação entrava em um tipo de arquivo em trânsito. Quando você chegava ao seu novo endereço, sua identificação chegava logo depois. Meu último registro foi em Aschersleben. Quando voltei para Viena, deveria ter me registrado lá, mas é claro que não fiz isso. Então, agora eu morria de medo de fazer alguma transação que obrigasse os alemães a procurar minha identificação e dizer "Mas, *Fräulein*, onde está seu cartão de identificação? E quem é essa outra *Fräulein* Christine Maria Margarethe Denner, em Viena?"

Eu precisava evitar tal encontro de todas as formas — pois aquilo seria desastroso tanto para mim como para Christl. Então, eu continuava me alimentando com cartões emitidos no registro de Christl para férias de seis meses. Minha caderneta estava quase completamente preenchida e eu temia que eles me dissessem que eu não poderia mais usá-la, que eu deveria morar no lugar onde eu estava passando as férias. Eu tinha muito medo disso. Durante dias antes de ir ao posto de alimentação, eu ficava deitada, insone de ansiedade. Eu ensaiava a mentira repetidas vezes. No balcão do posto, aguardando pelo carimbo burocrático, eu tremia e rezada: "Uma vez mais, querido Deus. Por favor, permita que eles deixem passar a caderneta lotada uma vez mais." Eu nunca compartilhei meus temores com Werner porque ele poderia ficar com medo também.

Imagine, então, que alívio foi quando, a partir de fevereiro de 1943, fui registrada *Gemeinschafts-verpflefung* na Cruz Vermelha, o grupo de serviço de bufê do hospital. Eu não precisava mais fazer aquela viagem terrível até o posto de racionamento de alimentos porque não precisava que a caderneta fosse carimbada.

Eu trabalhava em plantões de 12 horas e recebia 30 *reichmarks* por mês. Aquilo era mais um trocado do que um pagamento, mas é claro que era monumental comparado com o pagamento de fome em *Arbeitslager*. Todas as enfermeiras comiam a refeição do meio-dia em uma mesa comprida. A enfermeira-chefe sentava-se à cabeceira; as outras se organizavam de acordo com a hierarquia em ambos os lados. Eu ficava bem no fim da mesa. No início, a enfermeira-chefe fazia uma oração antes de comermos, mas, na primavera de 1943, a oração foi declarada ilegal.

No meu uniforme, eu tinha um broche da Cruz Vermelha, e no centro da cruz, havia uma suástica. Eu deveria usá-lo sobre meu coração, mas não conseguia suportar aquilo, então não usava. De vez em quando, uma das enfermeiras mais antigas notava e chamava minha atenção.

Eu fazia uma expressão humilde no rosto, de burra. Murmurava que eu tinha esquecido, esperando que, depois de um tempo, elas presumissem que eu era uma idiota e que tinha perdido o broche. Essa era minha resposta para muitas questões "arianas" — parecer ligeiramente tola para que me deixassem em paz.

Por exemplo, quando eu estava trabalhando com pacientes estrangeiros, eu sempre tentava falar francês com os franceses.

— Diga para eles — pediu uma das minhas colegas com uma risada —, que todos os franceses são porcos.

— Ah, sinto muito mesmo — respondi. — Mas eu não sei a palavra em francês para "porcos".

E, então, teve a questão de ser membro do partido.

— *Fräulein* Denner, já lhe dissemos mais de uma vez que esperamos que todas as auxiliares sejam membros do Frauenschaften, o partido das mulheres auxiliadoras. Está claro?

— Sim, senhora.

— Vá amanhã à tarde e filie-se.

— Sim, senhora.

— Isso é tudo.

Eu fazia a saudação. Devíamos sempre fazer a saudação para um superior na chegada e na saída, como se a Cruz Vermelha alemã fosse o exército alemão.

— Ah, aonde é que devo ir, senhora?

Minha superiora suspirava e, com enorme paciência, me explicava uma vez mais aonde eu deveria ir. E, novamente, eu "me esqueceria" de ir.

Certo dia, enquanto eu estava na janela da ala, olhando para os jardins, dois homens grisalhos, vestidos em farrapos, saíram correndo de repente dos arbustos e apressaram-se para as portas dos fundos. Desapareceram por um instante e reapareceram, tentando esconder pedaços de pão e queijo embaixo das camisas. Minha superior — a enfermeira de Hamburgo que guardara uma cebola para o paciente russo moribundo — chegou à ala para trocar alguns curativos. Eu não disse nada. Ela não disse nada. Eu sabia que ela estava alimentando aqueles homens. Ela sabia que eu sabia. Nenhuma palavra foi dita sobre o assunto. Quando a casa de seus pais foi bombardeada por ataques aéreos em Hamburgo em julho de 1943, ela teve de ir embora. Fiquei com pena de vê-la partir, porque outra enfermeira assumiu seu lugar como minha superiora, e quase imediatamente me denunciou como a jovem tola que era bondosa demais com os estrangeiros e exigiu minha transferência para outro serviço.

Foi assim que acabei trabalhando na ala da maternidade — um excelente lugar para mim, o mais distante possível da guerra e de suas perdas.

Naquela época, o costume era que a mulher ficasse no hospital por nove dias depois de dar à luz. Os bebês eram mantidos em um quarto especial e levados para as mães para amamentarem. As pacientes usuais da maternidade eram esposas de fazendeiros com grandes famílias. Os filhos mais velhos vinham visitar, trazendo bonecas e cavalinhos de madeira como se o recém-nascido fosse uma criança e parceiro de brincadeiras. Como era bizarro ver aquelas pessoas comuns e robustas enrolarem seus filhos em roupas de bebê de seda enviadas para casa pelos ocupantes em Paris!

Não tínhamos incubadoras, então, quando os bebês nasciam prematuros, nós os alimentávamos com conta-gotas. Eu os aconchegava, trocava as fraldas e os levava aos seios das mães. Se a mãe não tivesse leite, eu preparava pequenas mamadeiras. Algumas vezes, as pessoas me pediam para ir à igreja para ser madrinha. Eu sempre respondia que sim, mas, na última hora, inventava uma desculpa e não ia. Se eu fosse à igreja, ficaria óbvio para todos que eu nunca estivera em uma missa cristã na vida.

Eu amava aquele trabalho. Sentia que minha mãe caminhava comigo pela ala da maternidade, estabilizando minha mão. Eu falava suavemente com as crianças, com a sua voz. Na época, quando cada passo no corredor, cada batida na porta, criava pânico, aquilo me trazia paz de espírito.

Havia momentos de crise, é claro. Uma mulher teve trombose depois de dar à luz, e sua perna teve de ser amputada. Outra chegou ao hospital espancada e dilacerada. Seu filho não viveu nem por dez minutos. Ela já tinha três filhos pequenos, com cerca de dois anos de diferença entre eles. Eles a esperaram do lado de fora, jogados lá pelo pai. Enquanto estava se recuperando, contou-me sobre a brutalidade do marido, seus ataques de fúria. Quando ele chegou para buscá-la, ela não queria ir embora com ele. Seus olhos machucados cintilaram de terror. Mas não tínhamos como ficar com ela.

O que mais me impressionou foi o fato de que, quando as mulheres recebiam a anestesia para o parto, elas balbuciavam todo o tipo de coisas que poderia tê-las colocado em sérios problemas. Uma garota praticamente admitiu que seu filho não era do marido, mas sim de um escravo polonês. Ela ficava gritando:

— Jan! Jan! Meu querido!

Coloquei a minha mão sobre sua boca, aproximei-me do seu ouvido e sussurrei:

— Shhh.

Uma fazendeira que tinha acabado de dar à luz gêmeos admitiu que ela e seu marido vinham armazenando queijo e matando porcos ilegalmente. Outra, em seu delírio, confessou ter ouvido a voz do filho mais velho na Rádio de Moscou, a qual começara a transmitir mensagens pessoais de soldados alemães capturados. Esse foi de longe o crime político mais sério sobre o qual alguém falou. Eu conseguia imaginar a felicidade de saber que o filho sobrevivera ao massacre russo. Que sorte a dela por eu ter sido a única a ouvir sua confissão.

Em maio de 1943, um dos médicos notou que eu parecia magra e exausta e me chamou para um exame. Ele me diagnosticou como subnutrida e recomendou alguns dias de cama e boa alimentação.

Werner e eu usamos os dias extras de folga para fazermos uma viagem a Viena, pois eu lhe contara sobre *Frau Doktor*, Jultschi, Christl e Pepi, e ele estava muito interessado em conhecê-los. Eu o apresentei com um misto de orgulho — *Olhe, eu encontrei um amigo, um protetor; ele diz que me ama* — e apreensão — *mas ele é bastante excêntrico; tem um temperamento perigoso; por outro lado, ele talvez possa ajudar de alguma forma.*

Werner ficou no Hotel Wandl na praça Peterplatz. Eu não me atrevia a me registrar em nenhum hotel, então fiquei com minha prima. Levei Werner ao Wienerwald para apreciar a vista do Danúbio. Levei-o para subir as montanhas sobre a cidade.

Aqui é onde eu vinha quando era garota, não disse eu. *Por essas trilhas, eu cantava* La bandeira rossa *("A bandeira vermelha"), na época quando os cidadãos podiam cantar uma canção socialista como aquela em voz alta, com liberdade.*

Uma tempestade repentina fez o céu rugir acima de nós — raios e trovões. Fiquei com medo, mas não Werner; ele gostava de uma boa tempestade. Encontramos abrigo em um alpendre próximo à trilha e ele me abraçou em seus braços e me acalmou enquanto o vento soprava do lado de fora. Quando voltamos à cidade no dia seguinte, Christl já estava pronta para sair da cidade, Jultschi estava frenética e *Frau Doktor* andava de um lado para o outro como uma leoa, sombria de preocupação. Todos acharam que eu tinha sido capturada, veja você. Acharam que eu estava nas mãos da Gestapo.

Antes de partirmos, Christl nos mostrou um grande rolo de seda que ela tinha comprado. Era difícil conseguir estoque para sua loja e ela estava pensando que poderia cortar a seda em quadrados para servir como lenços de souvenir. Mas como ela os decoraria?

Werner sorriu. Ele tinha uma ideia.

— Vou estampar cada lenço com uma cena de Viena — disse ele. — Saint Stephan no canto deste. A Ópera no canto deste outro. Este é azul e outro é dourado.

— Mas onde conseguiremos as tintas? — quis saber Christl.

— Pode deixar comigo — respondeu ele.

Compreendi que logo algumas outras latas de tinta desapareceriam das prateleiras do armazém da Arado.

Odiei deixar meus amigos de novo, mas eu sabia que agora cruzara uma linha; eu tinha me tornado a mulher de Werner aos olhos deles assim como aos meus. Eles avaliaram sua força e disseram para si mesmos: "Edith ficará segura com este homem" — assim como eu dissera para mim mesma: "Hansi está segura com os britânicos." Eu não era mais uma vítima desesperada a seus olhos, faminta e sem ter onde morar. Agora, por causa do meu protetor com seus talentos criativos, sua habilidade como artista e seu acesso a materiais, eu, na verdade, estava em condição de ajudá-los.

Atingi outro nível de bem-estar. Mas eu não podia baixar a guarda por um instante sequer. O preço que eu estava pagando para minha ascensão era simultaneamente afundar tanto no meu disfarce que eu corria o risco de me perder completamente nele. Com Viena afrouxando sua influência sobre mim, eu me sentia cada vez mais desligada de tudo que um dia eu chamava "verdadeiro". Comecei a temer que logo eu me olharia no espelho e veria alguém que eu não reconheceria. "Quem sabe quem sou agora?", perguntei para mim mesma. "Quem é que me conhece?"

Lá estava eu na ala da maternidade, com todos os bebezinhos, banhando-os e alimentando-os, aconchegando-os e acalmando-os quando choravam. Eu observava a alegria das mães quando eu os levava para serem alimentados.

Pensava comigo mesma: "Eu tenho quase 30 anos. Não sou mais jovem. Conheço de primeira mão a sensação horrenda de perder minha menstruação e viver sem esperança de ter um filho. Agora sou fértil novamente, mas talvez não por muito tempo. Quem sabe? Quem sabe por quanto tempo essa guerra ainda vai durar e que futuro nos aguarda? Talvez agora seja a minha única chance. Eu tenho um amante forte e viril, que é inteligente e capaz de contar mentiras fantásticas, eu não estarei sozinha. Alguém será meu."

Comecei a falar com Werner sobre ter um filho. Ele não queria um. Não comigo. Veja você, ele tinha absorvido tanta coisa sobre a propaganda nazista sobre raça, e ele acreditava que o sangue judeu ia, de alguma forma, dominar qualquer filho dele. Ele não queria isso. Eu precisava encontrar uma maneira de superar sua relutância.

Esperei Werner voltar para casa à noite. Fiquei perto do fogão e ouvi seus passos na curta escada do lado de fora. Eu sabia que ele costumava espiar pela fechadura, só porque gostava muito de me ver cozinhando seu jantar. As palavras de *Frau Doktor* vieram ao meu ouvido. "Eles querem uma mulher esperando, em um aposento confortável, com uma boa refeição pronta e uma cama quente." Eu conseguia sentir enquanto ele me observava. Sentia o couro cabeludo formigar. Ele entrou. Fingi estar tão envolvida com o preparo do jantar que nem o notei entrar. E ele se aproximou por trás de mim e me afastou do fogão, enquanto eu ainda segurava a colher de pau.

Depois do jantar, sugeri que jogássemos xadrez. Eu jogava mal para ele sempre ganhar. E como era xadrez, ele sempre sabia bem antes do fim do jogo que ele ia ganhar, compreendendo, enquanto eu fingia que não sabia que eu tinha feito um movimento errado. Eu amava observar o corpo de Werner relaxar e seu rosto se iluminar quando percebia que ia ganhar. Eu achava adorável a transparência de sua felicidade. O xadrez sempre funcionava — era o jogo perfeito para termos relações.

Eu avaliava cada jogada. Balançava a torre entre o indicador e o polegar. Rolava o rei com cuidado na palma da mão. Eu o colocava no lugar errado. Werner o capturava com facilidade. Minha rainha estava completamente exposta.

Eu olhava para ele e sorria e dava de ombros.

— Bem, parece que você venceu novamente — disse eu. — Parabéns. — Eu me inclinei sobre a mesa e o beijei.

Werner me pegava em seus braços e me carregava para a cama. Apressado, ele abria a gaveta onde guardava os preservativos.

— Não — sussurrei eu. — Não essa noite.

— Eu não quero que você engravide — respondeu ele.

— Eu não me importo de ficar grávida — sussurrei de volta. — É isso que eu quero.

— Não — respondeu ele.

— Por favor — implorei.

— Não.

— Querido...

— Pare, Grete...

— Shhh.

Foi a primeira vez que me atrevi a discutir com Werner Vetter. Mas valeu a pena. Em setembro de 1943, eu sabia que eu ia ter um bebê.

CAPÍTULO DEZ

Um respeitável lar ariano

Embora eu quisesse ter um filho, aquilo não significava que eu queria me casar. A ideia de ter outro burocrata nazista examinando meus documentos falsos para me qualificar para uma licença de casamento me deixava doente de medo. E o que a noção de ilegitimidade poderia significar na minha situação? Pensei que quando o nono mês terminasse, os nazistas teriam perdido a guerra e eu pegaria meu filho ilegítimo e, então, talvez eu me casasse com seu pai e, se eu não quisesse isso, talvez eu me casasse com outra pessoa.

Mas Werner Vetter era um *verdadeiro* cidadão do Reich. Tinha uma reputação a zelar, e recusou-se terminantemente a ser pai de um filho ilegítimo. "Além disso, *tante* Paula disse que se eu não for bom para você, ela nunca mais vai falar comigo", disse ele, alegremente. "Então, tenho que fazer de você uma mulher honesta."

Não tinha como lutar com ele. Tínhamos de nos casar.

Caminhei pela rua principal em Brandemburgo, cumprimentando com um aceno de cabeça os conhecidos, sem notar o clima brilhante. Em outro escritório administrativo sombrio, encontrei-me com um homem que, para mim, era o guardião das portas do inferno, um escrivão com rosto cinzento e sem humor. A partir dos meus documentos, descobri que seu nome talvez fosse Heineburg. Ele se pendurava como uma aranha entre seus arquivos, listas e caixas de índices e registros potencialmente mortais, esperando, atrevo-me a dizer, esperando, encontrar algum inimigo do Estado como eu entrar no seu covil. Ao seu lado, havia um busto de pedra de Hitler. Atrás dele, uma bandeira nazista.

— Os pais do seu pai são arianos. O pai da sua mãe, vejo aqui, tem uma certidão de nascimento e de batismo. Agora... — olhando para os documentos. — Agora e quanto a sua mãe?

— Minha mãe era da Rússia Branca — respondi. — Meu pai a trouxe de lá depois da Primeira Guerra Mundial. Ele trabalhou com os engenheiros do czar.

— Sim, sim, sim. Estou vendo isso aqui. Mas... — Ele procura novamente. — Mas e quanto à mãe da sua mãe? Onde estão os documentos raciais *dela*?

— Não conseguimos receber cópias deles por causa das batalhas e da interrupção das comunicações.

— Mas isso significa que não temos como saber quem ela realmente era.

— Ela era minha avó.

— Mas ela talvez tenha sido judia. O que significa que talvez você mesma seja judia.

Ofeguei e fingi terror diante da ideia e apertei os olhos enquanto olhava para ele como se ele tivesse enlouquecido. Ele bateu com a unha nos dentes e olhou para mim calmamente através das lentes grossas que tinham algumas marcas de poeira. Ele tinha olhos pequenos. Meu coração bateu como um tambor no peito. Fiquei sem respirar.

— Bem — olhando para mim —, está óbvio para mim só de olhar para você, que não poderia ser nada além de uma ariana puro sangue — declarou ele.

De repente, com um grunhido audível, ele bateu com o carimbo de borracha nos formulários. *"Deutschblütig"* — "sangue alemão" — diziam meus documentos por fim. Ele me entregou a licença de casamento, e eu respirei novamente.

Aquele mesmo homem casou a mim e Werner, na mesma escrivaninha, com o mesmo busto de Hitler e a mesma bandeira nazista no dia 16 de outubro de 1943. Tente imaginar que evento romântico foi aquele, com o escrivão presidindo. Acho que a cerimônia não durou mais de três minutos.

Hilde Schlegel, que agora estava grávida de seis meses, e seu marido, Heinz, em licença do front, foram testemunhas. Usei um dos vestidos que minha mãe fizera para mim, para convocar sua presença em espírito, como se ela pudesse, de alguma forma, proteger-me daquela farsa potencialmente fatal. Mas eu estava devastada, estava morrendo de medo de esquecer de assinar todos os meus nomes — Christine Maria Margarethe Denner — e que, de alguma forma, a caneta fosse escrever sozinha "Edith Hahn, Edith Hahn, esta sou eu, seus bastardos, eu odeio vocês e rezo para que as bombas dos americanos caiam bem em cima deste escritório e transforme sua estátua, sua bandeira e todos os seus registros fascistas em pó".

Deveríamos receber uma cópia do *Mein Kampf* — o presente de casamento de Hitler para todos os casais recém-casados — mas justamente naquela semana o estoque de Brandemburgo tinha acabado.

Recebemos cartões extras de racionamento por causa do casamento: 150 gramas de carne, 50 gramas de cereal, 100 gramas de açúcar, 25 gramas de substituto de café e um ovo por convidado de casamento. Fiquei com medo de ir pegar aquele tesouro.

— Aqui estou eu, grávida — reclamei com Hilde. — Werner quer a casa imaculada de forma que pudéssemos comer até no piso do banheiro. Quando terei tempo de ir ao escritório de racionamento para pegar meus cartões extras?

Felizmente, Hilde concordou em ir pegar as rações do casamento para mim.

Heinz Schlegel sugeriu que todos fôssemos a um restaurante gastar os cartões extras e fazer uma pequena comemoração. Foi especialmente agradável para mim porque meu famoso paciente, o qual tinha se recuperado o suficiente para voltar para Berlim, pedira aos seus filhos para mandarem vinho de Moselle para mim como presente de casamento, um prazer raro para cidadãos comuns do Reich em época de guerra.

Você vai me perguntar como eu me senti sobre passar tanto tempo com pessoas que apoiavam o regime de Hitler. E eu vou dizer o seguinte: já que eu não tinha escolha na questão, eu não me atrevia mais a pensar naquilo. Viver na Alemanha naquela época, fingindo ser ariana, significava que você automaticamente socializava com os nazistas. Para mim, eles eram todos nazistas, pertencendo ou não ao partido. Se eu tivesse feito distinções naquela época — dizer que Hilde era uma nazista "boa" e o escrivão era um nazista "mau" — teria sido tolice e perigoso porque os bons poderiam denunciar você tão fácil e caprichosamente quanto os maus poderiam salvar sua vida.

Meu novo marido era o mais complicado de todos eles. Um total oportunista em um instante e um crente verdadeiro no seguinte. Na nossa noite de núpcias, quando eu estava lavando a louça, Werner veio por trás de mim e pousou as mãos na minha barriguinha. "Vai ser um menino", declarou ele com certeza absoluta. "Vamos chamá-lo Klaus." Ele me envolveu em um abraço. Costumava dizer que sentia que a raça judaica era mais forte, que o sangue judeu sempre seria dominante. Aprendera essa ideia com os nazistas e ainda acreditava naquilo. Ele sempre dizia que se sentia apenas como um "elemento disparador" na minha gravidez, *"das auslösende Element"* — aquelas eram as palavras que usava. Mas isso não parecia incomodá-lo, desde que conseguisse ter o que mais desejava — um filho.

Por que meu novo marido não acreditava que o sangue alemão era mais forte, que a criança sempre seria uma ariana por causa da participação do pai, eu jamais compreenderei. Quando uma ideia é imbecil logo no início, sua aplicação nunca faz sentido.

O médico me examinou e meneou a cabeça. Descobrira algo de que eu me esquecera completamente. Quando criança, eu tive difteria e isso me deixou com sopro cardíaco. O médico vienense na época dissera que eu precisaria tomar muito cuidado durante a gravidez. Mas os eventos turbulentos dos últimos anos tornaram tais considerações insignificantes.

— Você se arriscou muito, aqui, Grete — disse o médico alemão. — Você tem coração fraco. O sopro é muito forte. Você nunca deveria ter engravidado. Mas agora que você está grávida, vou escrever uma prescrição de digitalina e que saia do emprego e fique em casa até o bebê nascer.

Notícias maravilhosas? Bem, não exatamente, porque agora eu tinha uma nova crise com as minhas rações. Eu estivera recebendo rações adequadas para uma funcionária da Cruz Vermelha comendo com o grupo no hospital. Agora que eu ficaria sem trabalho e em casa por seis meses, como eu comeria? Eu precisava de uma nova caderneta de racionamento. Mas não poderia receber uma sem um cartão de registro nacional, uma ficha de indexação emitida para cada cidadão do Reich pelo Ministério da Economia, o *Wirtschaftsamt*. E como eu conseguiria um desses sem chamar a atenção da Gestapo?

— Por favor, meu Deus — rezei. — Permita que eu passe por isso. Eu logo terei um filho para proteger. Ajude-me a passar por este teste.

Pela primeira vez, decidi ir contra a aparência discreta e me arrumei para ficar o mais atraente possível e fui até a central de registros. Daquela vez, encontrei uma mulher gorda, arrumada e perfumada. Ela mantinha uma planta na sua mesa imaculada. Entreguei a ela meu documento da Cruz Vermelha, que mostrava que eu estava de licença no trabalho e precisava receber cartões de racionamento em casa porque não iria mais comer no hospital.

Ela começou a procurar minha ficha. Não havia sinal dela no arquivo principal. Procurou quatro vezes. Observei seus dedos passando pelas fichinhas nas quais todos os cidadãos do Reich estavam organizadamente armazenados.

Ela olhou para mim.

— Não está aqui.

Eu sorri.

— Bem, deve estar em algum lugar.

Ela procurou algum tom de reprovação no meu rosto e na minha voz, mas eu me certifiquei de que não encontrasse nenhum. Eu não queria que ela se sentisse culpada. Não queria que ela ficasse na defensiva. Eu queria que ela se sentisse segura.

Ela sorriu para mim de repente, como se tivesse tido uma ideia brilhante; com entusiasmo renovado, foi procurar em uma série de arquivos por fichas de pessoas que tinham vindo de outras cidades, as quais ainda não haviam sido transferidas para o arquivo principal. Certamente minha ficha estaria lá. Ela procurou. Procurou de novo. E de novo.

— Não está aqui.

Uma camada de suor brilhava perto de suas orelhas e sobre seus lábios. Ela estava aterrorizada. Concentrei todas as minhas forças emocionais para esconder o fato de que eu também estava apavorada.

— Bem, talvez você consiga encontrar a ficha do meu marido — sugeri.

Ela procurou e encontrou imediatamente a ficha de Werner. Consegui ver sua mente funcionando. Como poderia uma assistente da Cruz Vermelha, uma funcionária do *Städtische Krankenhaus*, a esposa grávida de um supervisor da Arado que era um membro de longa data do Partido Nazista, não ter uma ficha? Impossível!

— Deve ter acontecido algum erro... — murmurou ela.

Eu não disse nada.

— Já sei o que devo fazer — disse ela.

Eu esperei.

— Já que sua ficha extraviou-se de alguma forma, vou fazer uma nova ficha para você agora mesmo — decidiu ela, e foi exatamente o que fez. Entrou para o arquivo: Christine Maria Margarethe Vetter.

Concentrei todas as minhas forças emocionais para não parecer feliz. Mas preciso contar para você, se eu pudesse teria abraçado e beijado aquela mulher gorda, gentil e insegura e dançado sobre sua mesa imaculada. Porque, por fim, eu tinha uma ficha de registro e poderia receber minhas rações de forma comum e sem chamar atenção. Uma das minhas grandes vulnerabilidades, pela qual a Gestapo poderia ter me encontrado a qualquer momento, fora apagada.

Eu ainda tinha o problema sobre o que usar. Lembre-se que *Herr* Plattner, o *Sippenforscher* em Viena, me avisara para jamais pedir um *Kleiderkarte,* uma caderneta de roupas. Meus sapatos precisavam de conserto, Werner os consertava. Se eu precisasse de um vestido, eu costurava os retalhos de alguém e fazia um para mim. Agora que eu estava grávida, *Frau Doktor* enviou-me alguns tecidos e eu fiz um avental para usar solto sobre todas as minhas roupas à medida que ficavam apertadas. Por fim, desisti e passei a usar apenas as camisas velhas de Werner. Mas a criança — com o que eu a vestiria? Afinal, eu não conhecia nenhum soldado em Paris para enviar roupinhas de seda de bebê. Christl enviou-me um casaco de tricô, para desfazê-lo e fazer um pequeno suéter.

Então, do nada, Werner recebeu uma carta de *tante* Paula.

"Que tipo de irmão você é?", escreveu ela. "Seu pobre irmão Robert está no front, sua esposa e seus três filhos foram evacuados da Prússia Ocidental, o apartamento deles está sendo bombardeado, as portas não funcionam, as janelas não fecham, todos os ladrões e intrusos e desertores na cidade podem simplesmente entrar lá e se estabelecer. Pegue suas ferramentas e suas mãos hábeis e vá lá agora mesmo consertar tudo!"

Bem, é claro que meu marido forte não poderia resistir às ordens diretas de sua pequena tia. Contou alguma mentira na Arado e correu para Berlim.

A casa do irmão estava praticamente vazia. Gertrude levara quase tudo. Apenas alguns itens resistiram, incluindo um berço dobrável e *quarenta* casaquinhos de bebê e fraldas! Werner escreveu para Robert para perguntar se poderia usar as coisas de bebê e, já que os filhos de Robert eram grandes demais para usar, ele ficou feliz em nos dar permissão. Werner fechou as janelas com ripas de madeira, consertou as portas e trancou o apartamento. No final das contas, com todos os bombardeios em Berlim, aquele apartamento em particular nunca foi tocado.

Em uma questão de pouco mais de um ano, passei da mais desprezada criatura no Terceiro Reich — uma escrava judia procurada por me esquivar de um transporte para a Polônia — a uma das mais valorizadas cidadãs, uma dona de casa ariana grávida. As pessoas me tratavam com preocupação e respeito. Se eles apenas soubessem quem eu tinha sido! Se soubessem a vida de quem eu estava gestando!

A loucura de tudo aquilo me deixou um pouco histérica.

Eu olhava para o céu para os aviões de bombardeio americanos que sobrevoavam todos os dias a caminho de Berlim. Eu os via como se o céu fosse uma grande tela de cinema, na qual algum grande épico ficcional estava sendo exibido — aviões voando em formação como grandes patos através das nuvens, baforadas pretas da artilharia antiaérea elevando-se para envolvê-los. Eu enviava mensagens de vitória na direção do céu para meus salvadores. Quando via um piloto americano ser derrubado, meu coração caía com ele. Eu rezava para ter um vislumbre de um paraquedas; a possibilidade de sua morte fazia meu sangue gelar de tristeza.

A aparição dos Aliados no céu, a possibilidade real de uma derrota alemã, o outono, minha nova sensação de segurança, tudo isso combinado colocou pensamentos perigosos na minha cabeça, pensamentos que eu havia reprimido por tanto tempo: os feriados judaicos, meu pai, minhas irmãs, minha mãe, minha família em Viena. Onde estavam todos? Será que havia alguém lá? Será que sentiam saudade de mim como eu sentia deles?

Sozinha em casa, cozinhando, limpando, eu estava ouvindo a rádio BBC e, de repente, para minha surpresa, em vez de o noticiário usual, eu estava ouvindo uma mensagem enviada precisa e particularmente para mim. Era parte de um sermão que o rabino-mor britânico Hertz estava dando pela aproximação do *Rosh Hashaná*, o ano-novo judaico, e o *Yom Kippur*, o dia do perdão. Ele falava em alemão.

“Nossa grande compaixão vai para os remanescentes dos nossos irmãos nas terras nazistas que caminham pelo vale da sombra da morte”, disse o rabino.

“Ele está se referindo a mim”, pensei, “a mim e ao meu bebê”. Mas por que ele disse “remanescentes”? Será que somos tudo o que resta? Será possível que todos os outros estejam mortos?

"Homens bons e fiéis de todo o mundo lembram-se deles em suas orações e desejam ardentemente pela hora quando a terra do exterminador será paralisada e todos os seus planos cruéis serão frustrados."

"Eles se lembram de nós", pensei. Aqueles de nós que são caçados e perseguidos, escondendo-se nas sombras, estamos nas orações dos nossos irmãos e irmãs. Não fomos esquecidos.

"E eu sei que os meus ouvintes judeus irão, em preparação para o dia do perdão, unir-se a mim nas antigas orações. Lembrai-nos para a vida, oh, Rei que se deleita em vida, e inscrevei-nos no Livro da Vida de acordo com seus próprios propósitos, oh, Deus vivo!"

Werner chegou em casa e me perguntou por que eu havia chorado. Acredito que eu tenha dito algo sobre as alterações de humor da gravidez — qualquer coisa para não sobrecarregá-lo com meus verdadeiros pensamentos na noite do *Rosh Hashaná* de 1943.

Quando eu estava grávida de cerca de seis meses, no inverno de 1944, fui tomada por uma grande tristeza. Aquilo inquietava Werner; ele gostava de me ver feliz.

— Só estou com saudade de casa — chorei.

Sem parar um segundo para pensar, ele disse:

— Arrume as malas.

Ele deu uma passada na Arado, e imagino que tenha dito que a casa da mãe tinha sido bombardeada, e que ela fora evacuada e que a casa agora estava sendo invadida por uma gangue de desertores que roubara tudo e quebrara todas as janelas e portas e que ele precisava ir preencher todos os relatórios policiais ou algo do tipo, e eles acreditaram nele — e nós partimos para Viena.

Tudo estava na mesma, mas ao mesmo tempo, diferente. Os austríacos agora tinham começado a sofrer. Seu pequeno ditador de Líncia não provara ser o grande gênio militar que todos acreditavam que era em 1941. Estavam perdendo filhos, suportando ataques aéreos. Eles gostavam quando podiam apenas saquear as vidas da população civil e indefesa, mas esses exércitos inimigos — esse Zhukhov, esse

Eisenhower, esse Montgomery — não eram o que tinham em mente quando votaram a favor da *Anschluss,* a anexação da Áustria.

Durante essa segunda viagem que Werner e eu fizemos para Viena, caminhei lentamente pela rua Ringstrasse, tentando despertar lembranças da minha infância. A polícia tinha isolado todo o lugar porque Hitler estava vindo para se hospedar no Hotel Imperial e haveria uma reunião gigantesca.

Um policial se aproximou de mim. Meu estômago contraiu. Minha garganta secou. "*Frau* Westermayer me vira", pensei, "e cumpriu a ameaça de ligar para a polícia".

— Talvez a senhora queira caminhar até aqui, madame — disse ele. — Porque estamos esperando uma multidão para chegar a qualquer momento e uma senhora no seu estado não deveria ser pega em um grande movimento desses.

Caminhei por vários quarteirões e esperei pela multidão, mas ela não chegou. Acho que os nazistas locais ficaram com medo de que o Führer talvez ficasse insatisfeito com as ruas vazias e assumiram a partir dali. Então, eles finalmente colocaram um bando de alunos em um ônibus e orientaram que gritassem "*Wir wollen unser Führer sehen!*" — "Queremos ver o Führer!" — para que o louco fosse "estimulado" a aparecer na varanda, como se fosse da realeza.

No dia seguinte, Pepi, Werner e eu nos encontramos em um café. Aqueles meus dois homens desenvolveram um tipo de concordância, não exatamente uma amizade, mas algo próximo a uma aliança. Todos no meu grupo vienense admiraram a capacidade de Werner abastecer Christl com lenços de souvenir estampados, os quais seus clientes compravam avidamente. Agora foi a vez de Pepi pedir ajuda.

A aparência dele estava péssima — mais velha, miserável.

— Homens estão desertando — disse ele suavemente. — Quanto pior as coisas ficam no front, maior a hostilidade do regime contra seu próprio povo. Então, eles estão enviando a polícia, até a SS, para encontrar os desertores. Qualquer jovem que não esteja uniformizado pode ser pego a qualquer momento.

Eu nunca o vira tão sombrio, tão amedrontado.

— O que devo fazer quando eles me pararem e exigirem ver os documentos explicando por que não estou no exército? Pegar meu cartão azul que me desqualifica porque sou judeu?

— Você precisa de uma desculpa — disse Werner, pensativo.

— Isso.

— Uma desculpa oficial...

— Que eu possa carregar no meu bolso...

— Atestando que você está fazendo algum trabalho exigido pelo esforço de guerra.

— Sim. É isso. Exatamente.

Ficamos em silêncio no café, todos pensando. Então, Werner disse:

— Vá pegar alguns papéis timbrados da companhia de seguros do seu padrasto e uma amostra da assinatura do chefe.

— Também deve ter um carimbo — acrescentou Pepi, nervoso. — Do Ministério do Trabalho ou do Interior ou...

— Isso não será problema — respondeu Werner.

Pepi riu sem humor.

— Não será um problema? Meu querido companheiro, tudo é um problema.

— Você pode confiar em Werner — assegurei. — Ele tem mãos de ouro.

Quando voltamos para casa, Werner foi trabalhar. Comprou alguns carimbos prontos com data e número de fatura, "Recebido, obrigado", e outros do tipo. Então, removeu algumas letras de um carimbo e cortou outras de outro carimbo; encaixou-as no primeiro; e logo um novo carimbo que dizia o que precisava ser dito estava pronto. Com suas faquinhas e talhadeiras, ele entalhou o formato certo, então, com uma pinça inseriu as letras e a data. Na Arado, ele datilografou uma carta no papel timbrado que Pepi pegara na empresa de *Herr* Hofer. Dizia que o doutor Josef Rosenfeld estava *Unabkömmlich* — ocupado — sendo necessário na empresa de seguros Donau para realizar um trabalho vital em nome do Reich. Ele falsificou a assinatura do chefe de Hofer e acrescentou um carimbo incrivelmente verossímil e de aparência oficial. Então, recostou-se e deu uma olhada no seu trabalho com olhos críticos.

— Está muito bom, hein? — disse ele.

— Absolutamente maravilhoso.

Aos meus olhos, estava perfeito, um documento mágico que manteria Pepi seguro durante a guerra. Eu não sei se ele chegou a usá-lo, mas ele o *tinha,* você percebe? Aquilo lhe dava a confiança de que estava protegido; e essa era metade da batalha para os clandestinos como nós que se escondiam entre os inimigos. Se você tivesse essa confiança, o terror e o estresse da vida diária que o denunciavam não apareciam em seu rosto.

— Aposto que eu poderia ter ganho muito dinheiro fazendo coisas assim na década de 1930. Documentos de que as pessoas precisavam...

— Verdade, acho que você poderia ter feito isso.

— Droga. Maldita sorte. Estou sempre atrasado para ganhar dinheiro.

— Mas você é meu gênio — disse eu, beijando-o.

Ele era especial, Werner Vetter. Um homem realmente talentoso. Eu me pergunto se alguém chegou a valorizar seus talentos tanto quanto eu.

Era abril. Werner tinha começado a viajar muito para encontrar suprimentos para a Arado porque a guerra tinha interrompido as entregas normais. Estava cansado. Jogávamos um pouco de xadrez, ouvíamos as notícias e íamos para cama e ele apagava na hora.

Senti as primeiras dores do parto. Mas não quis acordá-lo logo. Fiquei andando de um lado para o outro no banheiro. Por volta das onze, eu o acordei.

— Acho que estou tendo o bebê, Werner.

— Ah, tudo bem. Vou ler para você o que vai acontecer. — Ele pegou o livro na estante. — Primeiro, as dores são bastante espaçadas e bem fracas. Depois, à medida que o bebê se posiciona...

— Tudo bem, tudo bem, isso soa muito bem em palavras e frases, mas agora vamos logo para o hospital.

Caminhamos pelas ruas silenciosas de Brandemburgo. Eu segurava seu braço. Nós levamos quase uma hora porque eu caminhava muito devagar. No hospital, as enfermeiras me colocaram em uma grande sala com outras mulheres em trabalho de parto.

O tique-taque dos relógios soava alto em todas as paredes. Eles eram loucos por relógios, os alemães. Eu conseguia ouvir as outras mulheres gemendo. O médico veio para me examinar. Ele disse para a enfermeira: "Espere um pouco. Depois, aplique um sedativo."

Eu estava me concentrando em gerenciar a dor, então não disse nada. No entanto, comecei a me lembrar de todas as outras pacientes que eu vira que tinham saído da cirurgia ou que tinham sido sedadas durante o parto, e que diziam coisas que poderiam incriminá-las e aos seus entes queridos. De repente, percebi a situação perigosa em que me encontrava — eu não poderia tomar nada para a dor, porque se fizesse isso, eu também poderia delirar e mencionar nomes. "Christl", "*Frau Doktor*". Deus me livre, eu poderia até dizer "judeu". Comecei a dar uma palestra para mim mesma como um propagandista.

"Todo mundo que você adora será morto porque você foi uma fracote que não conseguiu aguentar as dores do parto. Por milhares e milhares de anos, as mulheres passaram por isso sem anestesia. Você deve ser uma delas. Você deve ser como suas avós e suas bisavós e ter o seu bebê como um ato natural."

Quando a enfermeira chegou com a agulha, falei em voz baixa e rouca:

— Não. Não. Eu sou jovem e forte e não preciso de nada para a dor.

Ela não discutiu. Guardou a agulha e foi embora. Desde que eu não gritasse e causasse uma comoção, por que ela se importaria?

E, depois disso, pela primeira vez durante aquela terrível guerra, eu realmente queria morrer.

No domingo de Páscoa, no dia 9 de abril de 1944, minha filha finalmente nasceu. O médico veio durante aqueles últimos minutos cruciais e a trouxe para o mundo. Quando vi que era linda, que tinha um rosto doce e dois olhos perfeitos e todos os dedinhos das mãos e dos pés, eu me senti extremamente feliz.

— Meu marido queria um menino — contei para o médico. — Talvez fique insatisfeito com isso.

— Então o que devemos fazer, *Frau* Vetter? Será que devemos colocá-la de volta e esperar que renasça como menino? Diga ao seu marido que teve uma filha saudável, que, nesta época, é um milagre ainda maior do que o usual. Diga a ele para agradecer a Deus e ser grato. — Ele começou a se afastar, mas virou-se para mim e disse: — Lembre-se de que é o homem que determina o sexo do bebê. Então, seu marido não pode culpá-la por essa adorável menina. É tudo culpa dele.

Eles a colocaram nos meus braços. Eu estava dilacerada, sangrando, sentindo dor, mas respirei fundo, sentindo paz e felicidade.

De repente, as sirenes começaram a soar — um ataque aéreo norte-americano. Os bombardeiros estavam bem acima de nós e, daquela vez, parecia que eles não bombardeariam apenas Berlim e Potsdam, mas Brandemburgo também.

Todos que conseguiam andar correram em busca de abrigo. Alguém empurrou a maca na qual eu estava deitada até um lugar escuro e sem ar. Que sorte que o meu bebê estava comigo naquele momento, que eles tinham lhe dado um pouco de água para ensiná-la a sugar. Todos nós ouvimos, na escuridão, com ouvidos treinados de um povo que já sofrera bombardeios antes, para ouvir onde as bombas estavam caindo.

Pensei com meus botões: “Burra! O que foi que você fez? Você trouxe uma criança condenada ao mundo. Se vocês não forem enterradas pelas bombas americanas, serão descobertas pelos nazistas! Toda a sua família, todos que você conhece podem ter se perdido ou morrido. E quando você morrer, quem é que vai fazer o *shivá*, o luto?”

Eu me senti muito solitária naquele momento, tão aterrorizada. E tudo no que conseguia pensar era na minha mãe.

Werner tentou chegar ao hospital, mas foi impedido por causa de “todos os pontos” de aviso nas ruas. Levou algum tempo para tudo ser liberado. Acabou que os americanos não bombardearam Brandemburgo no final das contas, mas seguiram direto para Berlim, como sempre.

Quando o vi andando pelo bunker, chamando meu nome, meu coração derreteu de afeto. Ele parecia tão doce. Nem tinha se barbeado. Seu rosto estava marcado pela falta de sono. Seu cabelo geralmente penteado com esmero, estava uma confusão.

— Grete! — chamou ele gentilmente. — Grete, onde você está?

Eu achava que tinha respondido com voz alta e forte ao seu chamado. Mas provavelmente a resposta saíra como um sussurro porque ele passou por mim umas duas vezes antes de me ver.

Ele se inclinou, sorrindo, seus olhos azuis brilhando de prazer. Pegou o bebê e abriu os cobertores e viu que era uma menina, e virou pedra.

— Isso tudo foi ideia sua! Toda essa coisa de gravidez foi ideia sua! E o que eu tenho agora? Outra filha! Outra filha!

Werner estava furioso. Parecia que seus olhos tinham ficado brancos. A chama de amor que eu sentira por ele momentos antes se extinguiu. Um marido nazista: o que eu poderia esperar? Aquele não era um regime que desprezava as mulheres e só valorizava sua capacidade de parir? Aquele não era um país que criara uma religião de virilidade primitiva e pervertida? Ele ficou andando de um lado para o outro ao lado da minha maca, fulminando e resmungando de raiva. Eu o odiei tanto naquele momento, não queria vê-lo nunca mais na vida. E disse a mim mesma: "Esta é minha filha, minha filha, minha filha. Esta é minha filha. Só minha."

No dia seguinte, recebi uma carta de Werner pedindo perdão pelo seu péssimo comportamento no bunker.

Sabe, nós temos momentos de cólera quando estamos sofrendo. E, então, é claro, quando o momento passa, e com ele a cólera e a dor, nós perdoamos e esquecemos. Mas eu acho que toda vez que você magoa alguém de quem gosta, aparece uma rachadura no seu relacionamento, um pequeno enfraquecimento — e ela fica ali, perigosa, aguardando pela próxima oportunidade de se abrir e destruir tudo. Ainda assim, eu não estava em posição de ficar contra Werner. Ele era o pai da minha filha, meu protetor, o protetor *dela*. Então, quando ele voltou ao hospital e pegou a minha mão e a levou aos lábios, eu permiti que meu coração amolecesse.

— Você verá —, eu disse. Ela trará alegria para sua vida. Ele abriu um pequeno sorriso e tentou olhar amorosamente para a filha recém-nascida; tentou de verdade. Escreveu uma linda dedicatória de nascimento e enviou para muitos amigos. Mas era como uma guirlanda de frutas e flores pintada na nossa cozinha, apenas uma decoração para mascarar questões mais sérias. A verdade é que Werner estava profundamente decepcionado e assim ficaria pelo resto da vida. Ele queria um filho.

À medida que os dias se passavam, ele parecia cada vez mais desgrenhado. Estava ficando mais magro. Acredito sinceramente que era incapaz de se alimentar sozinho. Tinha se acostumado a ter uma mulher tomando conta dele e não conseguia fazer isso sozinho. Talvez tenha achado que se parecesse desamparado no hospital, com a camisa suja e o rosto encovado de fome, eu seria compreensiva, pararia de sangrar e me recuperaria rapidamente do parto e voltaria para casa. Se foi isso que ele pensou, bem, ele estava absolutamente certo. Todas as vezes que eu olhava para ele, meu coração se contraía, e eu não consegui ficar no hospital por nove dias como deveria. Voltei para casa em uma semana porque meu marido ficava completamente perdido sem mim.

Dei à nossa filha o nome de Maria, uma homenagem a *Frau Doktor*, minha salvadora em Viena. Acrescentamos o nome Angelika, em homenagem à grande pintora do século XVIII, Angelika Kauffmann — amiga de Goethe, Herder, Joshua Reynolds, Thomas Gainsborough — uma mulher que Werner admirava. Seus fabulosos quadros retratando as guerras germânicas contra os romanos agora estavam pendurados na chancelaria do Reich, pois ela também era a favorita de Hitler. (Anos mais tarde, quando nos mudamos para a Inglaterra, nossa filha desistiu do nome Angelika e passou a se chamar Angela. Usarei esse nome para me referir a ela a partir de agora em minha história, pois ela prefere assim.)

Você pode perguntar por que não dei o nome à minha filha em homenagem à minha mãe. A resposta é porque a tradição judaica diz para se dar às crianças nomes apenas em homenagem a alguém que já morreu e, em abril de 1944, eu acreditava que minha mãe estivesse viva.

Sentia sua presença em tudo que eu fazia com minha filha, sentia-a inclinada no berço, sentia o cheiro do seu perfume no ar.

A sensação era tão vívida, tão física, que eu tinha certeza absoluta de que ela estava viva e bem.

A pequena Bärbl, filha de 4 anos de Werner, chegou em uma terça-feira de manhã um pouco depois do nascimento de Angela. No instante que entrou em casa, segurando sua boneca de cabelo castanho, ergueu o bracinho e gritou:

— *Heil* Hitler!

Sua mãe, Elisabeth, deu um sorriso de aprovação.

Acho que raramente na minha vida uma pessoa me aterrorizou tanto quanto Elisabeth Vetter. Ela era tão linda, tão alta, tão forte e, para mim, fria como gelo. Acho que ela poderia ser tão macia e gentil quanto minha estátua mágica. Mas a mim me parecia que ela era completamente como o mármore. Werner ficou até mais tarde em casa para recebê-la e a Bärbl. A hostilidade e a atração elétrica entre ele e a ex-mulher tornavam o ar do apartamento quente e sufocante. Eu conseguia perceber claramente que ele ainda a desejava. Ele beijou apressadamente a filha e seguiu apressado para o trabalho.

Sozinha com Elisabeth, adotei minha personalidade mais inofensiva. Eu praticamente sussurrava. Andava pela casa oferecendo café e bolo para ela, uma cadeira, uma visita ao apartamento. Bärbl ficou em um canto, uma menina loura e alta, naturalmente tímida comigo.

Elisabeth olhou para Angela em sua cama em um cesto de lavanderia.

— Elas certamente não parecem irmãs — declarou ela.

Ela olhou para a guirlanda pintada ao redor da cozinha.

— Bem, Werner fez esforços por você que não fez por nós, não é mesmo Bärbl?

Ela olhou para as ferramentas arrumadas e alinhadas e para as tintas.

— Ele acha que é um artista. Pena que não tem talento.

Eu não me lembro se Elisabeth beijou Bärbl quando foi embora. Esperei que ela estivesse do lado de fora do corredor. Fiquei na janela esperando que ela tivesse descido a rua. Esperei e esperei até que ela tivesse desaparecido no quarteirão. Apenas quando ela sumiu de vista foi que consegui respirar com mais calma.

— Onde está o retrato de Hitler? — perguntou Bärbl. — Temos uma fotografia dele em cada cômodo da nossa casa.

— Está no conserto — respondi. — Caiu e quebrou e tivemos de mandar consertar. Vai levar um tempo, mas logo estará de volta. Você quer um biscoito?

— Quero.

Servi a ela um *Knödl*, bolinhos açucarados de batata, cada qual com um morango dentro. Quando já era adulta, muito longe, em outro país, casada com um escocês, mãe de filhos britânicos, era disso que ela se lembrava — o *Knödl* vienense com a surpresa de morango.

Todos os dias saíamos para um passeio: eu, minha bebê no carrinho e a menina alta de 4 anos. Tudo que eu fazia com Angela, Bärbl fazia com a boneca. Eu dava banho; ela dava banho. Eu bombeava leite do meu peito para colocar na mamadeira; ela tentava fingir que fazia isso e dava a mamadeira para a boneca. Sempre que encontrávamos alguém na rua, eu dizia "Bom-dia" e Bärbl dizia "*Heil* Hitler!"

"*Heil* Hitler!", para o jardineiro, para a mulher que varria as ruas, para o homem que entregava as rações. As pessoas deviam acreditar que eu era uma esplêndida mãe nazista.

No entanto, eu realmente amava Bärbl. Ela era um doce de menina e, depois de um tempo, parou de dizer "*Heil* Hitler", porque estava sob o meu teto. Eu não era rigorosa. Eu não estava trabalhando. Eu não tinha nada além de tempo para as crianças.

As férias de seis semanas conosco foram tão boas que Elisabeth deve ter se sentido bastante ameaçada. Para manter o espírito da época, ela denunciou Werner e eu para as autoridades dizendo que éramos "inadequados" para receber sua filha. O tribunal enviou uma delegação de duas assistentes sociais para visitar nossa casa.

Como sempre, com a burocracia, entrei em pânico. Eu já morava com Werner havia algum tempo, mais de um ano, e nós havíamos relaxado um com o outro. Será que havia algum sinal da minha ascendência judaica que ele nem percebia mais, mas elas talvez notassem? Será que havia algo em nossa casa que poderia denunciar "esta mulher frequentou uma universidade, estudou Direito, sabia como se vestir com estilo...?".

Pedi à minha vizinha Karla, que morava no andar de cima, se eu poderia pegar emprestado o quadro do Führer, já que o meu estava no conserto. Ela encontrou um na gaveta.

As assistentes sociais chegaram sem aviso — as nazistas usuais e importantes com seus blocos e chapéus. Eu as convidei para entrar. Minha linda anjinha estava dormindo em seu cesto. Pensei: "Meu Deus, naquele cestinho de vime, ela parece Moisés flutuando no meio de juncos!" Perguntaram-me sobre a rotina do dia, a natureza das nossas refeições; abriram o forno para ver se estava sujo; verificaram cada canto em busca de poeira; anotaram o título de cada um dos livros na nossa estante e foram embora.

Depois de várias semanas, recebemos uma carta dizendo que tínhamos passado pela inspeção, tínhamos provado que éramos um respeitável lar ariano, e que o pedido de Elisabeth para ter a custódia exclusiva de Bärbl tinha sido negado. "Fará muito bem a esta criança passar o maior tempo possível na casa de *Herr* e *Frau* Vetter", escreveram elas em seu relatório. Eu sempre quis mostrar para aquelas duas nazistas o relatório que escreveram. Anos mais tarde, eu teria ficado muito satisfeita de entrar em seus escritórios e dizer: "Olhe, foi isso que vocês escreveram sobre uma judia, suas terríveis hipócritas!"

Mas o destino raramente nos dá essas satisfações.

CAPÍTULO ONZE

A queda de Brandemburgo

Eu vivia cheia de esperança. Não pensava nas minhas irmãs, a não ser algumas vezes, como consolo de saber que estavam em segurança na Palestina. Eu não pensava em Mina ou em nenhuma das minhas outras amigas do campo de trabalho. Eu tentava desesperadamente não pensar em minha mãe. Porque, veja bem, se eu pensasse nelas, teria enlouquecido. Eu não teria suportado usar meu disfarce por nem mais um minuto sequer. Então, eu usava todas as minhas forças para me proteger contra o poder deprimente da sugestão do rabino Hertz de que era apenas uma "remanescente" e me enganar que eu estava levando uma vida "normal".

"Normal." Era isso que eu dizia para todo mundo em anos posteriores. Eu vivia como uma dona de casa, uma mãe. Tínhamos uma vida "normal". Meu Deus.

O leiteiro entregava nossa ração de leite. O jornal nazista — *Der Völkische Beobachter* — era entregue todos os dias por um menino de bicicleta. Tentava fazer compras em lugares em que não era necessário cumprimentar o vendedor com a saudação nazista. Vivíamos das nossas rações. *Frau Doktor* nos enviava algumas coisas extras: não perecíveis como arroz, macarrão, lentilhas e ervilhas. *Frau* Gerl às vezes me enviava cartões de racionamento para pão. Eu enviava tantos dos meus cartões de racionamento de leite para Jultschi e seu Otto quanto possível, e eu economizava todas as minhas rações de café para *tante* Paula, que adorava uma xícara de café mais do que tudo. Tínhamos repolho e batatas; tínhamos pão, açúcar, sal e, às vezes, um pouco de carne — e isso era suficiente para eu alimentar nossa família.

Os fazendeiros fora da cidade ganharam fortuna com escambo, porque as pessoas levavam seus móveis mais valiosos para trocar por algumas cenouras, talvez um pedaço de bacon ou queijo fresco. As pessoas brincavam que agora os fazendeiros tinham tantos tapetes persas que colocavam nos estábulos. Ouvi dizer que havia trocas de roupas usadas, mas eu temia que exigissem que eu mostrasse meu cartão inexistente de roupas, então, nunca fui. Eu só costurava o tempo todo.

Era amigável o suficiente com Karla, minha vizinha que cantava no andar de cima. Ela e seu marido, um homem mais velho, queriam havia muito tempo adotar um filho, mas, por algum motivo, mesmo com todos os orfanatos no país, eles não conseguiam encontrar um. Um dia, chegaram em casa com uma recém-nascida. Eu sabia que a tinham recebido diretamente dos braços da mãe, e só poderia imaginar o tipo de conexões que tinha originado. Mas qual era o problema? A menina tinha sorte de ter aquelas pessoas bondosas como pais. Eu costumava dar para Karla as roupinhas de bebê que não serviam mais em Angela. Karla, por sua vez, guardava tudo que a vizinha da frente, *Frau* Ziegler, lhe dava, uma vez que ela já tinha um filho de uns dois anos e que estava grávida de novo desde a última vinda do marido do front.

A única pessoa que vinha conversar era Hilde Schlegel. Ela se sentava na cozinha e me contava como aguardava ansiosa a próxima licença de Heinz. Conversávamos sobre o tempo, sobre o racionamento, as dificuldades de lavar roupa, como eu tinha sorte de ter uma amiga em Viena que me enviava sabão em pó. (Na verdade, o sabão era de Anna Rofer; Pepi o roubara de debaixo da pia.) Hilde costumava falar muito da sogra. Isso me deu uma ideia.

— Vamos convidar sua mãe para uma visita — disse eu para Werner.

— O quê?

— Ela não conhece nossa filha.

— Ela não vai ligar para nossa filha.

— Isso é impossível. Quem não ficaria encantado com nossa filha querida?

Então *Frau* Vetter passou uma semana conosco. Tinha um rosto enrugado e impassível e usava o cabelo grisalho preso em um coque na nuca. Raramente falava comigo. Usava um avental branco engomado. Era tão arrumada e limpa que nem queria tocar em Angela por medo de se sujar com uma fralda suja ou um pouco de baba. Ela bebia cerveja o dia inteiro, em silêncio, e dormia, roncando, seu avental ainda imaculado. Ela me fez lembrar de Aschersleben na neve — branca e limpa por fora, mas, por dentro, fria e sem amor. Um dia, cheguei em casa com Angela, e ela tinha ido embora. Ela não trouxe nada. Não levou nada. Werner estivera absolutamente certo sobre sua mãe.

Aconcheguei minha linda filha e sussurrei:

— Não se preocupe, minha pequena. Não importa que a vovó não tenha se despedido. Logo a guerra vai acabar; só precisamos esperar para sermos resgatadas pelo exército soviético vencedor. E, quando os guetos da Polônia forem abertos, sua avó vai sair e você vai ver, ela vai cantar para você e niná-la e beijar seus olhos.

Como Pepi dissera, os nazistas ficaram mais perigosos à medida que a guerra virava contra eles. A máquina da propaganda tentava fomentar a esperança da população com o discurso de "armas secretas". Mas tais armas nunca pareceram se materializar. A Gestapo não confiava que as pessoas permaneceriam leais ao Führer em épocas de dificuldade. Caçavam os desertores, que eram executados quando encontrados. Eles revistavam os abrigos dos trabalhadores estrangeiros, em busca de sinais de sabotagem. Desprezavam mulheres casadas e solitárias, muitas das quais viúvas àquela altura, que acolhiam os trabalhadores estrangeiros. Por volta de 1944, quase um quarto dos casos nos tribunais eram relativos ao concubinato entre alemãs e estrangeiros, e todos os dias três ou quatro trabalhadores estrangeiros eram executados por crimes como tentativa de furto e adultério.

Ataques repentinos, *razzias*, aconteciam do nada, por nenhum motivo, colocando cidadãos comuns em estado de tensão e enchendo os meus dias de estresse. Lembro-me de que, um dia, eu estava na farmácia, e dois agentes da SS entraram e exigiram ver os documentos da proprietária. Ela os entregou sem dizer nada. Os homens da SS examinaram os carimbos e assinaturas oficiais. Fiquei atrás de uma prateleira de remédios, planejando minha estratégia, como eu sempre fazia: se eles pedirem meus documentos, eu os entregarei. Se acharem que existe algo de errado com eles, vou me fazer de burra e boazinha. Se me prenderem, direi: *roubei os documentos, fiz tudo sozinha, apenas eu — ninguém me ajudou, meu marido não fazia ideia...*

Satisfeitos, os agentes da SS entregaram os documentos para a proprietária e deixaram a loja. Um deles parou para sorrir e apertar docemente a bochecha da minha filha no seu carrinho.

Werner agora trabalhava 7 dias por semana, 12 horas por dia. Seus empregados holandeses declararam-se religiosos demais para trabalhar aos domingos. Embora parecesse estranho que os trabalhadores estrangeiros tivessem uma semana de trabalho mais curta que os alemães, Werner os defendeu na empresa, e eles conseguiram o que queriam no final. Veja bem, todos os alemães saudáveis estavam lutando, tornando a perda de trabalho qualificado tão crítica que aqueles prisioneiros estrangeiros agora tinham se tornado valiosos demais para ofender. Werner fez um esforço pessoal e atencioso para tratá-los com decência. Um francês particularmente grato nos enviou uma bonita caixa, com um entalhe elaborado e encrustada com pequenos pedaços de madeira e metal. Compreendi que ele provavelmente estava mantendo sua alma viva ao se concentrar em tornar aquele objeto bonito. Eu já estivera naquela situação.

As linhas de abastecimento estavam sendo bombardeadas. A produção caiu. Werner tinha de viajar para empresas como Daimler-Benz, Siemens, Argus, Telefunken, Osram, AEG, entre outras, para conseguir matéria-prima para a Arado. Dentro da fábrica, propaganda constante exortava os trabalhadores a fazer esforços cada vez maiores. Fotografias enormes de funcionários da Arado que tinham morrido no front estavam penduradas nas paredes, um lembrete rigoroso de que não importava o quão duro você trabalhava em casa, aquilo era melhor do que morrer na Rússia. Incidentes de sabotagem aumentaram. Mais tarde, ficamos sabendo que os trabalhadores franceses na Arado conspiraram com comunistas alemães para montar uma rádio secreta e enviar mensagens para os Aliados.

Além da semana infinita de trabalho, Werner também precisava dedicar tempo para defesa civil porque agora vivíamos em um estado praticamente constante de bombardeios.

Se Werner estivesse em casa, e as sirenes de ataque aéreo soassem, colocávamos Angela em seu cesto, cada um de nós segurava uma alça e as levávamos para o abrigo juntos — do mesmo jeito que Mina e eu carregamos as batatas colhidas em Osterburg. Mas se eu estivesse sozinha, tentava levar Angela até lá se não houvesse alternativa. Não havia ar, não havia luz, e todas as mães e seus filhos ficavam entulhados — aquilo me parecia uma receita para doenças porque bastaria uma criança doente para infectar todo o grupo. Um menininho no nosso prédio (acho que Petra era o seu nome) pegou coqueluche exatamente assim e morreu nos braços da mãe.

Meu maior medo era ser pega *do lado de dentro*, esmagada dentro de casa ou enterrada no abrigo. Meu plano no caso de um bombardeio era correr para o lado de fora. É claro que isso parece idiota agora; mas, em tempos de guerra, as pessoas desenvolvem ideias supersticiosas sobre como desejam morrer. Então, quando os aviões de bombardeio rugiam no céu, eu ficava na superfície. Colocava Angela no seu cesto, fazendo pequenos muros com móveis e travesseiros em volta dela. Eu ficava de costas para a janela, de modo que os vidros quebrados me atingissem e não entrassem no apartamento e a atingissem. Eu mantinha um cobertor pronto para o caso de ter de agarrá-la e correr.

No verão, os bombardeiros vinham das oito horas da noite até meia-noite. Os americanos voavam em formação, tão baixo que dava para ver sua insígnia. Organizava meu trabalho de casa com o pensamento de que, já que o bombardeiro começava às oito da noite, eu deveria preparar o jantar e o café da manhã do dia seguinte e me assegurar de lavar a roupa e não deixar nada pendurado do lado de fora depois das sete da noite.

De vez em quando, os americanos me surpreendiam. Um dia, saí para meu passeio usual com Angela no seu carrinho, descendo a rua Wilhelmstrasse, no sentido oposto do centro da cidade. Tínhamos parado para nos sentarmos sob uma árvore para eu lhe dar uma mamadeira. (Você precisa entender que depois de três meses, não havia mais leite nos meus seios, um efeito da fome que passei em Osterburg e Aschersleben. Werner comprava leite especial na farmácia.) Minha filhinha estava deitada em um cobertor, rindo e fazendo sonzinhos, fazendo movimentos alegres enquanto eu acariciava sua barriguinha. E, naquele meio-tempo, as bombas caíram sobre a cidade além do horizonte. O céu brilhou com cores alaranjadas e ondas negras de morte, os canhões de artilharia antiaérea rugiram. A terra embaixo dela tremeu e sacodiu — e Angela chutava as perninhas e ria.

Ela manteve minha sanidade mental. Fazia-me sorrir diante da morte. Ela era meu milagre. Desde que eu a tivera, eu sentia que *qualquer* milagre era possível, que todo o mundo poderia ser salvo.

Eu sempre conseguira ter pequenos vislumbres de Edith no espelho. Agora o que eu temera quando me tornara uma clandestina estava acontecendo. Eu não me reconhecia mais. Eu sabia que eu era uma alemã com um bebê, mas onde estava a avó daquela adorável criança? Onde estavam suas tias? Por que não havia uma linda e calorosa família em torno do seu bercinho, trazendo-lhe presentes e fazendo comentários sobre seus extraordinários feitos? A saudade que eu sentia da minha mãe chegava a doer. Ela saberia quem eu era. Reconheceria os dedos da vovó Hahn ou o nariz de tia Marianne da minha filha.

— Qual é o problema? — perguntou-me Werner.

— Saudade — respondi. — Eu tenho essa saudade...

— Não precisa dizer mais nada. Coloque algumas coisas na mala. Voltarei ao meio-dia e seguiremos para Viena.

Eu não disse: *não é de Viena que sinto saudade, é da minha mãe, que está em algum lugar deste império que o Führer arrancou do coração do mundo.*

Werner foi de bicicleta para a Arado e disse a eles que a casa de sua mãe na Renânia tinha sido bombardeada novamente e ele precisava ir ajudá-la, e, novamente, eles acreditaram. (Com esse tipo de competência na chefia, não é de se estranhar que franceses e comunistas alemães tivessem tido sucesso com sua rádio secreta.)

Que viagem estranha foi aquela! Enquanto soldados exaustos das forças armadas, as *Wehrmacht,* estavam de pé no corredor lotado do trem, as enfermeiras brincavam com Angela e eu era levada para um assento, e viajei em uma cabine com meu marido como se eu fosse uma rainha. Ter um bebê na Alemanha se tornara, depois de morrer no front, a forma mais honrada de servir ao Estado. Acho que por volta dessa época, os nazistas não queriam mais bebês porque sentiam que era seu destino racial repovoar uma "nova Europa". Acho que eles queriam bebês para repovoar a própria Alemanha porque o país perdera muita gente na guerra.

Tocamos o sino na casa de Jultschi. Ela lançou um olhar para mim com meu marido nazista e minha filha alemã e exclamou: "Você é louca!"

Talvez eu *estivesse* um pouco louca naquela época por ser tão invisível.

Apenas *Frau Doktor* teve a reação que eu esperava. "Esta criança recebeu o nome de Maria, em sua homenagem", contei para ela. Seu rosto forte se derreteu. Ela brincou com Angela, aninhou-a em seus braços, ninou-a e trocou sua fralda. Agachou-se ao lado dela — tudo que eu sabia que minha mãe teria feito.

Frau Doktor saiu da cidade por alguns dias, e eu fiquei em seu apartamento na Partenstrasse. Werner ficou em um hotel.

Pepi fez um passeio comigo pelas ruas da nossa juventude. Angela estava dormindo. Pepi estava pálido. As olheiras em seu rosto me contavam a história de constante medo que ele vivia. Seu cabelo tinha desaparecido completamente. Ele não parecia vinte anos mais velho que eu; parecia quarenta anos mais velho.

Lembre-me da garota despreocupada que eu costumava ser, eu queria pedir. *Diga-me que mamãe está segura, diga-me que essa minha filha vai crescer com liberdade.*

Mas era tarde demais. Ele estava velho demais, derrotado demais. Eu sempre fora a aluna, ele, o professor. Eu sempre fora a prisioneira faminta, ele, o consolador. Agora era minha vez de consolá-lo.

— Vai ficar tudo bem — disse eu para ele. — Apenas tenha paciência. Seja forte. Acho que o paraíso socialista...

A resposta de Pepi foi uma risada sem humor. Ele demonstrou pouco interesse na minha filha.

Werner foi recrutado no dia primeiro de setembro de 1944, parte de uma última leva de recrutamento compulsório para alemães com problemas de estômago, asma, perdas sensoriais, pés chatos e qualquer outro tipo de problema que agora era considerado pequeno para dispensa do serviço militar em uma causa em declínio. Logo o governo estaria recrutando meninos e idosos para defender as cidades alemães. Werner foi parte dessas brigadas de bucha de canhão.

Ele não se apresentou ao exército até o terceiro dia de setembro. Se ele tivesse se atrevido, teria fingido não ter recebido a carta de recrutamento e tentado se esconder em algum lugar. Mas até mesmo Werner sabia que era melhor não tentar mentir para se safar daquilo.

O país estava se desintegrando. Sabotagem. Deserções. Milhares de desabrigados por causa dos bombardeios. E, com suas últimas forças, aquela ditatura não conseguiu pensar em nada melhor para fazer do que sacrificar meu marido.

Ele tirou todas as nossas economias do banco — dez mil marcos — para o caso de ele cair em mãos inimigas e ter de subornar alguém em troca de sua liberdade. Nunca pensei em protestar. Eu vivia bem com seu salário da Arado, que ainda era pago mesmo depois que ele fora recrutado e economizava cada *pfennig*, cada centavo, que eu conseguia.

Werner suspirou e baixou a cabeça. Eu sabia que estava prestes a ouvir uma confissão.

— Grete — disse ele. — Quando você for à farmácia para o leite especial para nossa filha, não se surpreenda se eles a tratarem como uma trágica heroína. Porque, para dizer a verdade, eu menti para eles. Disse que você já tinha enterrado três filhos e que eles simplesmente tinham que dar o leite para você para que o quarto bebê também não partisse para a vida eterna.

Até hoje, dou risada quando penso nisso. Pois eu digo para você, de todas as coisas sobre Werner Vetter que me atraíam, esta era a que mais aquecia meu coração: ele não tinha nenhum respeito pela verdade na Alemanha nazista.

Todos os outros homens ficavam no quartel. Meu Werner voltava para casa todas as noites em sua bicicleta e passava as noites comigo até ter de partir e voltar para a base. Que mentira ele contara para seus superiores para justificar isso, não sei, mas posso imaginar.

Ele não gostava de usar o uniforme e sempre trocava de roupa assim que chegava em casa. Símbolos de autoridade o irritavam — a não ser que a autoridade fosse dele.

Certa noite, quando partiu para voltar para o quartel, descobriu que uma parte de sua bicicleta tinha sido roubada. Aquilo era uma catástrofe em potencial. Se ele não voltasse na hora, seria declarada falta sem licença e ele seria considerado um desertor e seria executado antes de ter a chance de explicar o que tinha acontecido. Então, o que ele fez? Encontrou outra bicicleta pertencente a outro cidadão, e roubou e instalou a parte que tinha sido roubada dele. Parecia justo.

Ele fez um amigo na base, um jovem que queria muito engravidar a esposa antes de partir para a batalha final. O jovem casal não tinha um lugar para ficar junto. Então Werner, sem me perguntar antes, convidou-os para ficarem em nosso quartinho.

Fiquei chocada quando ele apareceu em nossa porta com eles. Trazer estranhos! Era tão perigoso! E se eles fossem nazistas comprometidos que bisbilhotavam e espionavam?

Fiquei do lado de fora com minha filha para dar alguma privacidade aos nossos convidados e, durante todo o tempo, fiquei preocupada. Será que eles notariam que o rádio não estava sintonizado na rádio do governo? Será que notariam que não tínhamos um retrato do Hitler na parede? Nós não ouvíamos todos os dias histórias sobre vizinhos denunciando vizinhos por pequenas infrações apenas para ganhar alguma vantagem? Como é que Werner poderia brincar com nossa segurança daquele jeito, depois de termos sido tão cuidadosos, tão tranquilos e circunspectos por tanto tempo? A verdade, é claro, é que ele nunca se sentira tão apavorado e exposto quanto eu. Por que ele deveria? Se eu fosse pega, ele negaria saber minha verdadeira identidade — e eu confirmaria essa negação. Tudo ficaria bem para ele. Angela e eu desapareceríamos.

O doce jovem casal agradeceu-me pela hospitalidade, desejou-me tudo de bom e seguiu seu caminho. Acho que eles teriam ficado horrorizados se descobrissem que eu tinha sentido medo deles. Às vezes, me pergunto se eles conseguiram o filho que tanto desejavam.

Perto do Natal, a maior parte da unidade de Werner foi enviada para o oeste para enfrentar a invasão aliada. Mas Werner — que claramente era mais inteligente do que a maioria, com experiência de supervisão, e que era atirador bom o suficiente para ganhar um prêmio de perícia em tiro, mesmo enxergando apenas com um olho — foi enviado para Frankfurt an der Order para receber mais treinamento antes de ir para o front oriental.

Decidiram torná-lo oficial.

— Venha passar a noite de Ano-Novo comigo — pediu ele. Consegui ouvir a urgência em sua voz. Um último fim de semana antes de ele ter de enfrentar os russos. Aprecei-me para tomar as providências. Hilde Schlegel disse que ficaria com minha filha.

Esperei por Werner em uma pequena pousada, na verdade apenas uma casa de família que às vezes alugava quartos para soldados e suas mulheres.

O dono do estabelecimento e seus empregados comportaram-se com muito respeito em relação a mim — ah, sim, eles me trataram com grande respeito. Porque, veja você, meu disfarce ultrapassara agora os limites do absurdo, sua encarnação mais fantástica: eu tinha me tornado a melhor coisa que uma alemã poderia ser naquela época e naquele lugar, a mulher de um oficial nazista.

Quando vi Werner com aquele uniforme de oficial, eu não sabia se ria ou se chorava. Aquele odioso colarinho! O símbolo de metal! A águia! A insígnia dos supostos conquistadores do mundo! Ele me puxou para si. Mas eu me afastei, com repulsa. Não conseguia suportar que aquele uniforme tocasse minha pele.

— Ah, tire esta roupa odiosa! — exclamei.

Não saímos durante aquele fim de semana. Ficamos em nosso quarto, contando piadas. É sério. Contamos um para o outro todas as histórias engraçadas sobre as quais conseguimos pensar. Uma delas ficou em minha mente. Um alemão quer cometer suicídio. Ele tenta se enforcar, mas a corda é de péssima qualidade e se rompe. Ele tenta se afogar, mas a porcentagem de madeira no tecido de sua calça era tão alta que ele flutuou para a superfície como um barco. Por fim, ele tenta morrer de fome, alimentando-se apenas com as rações oficiais do governo.

A piada de humor mais sarcástica de todas foi que Werner estava seguindo para o oeste com seus camaradas direto para o exército soviético que avançava, ele passou por milhares de alemães fugindo para salvar suas próprias vidas na direção oposta. Eles sabiam que a guerra estava acabada e perdida.

"Cruze os dedos para mim", escreveu-me ele.

Minha vizinha do andar de cima e seu marido fugiram logo depois do Ano-Novo, bem cedo de manhã.

Eu os vi partindo apenas porque Angela me acordara antes do amanhecer. Estavam se esgueirando, carregando consigo todas as suas posses e a filha adormecida. Abri a porta.

— Boa sorte para vocês — sussurrei.

— Para você também, Grete — respondeu Karla. — Espero que seu marido volte para casa em segurança.

Trocamos um aperto de mão, e eles partiram. Ouvi alguém se movendo em seu apartamento supostamente vazio. Passos. Movimento. O som da chaleira. O ranger da cama. Perguntei-me quem poderia ser. Então, decidi que não era minha obrigação saber.

Na manhã seguinte, quando eu estava no banheiro, fervendo as fraldas, ouvi uma batida terrível em minha porta.

— *Frau* Vetter! — chamou um homem. — É a polícia! Abra a porta!

“Tinha sido o casal de jovens”, pensei, “eles tinham me denunciado porque a fotografia de Hitler não estava pendurada na parede. Tinha sido *Frau* Zeigler do apartamento em frente”, pensei depois, “ela tinha me denunciado porque ouvira o som da BBC e sabia que eu estava ouvindo. Tinha sido o escrivão que sempre desconfiara de mim; ou Elisabeth, que sempre quisera me tirar do caminho.” Poderia ter sido qualquer pessoa. O que importava era que estávamos quase no final da guerra e, nos seus últimos momentos, alguém me denunciara. Eu havia sido descoberta.

Senti um nó no estômago. Minhas pernas ficaram trêmulas e moles. Minha garganta ficou seca. A história que eu ensaiara milhares de vezes tomou minha mente.

Estes documentos pertencem a Fräulein *Christl Denner. Ela mora em Viena. Quem é você? Como conseguiu estes documentos?*

Eu os roubei. Eu estava caminhando por uma trilha perto de Alte Donau, e Christl estava no rio, remando e percebi que ela deixou a bolsa cair no rio e, então, quando ela e seus amigos continuaram remando, assim que sumiram de vista, eu mergulhei várias vezes até encontrar a bolsa, pegar os documentos e falsificá-los para mim. Este foi meu crime. Agi sozinha. Ninguém me ajudou...

Fechei os olhos, imaginei o rosto da minha mãe. Mantive-o na minha mente como uma luz e, depois, abri a porta. Havia um policial parado ali. Não era tão jovem. Parecia cansado.

— Bom dia, *Frau* Vetter. Temos motivos para acreditar que há um desertor escondendo-se no apartamento vazio de sua irmã e do seu marido, bem acima da senhora. Ele teria passado a noite passada aqui. A senhora ouviu algum barulho?

— Não — respondi. — Não ouvi nada.

— Talvez não tenha ouvido durante o sono.

— Não, eu teria ouvido porque acordo muito por causa do bebê.

— Bem, então, se a senhora ouvir algum movimento no apartamento, por favor, ligue para este número.

— Sim, é claro, oficial. Com certeza eu ligarei.

Ele fez uma reverência educada e foi embora.

Os programas da BBC se encaixavam melhor na minha rotina de trabalho. Sintonizei certa noite e me vi ouvindo um programa com Thomas Mann, vencedor do Nobel, autor de obras-primas como *A montanha mágica* e *Morte em Veneza*. Ele sobrevivera à guerra na Califórnia e fazia programas antinazistas para os alemães havia anos. Aquela tinha sido a primeira vez que eu o ouvia.

"Ouvintes alemães!"

"Se ao menos esta guerra estivesse no fim! Se apenas as coisas horrendas que a Alemanha fez no mundo pudessem ser colocadas de lado..."

"Se ao menos", pensei.

"Mas uma coisa é necessária para um novo começo... É a compreensão total e absoluta dos crimes imperdoáveis, sobre os quais vocês, na verdade, sabem muito pouco, em parte porque eles os isolaram, forçando-os a um estado de estupidez... Em parte porque vocês esconderam o conhecimento deste horror de sua consciência por meio do seu instinto de autopreservação."

Pensei, "o que ele está dizendo? Do que está falando?".

"Vocês, que estão me ouvindo agora, vocês sabem sobre Majdanek em Lublin, na Polônia, o campo de extermínio de Hitler? *Não* era um campo de concentração, mas sim um grande complexo de assassinato. Um prédio enorme de pedra com uma chaminé de fábrica, o maior crematório do país... Mais de meio milhão de europeus — homens, mulheres e crianças — foram envenenados com cloro e, depois, queimados, mil e quatrocentos por dia. Uma fábrica de morte que funcionava dia e noite; suas chaminés sempre soltando fumaça."

"Não", pensei, "isso é impossível. Isso é propaganda de alguém."

"A missão suíça de resgate viu os campos de Auschwitz e Birkenau. Viram coisas nas quais nenhum ser humano está pronto para acreditar a não ser que veja com os próprios olhos: ossos humanos, os barris de cal, os canos de cloro e as instalações de cremação. Além disso, viram as pilhas de roupas e sapatos, os quais tiravam no momento do sacrifício. Muitos sapatinhos, sapatos de crianças... Só nessas duas instalações alemães, um milhão, setecentos e quinze mil judeus foram assassinados entre 15 de abril de 1942 até 15 de abril de 1944."

Não. Não pode ser. Não.

Desligue! Eu disse para mim mesma. Faça com que ele pare.

Mas eu não conseguia me mexer. E Mann não parou.

"...os restos dos cremados eram juntados e pulverizados, empacotados e enviados como fertilizante para as terras alemãs..."

Mamãe.

"Dei apenas alguns poucos exemplos das coisas que vocês descobrirão. A execução a tiros de reféns, o assassinato de prisioneiros, as câmaras de tortura da Gestapo... Os banhos de sangue com a população civil russa... A morte planejada, desejada e conseguida de crianças na França, na Bélgica, na Holanda, na Grécia e, principalmente, na Polônia."

Dentro de mim, senti um silêncio terrível, como se eu tivesse me esvaído e me tornado uma caverna.

Angela começou a chorar. Não fui confortá-la. Afundei no chão.

Minha blusa parecia me sufocar e rasguei o colarinho para conseguir respirar. Eu não conseguia respirar. Deitei-me no chão; não conseguia me levantar.

Angela estava berrando agora. E, então, eu estava berrando também. Mas não podia emitir nenhum som. Porque os alemães teriam me ouvido.

Deitei-me no chão, sem conseguir absorver o horror de tudo que eu tinha acabado de ouvir. Quem é que conseguiria imaginar uma mãe risonha, viva e feliz virar fumaça e um monte de cinzas? Ninguém é capaz de imaginar isso. Minha mente parou de funcionar. Senti minha alma afundando como uma pedra atirada na água.

O verdadeiro significado de "clandestina" tornou-se claro para mim naquele momento. Senti-me enterrada viva, em silêncio, sob um monte de terror. Eu estava vivendo entre os cúmplices. Não importa que eles parecessem ser donas de casa e vendedores, eu sabia que tinha sido a concordância deles em relação à guerra de Hitler contra o povo judeu que causara o pesadelo que Thomas Mann acabara de descrever.

Não sei quanto tempo fiquei deitada ali. Não sei quando Angela adormeceu, exausta de tanto berrar.

O dia seguinte chegou, e depois o próximo, as semanas se passaram e, então, minha mãe voltou à minha imaginação. Ela se sentava na minha cama à noite e me lembrava de poemas havia muito esquecidos, os quais eu recitara para meu avô. Isso deve ter acontecido, porque, na manhã seguinte, descobri que eu podia repeti-los para Angela. Quando minha filha começou a engatinhar, imaginei que minha mãe batera palmas de alegria. "Viu, Edith, ela é esperta. Logo vai estar correndo pela ponte em Stockerau..."

Um oficial das *Wehrmacht*, as forças armadas, estava sentado à mesa da cozinha. Segurava o chapéu nas mãos. Pensei que ele ia me dizer que Werner tinha morrido. Lágrimas quentes escorreram pelo meu rosto.

— Não — pediu o oficial. — Não chore. Werner não morreu. Ele é um prisioneiro de guerra. Sua unidade foi atacada em Küstrin. Eles retrocederam até não conseguirem mais. Foram cercados e renderam-se.

— Ele foi ferido?

— Creio que não.

— Ah, obrigada por me informar! — exclamei.

— Ele será enviado para um campo de prisioneiros na Sibéria. A senhora não o verá por muito tempo.

— Obrigada! Obrigada!

Ele colocou o chapéu e foi notificar a próxima mulher.

Até onde eu via, aquele era o melhor resultado possível. Werner não apenas estava seguro, mas fora capturado inteiro, sem ferimentos e eu não tinha a menor dúvida de que ele conseguiria lidar tão bem quanto qualquer outro soldado alemão no campo de prisioneiros da Rússia. Eu pensava nele como pensava na minha irmã Hansi — segura nas mãos de um aliado. Seus irmãos, Gert e Robert, não tiveram tanta sorte. Morreram de ferimentos nos hospitais do campo de batalha.

O marido de Hilde Schlegel, Heinz, foi morto em uma das últimas batalhas no front oriental. Ela enviou sua filhinha Evelyn para ficar com a sua mãe, e previu, com muitos temores, a ocupação da cidade.

— Todos dizem que os russos são monstros que vão nos estuprar a todas — disse ela. — Ouvi dizer que antes de dispararem um canhão, eles amarram alguma velhinha à boca do canhão para que ela exploda em mil pedaços na hora do disparo.

Eu não respondia mais com descrença nem argumentava com "Ah, isso deve ser a propaganda de alguém".

— Talvez você deva fazer o que Werner fez. Tirar todo o dinheiro do banco para que tenha algo com que subornar alguém se for necessário.

— Ah, essa é uma péssima ideia, Grete. Vou manter todo o nosso dinheiro no banco onde eles não podem pegá-lo.

No sábado de Páscoa de 1945, Brandemburgo foi bombardeada. Ficamos sem eletricidade e sem gás. A SS trouxe uma brigada de soldados russos para cavar trincheiras em frente às nossas casas e nos defender. Suponho que eram prisioneiros de guerra. Aqueles homens estavam com tanto medo do Exército Vermelho que logo entraram em nossos apartamentos, escondendo-se atrás das pessoas a quem deviam proteger. Então, a SS os levou embora.

Ouvimos uma sirene que soou por uma hora, e soubemos que Brandemburgo caíra. Todos descemos para os abrigos e ficamos lá com as crianças, talvez 20 delas. Uma menininha gritava e berrava que tinha deixado a boneca lá em cima e que a perderia no bombardeio. A mãe não conseguiu resistir aos apelos da filha e subiu para pegar a boneca. No instante que desceu, uma bomba atingiu o telhado com uma explosão tão alta que a mãe, apavorada, deixou a boneca cair, e foi o fim daquilo. A menininha estava chorando; a mãe estava chorando. Todo mundo estava tenso e assustado.

Fui dormir no meu colchão, segurando minha bem-comportada Angela nos braços, certa de que nossos salvadores logo chegariam. Um dos idosos que trabalhava na defesa civil desceu para contar que um trem de suprimentos estava parado nos trilhos. Muitas pessoas foram saqueá-lo; compartilharam a comida que trouxeram de volta.

Um soldado alemão nos acordou.

— Os russos conseguiram ultrapassar — disse ele. — Hora de evacuar a cidade.

Então, eu fiz o que todos fizeram: coloquei minha filha no carrinho e fugi. Havia soldados por toda parte nos dizendo para onde ir. A cidade estava em chamas. Conseguíamos ouvir pontes explodindo enquanto as *Wehrmacht* as explodiam para atrasar o avanço russo. Quando escureceu, eu tinha chegado a uma cidadezinha próxima a Brandemburgo. Corri para um celeiro e encontrei um canto para me esconder. Enrolei Angela em meu casaco e nós duas adormecemos. Quando acordei, o céu lá fora estava em chamas. Assim como Angela. Ela estava coberta com manchas vermelhas e com febre alta — sarampo.

Eu não tinha nada com o que pudesse cuidar dela, nem água, nem nada. Fui de casa em casa, chorando e implorando para me receberem em casa porque minha filha estava muito doente. Uma vizinha de Brandemburgo viu meu sofrimento e implorou em meu nome. Todos disseram que não. Todos estavam com medo. Finalmente, na última casa, uma mulher e sua filha permitiram minha entrada. Ambas tinham tido sarampo. Elas me orientaram a deixar Angela na sombra e dar-lhe água.

Brandemburgo inteira parecia estar fugindo por aquela cidadezinha. Nos calcanhares dos civis, veio o exército que outrora parecera invencível, agora completamente derrotado, desesperado para não cair nas mãos dos russos. Alguns soldados entraram na casinha para descansar e se esconder um pouco. Um deles tinha um rádio com bateria. Nós nos reunimos em volta dele, eu e minha filha doente, a velha senhora e sua filha, os soldados exaustos e famintos. O almirante Doenitz falou conosco. Informou-nos que a Alemanha não era mais capaz de se defender e que seus cidadãos deveriam obedecer ao comando dos vencedores.

Silêncio. Ninguém chorou. Ninguém nem suspirou.

— Então. Alguém está com fome? — perguntei.

Eles olharam para mim, boquiabertos, surpresos.

— Vão às fazendas nas proximidades e peçam farinha, ovos, leite, geleia e pão — orientei. — Tragam a comida até aqui, deixem as armas do lado de fora, e vou preparar algo para comerem.

E foi exatamente o que aconteceu. Durante todo aquele dia, enquanto os homens entravam na casinha, preparei centenas de delicados crepes vienenses para as forças armadas, as *Wehrmacht*, e a mulher e sua filha os serviam. Enquanto eu estava lá no forno, uma música de um milhão de anos atrás veio à minha mente, e eu cantei:

> Um dia o Templo será reerguido
> E os judeus voltarão a Jerusalém.
> No Livro Sagrado está escrito
> Assim está escrito. Aleluia!

Um dos soldados sussurrou no meu ouvido:

— Não aja de forma tão feliz, madame. Hitler talvez escute a senhora.

— Hitler se matou, sargento. Isso é certo. Hitler e Goebbels nem esperaram para receberem os russos junto conosco, o seu povo. Foi por isso que ouvimos do almirante no rádio.

— Nunca se sabe — disse ele. — Cuidado.

No meio daquela tremenda derrota, o céu ardendo com bombas e rugindo com canhões russos, ele ainda tinha medo de dizer alguma coisa. É o hábito do silêncio, veja você. O hábito do silêncio toma conta da pessoa; ele se espalha de uma para outra. Se os alemães queriam ter fobia em relação a uma doença infecciosa, deveriam ter escolhido o silêncio, e não sarampo.

Antes de o soldado ir embora, ele me deu alguns tabletes de açúcar. Nós os chamávamos de pílulas de açúcar. Que tesouro elas se provaram!

Agora, naquela cidadezinha, todas as casas tinham uma bandeira branca de rendição — um farrapo, um lençol, uma toalha. Minhas duas gentis anfitriãs não estavam ansiosas para ficar e receber o vitorioso Exército Vermelho, então elas partiram. E eu não estava disposta a recebê-los sozinha, então decidi voltar para Brandemburgo. Peguei a maior quantidade de comida que consegui e caminhei de volta com Angela em seu carrinho, seguindo na direção leste pela estrada enquanto os soldados alemães seguiam para o oeste.

Cheguei a uma ponte sobre um fosso muito profundo. Ela tinha sido partida ao meio. Os dois lados caídos estavam ligados por uma porta de banheiro, aquele tipo de porta que usam no interior, com um coração entalhado no meio. A porta mal tinha largura suficiente para as rodinhas do carrinho. Olhei para baixo com o coração dilacerado e vi as pedras e os destroços e a morte. Imaginei o carrinho derrapando na ponte precária, o bebê caindo lá embaixo.

"Este é o fim", pensei.

Fechei os olhos e corri pela porta até o outro lado. Quando abri os olhos, Angela estava sentada, olhando para mim. A febre tinha passado.

A estrada de volta para Brandemburgo estava cheia de corpos de alemães. Se tivessem tido sorte, alguém tinha coberto seus rostos com um jornal. Tentei não andar por cima deles, mas, às vezes, era impossível contorná-los. Havia grandes pilhas de pedras por causa das bombas. Eu pegava o carrinho e passava por cima delas.

Os russos vieram pela rua com cavalos gigantescos, erguendo-se sobre a cidade.

Encontrei-me com minha vizinha, *Frau* Ziegler, que estava com a gravidez adiantada e empurrando o outro bebê, um menininho em um carrinho, exatamente como eu. Decidimos ficar juntas e voltar para nosso prédio.

Passamos pelo banco. Os russos tinham invadido o cofre e pegado todo os *reichmarks* e agora jogavam o dinheiro na rua para que voasse para o fogo ao redor deles. Quando os alemães corriam atrás do dinheiro, eles morriam de rir.

Nossa casa na rua Immelmannstrasse estava em chamas. Os soldados russos tinham entrado, pegaram os colchões, edredons e travesseiros e os jogaram no terreno vazio do outro lado da rua, e agora estavam parados ali, fumando e rindo, observando enquanto queimavam. A maior parte da fachada tinha caído, expondo o porão onde eu colocara minha mala vienense, aquela que mamãe deixara para mim com Pepi. Eu conseguia ver a mala, brilhando no meio do calor e da fumaça.

— Preciso pegar aquela mala! — berrei e corri como uma louca, entrando no incêndio. O calor do fogo fez com que eu andasse para trás. *Frau* Ziegler implorou para que eu esquecesse aquilo; o que poderia ser tão importante que valeria arriscar minha vida? Mas eu corri para as chamas de novo. O calor me envolveu, queimando minhas sobrancelhas e meu cabelo.

— Ajude-me, alguém, preciso pegar aquela mala! Ajude-me!

Um soldado russo que observara essa cena jogou um dos cobertores sobre si, correu para o porão e pegou minha mala. Eu não consegui parar de agradecer. Acho que talvez tenha beijado suas mãos. Ele e seus amigos observaram curiosamente enquanto eu abria a mala, imaginando talvez, que houvesse algo incrivelmente valioso guardado ali — joias, prata, pinturas. Quando viram que eu tinha ficado histérica por conta de um exemplar azul desbotado de Goethe, com uma encadernação malfeita, acharam que eu tinha perdido a cabeça.

Agora que eu tinha chegado à nossa casa e ela estava destruída, eu precisava encontrar um lugar para passar a noite. Na rua, encontramos nosso médico, um senhor que cuidava dos nossos filhos. Ele nos levou a uma escola protestante de meninas nas proximidades. Os professores lá nos levaram para uma salinha, um tipo de camarim atrás do palco do teatro. Duas macas, uma vassoura, uma pia. Estávamos exaustas assim como as crianças. Então, deitamos nas macas e dormimos. Não pensamos em trancar a porta.

Acordei durante a noite. Ouvi um som lamentoso à minha volta, não era como uma sirene, mas um grito suave e constante. Parecia vir do céu e da terra. Do lado de fora do quartinho onde estávamos encolhidas de medo, soldados russos bêbados passavam de um lado para o outro. Eles não entraram porque não tínhamos trancado a porta e, quando tentaram abri-la, ela cedeu e eles não viram nada além de escuridão, devem ter achado que era um armário. *Frau* Ziegler e eu ficamos a noite inteira de mãos dadas. Mal ousávamos respirar e rezamos para que as crianças ficassem quietas.

De manhã, voltamos às ruas e procuramos até encontrar um apartamento abandonado. As portas não fechavam, as janelas não fechavam, mas ninguém mais se importava com essas questões insignificantes. Não tínhamos nada para comer, a não ser panquecas frias. Na rua, porém, havia um hidrante, que poderíamos abrir e conseguir um pouco de água. Dissolvi os tabletes de glicose na água, e foi assim que alimentei minha filha.

O estupro sistemático das mulheres na cidade continuou por alguns dias e, de repente, parou. A maioria das mulheres tinha algum parente para contatar. *Frau* Ziegler partiu e foi ficar com sua mãe. Mas eu estava sozinha, então permaneci no apartamento perto do hidrante de água.

Fui procurar as pessoas que eu conhecia. Uma das minhas amigas morava em um prédio que não fora destruído. Estava sentada em uma cadeira, olhando pela janela para a cidade arruinada: esqueletos fumegantes de prédios, os russos passeando e fumando. Seus olhos estavam marcados com hematomas arroxeados. Seu nariz estava com sangue seco. O vestido rasgado.

— Ofereci o relógio do meu marido — contou-me ela —, mas ele já tinha o braço cheio de relógios. — Ela não chorou. Acho que suas lágrimas tinham esgotado. — Graças a Deus, minha filha estava com minha mãe.

— Nosso antigo pediatra está por aí — sugeri. — Talvez ele possa ajudá-la.

— Não, está tudo bem. Eu tenho água. Eu tenho comida. — Ela olhou em volta, sabendo que sua antiga vida tinha acabado, já sentindo falta do seu Führer morto, seu marido morto, e do regime que lhe prometera a conquista mundial. — Este foi o melhor apartamento que eu já tive — disse ela.

Por fim, os antigos donos do apartamento que eu estava ocupando voltaram. Ficaram satisfeitos por eu não ter roubado nada e permitiram que eu ficasse. Não sei o que minha filha comia na época, não sei o que comíamos; não sei mais. Todo dia era uma aventura de fome. Ficávamos em pé em longas filas aguardando alguma autoridade nos dar um pouco de comida — um pouco de macarrão, ervilhas secas, pão preto. No café da manhã, comíamos uma sopa aguada de trigo com um pouco de sal. Angela comia a dela com um pouco de açúcar. Eu estava tão magra e fraca que não conseguia nem levantá-la.

Logo não restava mais nenhum cachorro ou gato vivo na cidade.

Durante meses e meses, havia revolta: nenhum tipo de ordem, nenhum transporte, nem eletricidade, não havia água nas torneiras. Todos roubavam e todos estavam famintos.

Todas as lâmpadas em todas as instalações e em todos os corredores de todos os prédios foram roubadas. Se alguém oferecesse comida, você precisava levar os próprios utensílios. O correio chegava a cavalo ou em uma carroça. Pepi enviou-me um cartão de Natal em 1945, eu o recebi em julho de 1946.

Cigarros se tornaram moeda. Os americanos brincavam que era possível conseguir qualquer mulher na Alemanha em troca de cigarros. Os alemães levavam suas porcelanas, suas rendas e seus relógios antigos para determinados lugares em determinados horários; e já que os russos não tinham permissão para socializar com os alemães, eles vendiam essas coisas para os soldados americanos e britânicos em troca de necessidades comuns da vida.

Imediatamente após a tomada pelos russos, todos colocaram braçadeiras brancas em sinal de rendição. Não eu. Afinal, eu me sentia uma das vitoriosas. Os trabalhadores estrangeiros encontraram uma forma de colocar suas bandeiras em suas mangas; então, os russos sabiam quem eles eram e lhes davam comida para a longa jornada para casa. Eu vi um austríaco usando vermelho, branco e vermelho — as cores da bandeira austríaca —, então, eu fiz o mesmo, e os russos me deram comida.

Eles abriram as prisões e libertaram todos os prisioneiros, assassinos, ladrões e prisioneiros políticos, tudo junto. Um desses homens notou minha braçadeira enquanto eu estava na fila de comida e me disse, bem feliz, que ele também vinha da Áustria e que estava preso por "subverter o exército alemão". Ele pediu meu endereço. Eu dei. Ele desapareceu. Eu me esqueci dele. Mais de uma semana depois, um caminhão parou no nosso prédio e descarregou o que, para nós, era uma enorme quantidade de batatas, legumes e até frutas.

— Foi o austríaco — disse eu para meus alegres vizinhos. — Eu nem sei o nome dele.

— Ele é um anjo enviado por Deus — disseram os idosos.

Levou mais de seis meses para termos cadernetas de racionamento novamente e, então, recebíamos 250 mililitros de leite por dia para uma criança. Estávamos vivendo do dinheiro que eu tinha pego no nosso banco. Eu carregava esse dinheiro comigo ou no carrinho, embaixo da minha filha. Agora, tudo tinha acabado. Eu precisava de um emprego. Mas, para conseguir um, eu precisava de uma carteira de identidade verdadeira. E aquele era um grave problema, porque eu ainda tinha muito medo de contar para as pessoas que era judia.

Durante toda a guerra, ninguém falara sobre os judeus. Nenhuma palavra. Era como se ninguém nem se lembrasse que existiam, até bem pouco tempo, que judeus viviam neste país. Mas agora, os alemães falavam constantemente que os judeus voltariam e se vingariam. Toda vez que um grupo de estranhos entrava na cidade, meus vizinhos ficavam tensos e apreensivos.

— São os judeus? — perguntavam eles, temendo, acredito, um ataque de pessoas bem armadas e cheias de ódio, pessoas em busca de "olho por olho". Que piada! Ninguém ainda conseguia imaginar como o povo judeu havia sido destruído, como os remanescentes estavam famintos e doentes e exaustos e impotentes.

Em tal atmosfera, eu temia revelar que era judia. Eu temia que as pessoas que tinham me acolhido — que poderiam muito bem estar vivendo na casa de judeus e usando as roupas de judeus mortos — pudessem achar que eu ia querer tirar alguma coisa deles e expulsassem para a rua a mim e à minha filha.

Apenas em julho, dois meses depois da vitória russa, abri a capa do livro que Pepi fizera para mim para recuperar meus documentos verdadeiros.

Fui a um advogado, doutor Schütze. Ele entrou com um pedido no tribunal para mudar meu nome de Grete Vetter para Edith Vetter, nascida Hahn.

Então, fui a uma estação de rádio e providenciei para que o nome da minha mãe fosse anunciado todos os dias no programa que listava pessoas desaparecidas: "Alguém sabe o paradeiro de Klothilde Hahn de Viena, uma costureira talentosa, deportada para a Polônia em junho de 1942? Alguém a viu ou teve alguma notícia dela? Caso positivo, entrar em contato com sua filha..."

Os comunistas que voltaram dos campos confirmaram a história que Thomas Mann contara. Um deles me disse que o trabalho dele era revistar as roupas dos judeus depois que eles tinham se despido para entrar nas câmaras de gás. Seu trabalho era procurar joias ou dinheiro costurado nas dobras. Pensei no casaco marrom da minha mãe e suas elegantes blusas de seda. Imaginei o homem revistando as roupas dela, arrebentando as costuras.

"Não", pensei. "Não. Impossível."

Veja bem, eu não conseguia aceitar que mamãe tivesse se deparado com tão terrível destino. Eu não conseguia. Aquilo era uma completa loucura da minha parte. Todos os dias, pessoas que tinham sido dadas como mortas saíam da poeira e dos destroços e caíam nos braços dos seus entes queridos. Então, eu mantinha o nome da mamãe na rádio e esperava seu retorno.

Fui à central de registros e, para meu horror, vi-me diante do mesmo homem que oficializara meu casamento.

— Ah, *Frau* Vetter! Eu me lembro da senhora.

— E eu, do senhor.

— Ainda diz aqui que não temos os documentos de origem da mãe de sua mãe. Talvez agora que nossos amigos russos chegaram, eles possam fornecê-los.

— Acho que não. Aqueles documentos eram falsos.

— O quê?

— Aqui, estes são os meus verdadeiros documentos de identidade. E esta é uma ordem judicial ordenando que você me registre como a pessoa que eu realmente sou.

Ele olhou para meus documentos de identidade judaicos, chocado.

— A senhora mentiu para mim! — exclamou ele.

— Certamente.

— A senhora falsificou registros raciais!

— Exatamente.

— Este é um crime grave contra o Estado. Isso que a senhora fez.

Eu me inclinei para ele. Bem perto, perto demais. Queria que ele sentisse meu hálito.

— Bem, eu não acho que o senhor vá encontrar um advogado em Brandemburgo disposto a me processar por isso — declarei.

Eu era a verdadeira Edith pela primeira vez em anos. Como me senti, você vai perguntar? E eu digo. Eu não senti nada. Porque, veja bem, eu não consegui achar imediatamente a velha Edith. Ela ainda era uma clandestina. Escondendo-se bem fundo. Assim como o restante dos judeus, ela não quicou de volta tão rápido. Levou muito, muito tempo.

Uma eternidade.

Levei minha nova identidade e fui ver o prefeito da cidade, um comunista que passara muitos anos em um campo de concentração.

— De qual campo você veio? — perguntou ele.

Eu respondi:

— Consegui sobreviver sem ir para um campo.

Ele olhou para meu histórico que Pepi guardara. Viu imediatamente que eu tinha as qualificações para ser uma advogada júnior, uma *Referendrar*. Então, ele me mandou para o tribunal de Brandemburgo, onde consegui um emprego na hora e, de repente, incrivelmente, uma nova vida começou.

CAPÍTULO DOZE

Saindo da clandestinidade

Os nazistas de alta patente já tinham partido havia muito tempo com sua pilhagem. O que ficou em Brandemburgo foi um monte de nazistas sem importância tentando mentir sobre sua história. No entanto, o tribunal, com todos os seus arquivos, não tinha sido bombardeado, então os russos possuíam registros bastante precisos sobre quem era e quem não era amigo do regime nazista. Você podia ver cartas de pessoas que você conhecia que se despedia com um "*Heil* Hitler!". Os mais entusiasmados ainda acrescentavam *"Got Strafe England!"* — "Que Deus destrua a Inglaterra!". Então, poucos podiam mentir e se safar. Como os russos, diferentemente dos americanos e dos ingleses, não empregavam conscientemente nazistas, aqueles de nós que conseguissem provar que não eram nazistas e que tinham realmente algum treinamento legal tornaram-se, de repente, valiosos naquela nova crise de trabalho.

Em primeiro de setembro de 1945, fui trabalhar no segundo andar do tribunal distrital. O diretor do tribunal — *Herr* Ulrich — deu-me casos antigos para estudar, para que eu pudesse me atualizar totalmente em relação ao novo sistema legal. Um ilustre jurista, despedido por não ter se filiado ao Partido Nazista, agora adorava perguntar a todos

"Diga-me, senhor, *o senhor* era membro do partido?". E, então, ele se recostava e observava enquanto a pessoa se contraía, suava e mentia.

Meu primeiro trabalho foi como *Rechtspfleger*, uma advogada que ajuda aqueles que precisam de orientação no tribunal. Depois de um tempo, fui designada para ser *Vorsitzende im Schöffengericht*, uma juíza em um painel de três que também incluía dois leigos. (Encontrar um júri de doze pessoas não nazistas teria sido impossível.) A administração do tribunal, dominado por russos, queria que eu trabalhasse em um tribunal especial lidando com questões policiais. Eu me recusei e, finalmente, tornei-me juíza no tribunal de família.

Minha grande ambição, estimulada pelo caso Halsmann, incitada pela minha relação com Pepi, totalmente abandonada havia muito tempo, agora se tornara realidade. Eu era uma juíza.

Ganhei um escritório. Usava uma toga. Antes de entrar no tribunal, o primeiro jurado gritava: *"Das Gericht!"* As pessoas se levantavam e continuavam em pé até eu ter me sentado.

Foi a época mais maravilhosa da minha vida, a primeira e única vez que fui capaz de usar o máximo da minha capacidade intelectual — um prazer impossível de descrever — e a única época que tive um pouco de poder para aliviar um pouco do sofrimento deste mundo.

Logo depois que assumi meu primeiro trabalho no tribunal, fiquei doente. Apareceram erupções na minha pele provocadas por deficiências nutricionais. Meus pés estavam sempre torcidos por usar sapatos que não me serviam. Eu estava exausta e acabei no hospital. Minha senhoria ficou com Angela.

Quando me recuperei, entrei com um pedido de auxílio-moradia para ter um novo lugar onde morar. Levou dois meses, mas, finalmente, recebi um apartamento muito bom na rua Kanalstrasse, no melhor bairro, que havia pertencido a um advogado nazista que fugira. Tinha varanda.

Um homem que assumira a fábrica nazista de móveis, a qual os nazistas tinham roubado de judeus, combinou tudo para que eu conseguisse comprar os móveis com boas condições de pagamento. Lembro-me de uma linda escrivaninha, muito ornamentada, com brasões e pés entalhados como garras de leão. Parecia que tinha vindo de um palácio — uma verdadeira escrivaninha da SS.

Para acrescentar ainda mais à minha boa sorte, o chefe do serviço de eletricidade, um comunista que voltara dos campos de concentração, morava no meu prédio e organizou as coisas para nos colocar na grade russa. Então, ao contrário da maioria dos alemães em Brandemburgo, nós tínhamos energia elétrica.

Você vai me perguntar como comíamos naquela época, o que comíamos. E eu respondo que era como naquela canção inglesa: a gente seguia com a ajuda de amigos.

Eu entrei em uma organização, Vítimas do Fascismo, cheia de pessoas que, como eu, sobreviveram de alguma forma. Não eram apenas comunistas, mas outros judeus que viveram clandestinamente com documentos falsificados ou escondendo-se no interior ou escapando das marchas de morte ou dos campos de concentração. Significou tudo para mim descobrir que eu não tinha sido a única. Olhávamos um para o rosto do outro e, sem palavras, entendíamos a história de cada um. O que eu procurara e encontrara cada vez menos nas minhas sucessivas viagens para Viena — deixar de mentir e me esconder e ter medo, *alguém que conseguisse entender* — agora eu encontrava entre as Vítimas do Fascismo.

Meus novos amigos me deram uma garrafa de vinho. Eu a troquei com um soldado russo por uma garrafa de óleo de cozinha, um negócio que satisfez a ambos.

Na fila do pão, fiz amizade com uma mulher da minha idade, chamada Agnes. Quando eu estava no hospital, tentando me recuperar com as escassas rações, ela trazia algo extra para eu comer todos os dias. O irmão dela fora da SS. Seu marido — talvez o nome dele fosse Heinrich — era um comunista que passara dez anos no campo de concentração de Orianenburg. Próximo ao fim da guerra, ele escapara e encontrara abrigo com seus companheiros comunistas que distribuíam folhetos encorajando os trabalhadores estrangeiros a praticar atos de sabotagem. Agora ele se tornara um oficial no município de Brandemburgo, colocado nas mais altas esferas do Partido Comunista. Ele até tinha um carro.

Então, havia Klessen, o pescador. Durante a guerra, ele deixara os comunistas usarem seu barco de pesca como quartel-general flutuante, onde imprimiam folhetos antinazistas. Klessen perdera seu filho mais novo em Stalingrado. Um dia, um oficial nazista que alugava seu barco estava falando de forma tão fria sobre as vidas perdidas no front que Klessen ficou furioso e atirou nele. É claro que teve de fugir. Escondeu-se na floresta. A guerra acabou e ele voltou para casa.

Os russos confiavam nele. Ele e sua esposa tornaram-se amigos meus. Ele me dava peixe, legumes e batatas — uma quantidade tão grande, na verdade, que eu separei uma parte para enviar para *tante* Paula e minha cunhada Gertrude, em Berlim. Certo dia, Klessen chegou ao meu escritório com uma sacola cheia de enguias que capturara em uma armadilha secreta. Eu as coloquei na gaveta da minha escrivaninha. Eu estava conduzindo uma entrevista e, de repente, a mesa começou a tremer porque, mesmo mortas, as enguias ainda estavam saltando.

Desde o momento que comecei a trabalhar no tribunal, fiz petições à administração russa, chamada Kommandatura, para tirar Werner da Sibéria.

— Meu marido é um oficial alemão — disse eu. — Mas foi capturado apenas no final da guerra e praticamente não foi ativo na guerra. É incapacitado, cego de um olho. Não merece estar em um campo de prisioneiros. Ele é um bom homem e me ajudou. Por favor, permitam que ele volte.

Agora, quando você pedia algo para aqueles russos, eles não diziam nem que sim nem que não, e você não sabia qual seria o resultado até que a coisa acontecesse. Então, eu continuava pedindo e eles não diziam nada e eu continuava pedindo.

Quando as correspondências começaram a chegar novamente e um telefone ou outro começou a funcionar, recebi notícias dos meus amigos e da minha família. Minha irmã caçula chegara em Viena com o exército britânico e bateu na porta de Jultschi. A felicidade do reencontro transbordou e se espalhou pela minha pequena cidade alemã como uma enchente de alegria. Soube que minha prima Elli estava segura em Londres; que Mimi e Milo estavam seguros na Palestina; que meu primo Max Sternbach, o artista, tinha sobrevivido ao fingir ser um prisioneiro francês; que Wolfgang e Ilse Roemer tinham sido salvos pelos quacres; que meus primos Vera e Alex Robichek tinham sobrevivido ao exílio italiano; que tio Richard e tia Roszi estavam em segurança em Sacramento.

Poderia eu imaginar que quase todos os outros tinham sido assassinados? Meus amigos de Viena, as meninas do *Arbeitslager*, dezenas de parentes, todos mortos... Será que conseguiria imaginar aquilo?

Meu trabalho como juíza se concentrava nas crianças. Crianças alemãs destituídas estavam espalhadas por todos os lugares naquela época, mendigando nas estações de trem, dormindo em pilhas de farrapos no calçamento. Lógico que se voltaram para uma vida de crimes. Vendiam alimentos valiosos no mercado negro. Vendiam suas irmãs e a si mesmas. Roubavam tudo que conseguiam encontrar para roubar. Esses jovens foram trazidos diante de mim até o tribunal de família. Lembrando-me de Osterburg, a melhor das minhas prisões, eu nunca os enviei para sofrer nas mãos de criminosos calejados, mas os sentenciei a trabalhos externos — limpeza de destroços, pavimentação das ruas.

Os russos procuravam pelo país pelos filhos de alemães e trabalhadores escravos; os tiravam de suas mães, biológicas ou adotivas; e os levavam para a União Soviética. Tratava-se de uma retaliação pelo sequestro cruel de milhares de crianças russas pelas forças nazistas para trabalho escravo ou vidas "arianizadas" na Alemanha.

No entanto, uma questão de política para as nações pode ser uma questão de tragédia pessoal para indivíduos. Foi isso que aconteceu com Karla, minha ex-vizinha, que veio me ver no tribunal.

— É verdade que você é judia, Grete? — perguntou ela.

— É. Meu nome não é Grete. É Edith.

— Então, talvez eu possa contar para você qual é o meu problema e você vai compreender. Você sabe que meu marido e eu não tivemos filhos, mas nunca conseguíamos um bebê porque não éramos membros do Partido Nazista e as agências de adoção, que tinham tantos bebês, nunca nos davam um.

— Ah, então, era por isso...

— Encontramos uma criança, a filha de um prisioneiro francês e uma garota que trabalhava em uma fazenda na Prússia Oriental. Pagamos para a família tudo que conseguimos juntar. E você sabe o quanto eu amo minha pequena Elsie; ela é a minha vida. Mas os russos estão recolhendo todas essas crianças agora, Grete... Quero dizer, Edith... E foi por isso que fugimos tão rápido ao alvorecer naquele dia... — Ela baixou os olhos. — Também para deixar o lugar livre para meu irmão...

— Sim, eu compreendo.

— Eu quebrei tantas leis, assinei todo tipo de documentos falsos, para proteger a identidade dela e fazer com que as pessoas acreditassem que ela era a minha filha, nascida do meu corpo. Mas agora todas essas crianças estão sendo tiradas. E eu estou com tanto medo. Não de ir para a cadeia. Eu iria feliz para prisão... Mas de perder a minha filha. Grete... Quero dizer, Edith... Faço qualquer coisa para não perder a minha filha. Você pode me ajudar?

— Posso — respondi.

E foi o que eu fiz. Finalmente chegara a minha vez de salvar a vida de alguém.

Uma batalha de custódia surgiu diversas vezes. Um oficial alemão está em um campo de prisioneiro. Ele se divorciou e sua segunda esposa está tomando conta dos filhos. A mãe das crianças diz que o pai era nazista e não seria capaz de educar os filhos de "forma democrática", e pedia guarda total das crianças.

Eu pensava no meu Werner na neve russa. Pensava em Elisabeth tentando usar essa ocupação russa como desculpa para tirar a pequena Bärbl dele, e nunca concordei com tal pedido. Nunca.

Um juiz muito idoso, trazido de volta da aposentadoria, contou-me que, durante a guerra, julgara o caso de um homem que era meio judeu e era casado com uma ariana. Quando os nazistas obrigaram o homem a varrer as ruas, ele gritara maldições terríveis contra

Goebbels, o ministro da propaganda nazista. A polícia estava pronta a arrastá-lo para um campo de concentração. Mas o velho juiz só aplicara uma multa por calúnia e disse para ele que, por favor, no futuro, pelo bem de sua família, ficasse de boca calada.

Em 1946, a filha desse mesmo homem que xingara Goebbels veio ao meu escritório pedindo para emigrar para a Palestina. Um pedido quase impossível. Havia quase 100 mil judeus ainda na Europa, loucos para escapar do continente no qual seis milhões de pessoas do seu povo tinham sido incineradas. A Grã-Bretanha não permitiria que *eles* entrassem na Palestina, que dirá uma cristã-alemã.

A garota foi para todos os lugares que consegui pensar em mandá-la — o Comitê Judaico de Distribuição Conjunta, a Sociedade de Ajuda à Imigração Hebraica, ao Consulado Britânico — e, finalmente, ela conseguiu ir para Israel. Casou-se lá. Seus pais se juntaram a ela e fizeram sua vida naquele país.

Muitas pessoas cometeram suicídio no final da guerra, não apenas Goebbels e Hitler, mas minha professora de Viena e seu marido juiz nazista, e meu professor de Latim do sul de Tirol.

Então, quando eles me trouxeram uma mulher que tentara se matar, presumi que fosse uma nazista com medo do campo de prisioneiros Gulag. Ela estava balbuciando loucamente que eu, e apenas eu, deveria ser sua advogada.

No instante que ela entrou no meu escritório, eu compreendi.

Era a mulher que eu conhecera quando eu trabalhava na maternidade do hospital público, *Städtische Krankenhaus* — aquela cujo marido a estuprara e batera nela, aquela que tinha medo de voltar para casa. Suas esperanças estavam no fim — ela jogara os três filhos no rio e saltara atrás deles. Um soldado a tirara do rio. Ela estava prestes a ser julgada por assassinato.

O advogado designado para seu caso se retirou, e eu passei a representá-la. Foi a única vez que eu defendi um caso no tribunal em nome de um réu.

— Isso é loucura — disse eu. — Provocada pela crueldade sádica além da imaginação. Quem não enlouqueceria depois de tamanho sofrimento? Quem não desejaria ver os próprios filhos mortos em vez de continuar em uma vida de tortura e agonia? Se minha mãe soubesse o que aconteceu comigo em minha vida, ela teria me assassinado no instante que eu nasci.

A mulher foi absolvida.

Querendo que Angela tivesse alguém para brincar durante meu dia de trabalho e sentindo que nossa própria segurança deveria ser compartilhada, tomei providências para acolher uma menininha chamada Gretl. Ela e o irmão viviam no orfanato. Ela me chamava "titia" e se tornou uma irmã mais velha para Angela. Em muitas noites, preparei o jantar para as meninas, lia uma história e as colocava para dormir.

— Quando a minha mãe vai voltar, titia?

— Eu não sei ao certo, Gretl.

— E papai? Quando ele volta? — perguntou Angela.

— Eles dois logo vão estar de volta, crianças.

— Como o papai é?

Eu já tinha dito centenas de vezes, mas elas sempre queriam ouvir de novo.

— Bem, papai é grande. E forte. E muito bonito. Ele pinta coisas bonitas. E consegue comer mais do que nós três juntas!

Elas riram. Dei um beijo de boa noite. Aqueles eram momentos perfeitos que estão vivos na minha memória — a época quando eu via aquelas crianças adormecerem em paz e segurança, seus cílios descansando sobre o rosto.

Pela primeira vez em dez anos, comecei a me sentir uma pessoa de verdade. Eu tinha um lar decente para mim e para minha filha. Eu tinha amigos que me entendiam, com quem eu podia ser eu mesma, com quem eu podia dizer verdadeiramente tudo que estava no meu coração. Eu tinha um emprego maravilhoso, que me desafiava e permitia que eu curasse um pouco o mundo. Voltei a rir, a discutir, a sonhar com o futuro.

No meu sonho, mamãe voltava. É claro, disse para mim mesma, ela estaria mais velha e, provavelmente, exausta da longa provação que passara no gueto polonês. Mas logo, com descanso, alimentos, amor e cuidado que Angela e eu lhe daríamos, ela voltaria a ser a minha inteligente e energética mãe, e eu a manteria sempre comigo. Nunca mais nos separaríamos.

No meu sonho, Werner voltava. Ele se sentiria confortável no nosso novo lar. Ele encontraria um emprego como pintor, e voltaríamos a ser uma família, talvez até teríamos outro filho. Fechava os olhos e imaginava crianças se sentando à mesa com grandes guardanapos brancos enfiados abaixo do queixo.

Hilde Benjamin, uma das ministras do novo governo, convocava uma reunião por mês com as juízas. Durante uma dessas viagens, entrei em contato com o Comitê Judaico de Distribuição Conjunta (a "Junta"), um grupo de judeus americanos tentando ajudar os judeus remanescentes na Europa. A Junta começou a me enviar remessas mensais: cigarros que eu poderia trocar com o sapateiro para sapatos para Angela, papel higiênico e meias.

Uma vez em Berlim, eu vi um soldado inglês subindo em um poste de telefonia, estabelecendo linhas entre a zona russa e a britânica.

— Tenho uma irmã no exército britânico — disse eu para ele. — E minha prima em Viena me deu seu número *Feldpost*, seu endereço militar. Mas eu não posso escrever para ela porque sou civil. Você poderia enviar uma carta minha para ela?

Ele desceu do poste até a calçada, um educado rapaz britânico dentuço e sardento.

— Ora, mas é claro, senhora. Será um prazer.

Sentei-me nos destroços de uma escadaria, escrevi a carta e entreguei para ele.

— Se o senhor a vir, diga a ela que sou juíza em Brandemburgo. Diga que estou bem e a amo. Ela é a minha irmã caçula... Diga a ela que meu coração se estende até ela todos os dias...

Em apenas poucas semanas, meu soldado britânico entrou no tribunal e me entregou uma carta de Hansi. Depois disso, ele se tornou nosso intermediário. Ela me enviava elástico para roupas íntimas e agulha de costura e óleo de fígado de bacalhau para todos os males, minha adorada menina. Ela disse que estivera com o exército britânico no Egito, designada a interrogar soldados alemães capturados.

— Você fala bem alemão para uma britânica — dissera um deles. — Onde aprendeu a falar tão bem?

— Sou eu que faço as perguntas agora — respondera Hansi.

Doce vitória.

No outono de 1946, um dos meus colegas me contou sobre o campo de passagem na zona francesa, no qual sobreviventes judeus estavam se reunindo. Embora eu ainda mantivesse o nome de mamãe na rádio todos os dias, não recebi nenhuma notícia, achei que talvez eu pudesse encontrar alguém que a conhecesse no campo. Além disso, o *Rosh Hashaná* estava próximo, e eu sentia uma vontade imensa de estar com judeus. Então, pedi para meus superiores uma folga, e os comunistas me deixaram ir.

Era um inferno viajar naquela época. Só Deus sabia quando os trens iam funcionar. Avisos pintados em verde nos alertavam sobre horrendas doenças que você poderia pegar se se atrevesse a usar o transporte público.

Nas estações, homens astutos ofereciam meias, café, chocolate e cigarros com preços do mercado negro. Para caminhar pelas ruas você tinha de escalar ou, de alguma forma, contornar montanhas de escombros. Canos de aquecimento saíam por buracos nos prédios onde antes havia janelas, emitindo o cheiro aterrorizante de gás. A maior parte do tempo daquela árdua viagem para o campo de passagem, carreguei Angela no colo e empurrei o carrinho, em vez de deixá-la no carrinho e empurrá-la.

Acredito que o campo talvez tivesse sido uma escola. Havia cômodos grandes, cheios de camas, tudo organizado como um abrigo depois de um furacão ou uma enchente. Em um dos lados, eles acomodavam as pessoas bem idosas e as crianças pequenas. Mas, talvez os idosos não fossem tão velhos quanto pareciam porque, veja você, todos pareciam ter sido tirados diretamente do túmulo — sem cor, emaciados, sem dentes, trêmulos e arregalados. Carreguei Angela entre eles. Eles estendiam a mão para ela, apenas para tocarem uma criança saudável. Minha mãe não estava lá.

Deixei Angela com uma das atendentes e caminhei até o outro lado do campo, onde os mais jovens estavam. Homens grisalhos com olhos de pedra vieram por trás de mim e acariciaram meu braço.

— Venha para a minha cama, docinho, eu não vejo uma mulher como você desde o início dos tempos.

— Afaste-se de mim! Estou procurando pela minha mãe!

— Você é judia? De onde você é?

— Sou judia. Sou de Viena. Estou procurando por Klothilde Hahn!

Eles me cercaram. Eu estava apavorada. Não conseguia ver ninguém para me ajudar.

— Deixem-me em paz! — exclamei. — Sou casada. Meu marido é prisioneiro de guerra. Está na Sibéria. Minha filha está comigo. Só vim para o *Rosh Hashaná*, para estar com judeus. Como vocês podem ser judeus? Isso não é possível! Eu não os reconheço.

Um deles agarrou meu cabelo, puxando minha cabeça para trás. Ele era alto, esquelético. Tinha raspado a cabeça e seus olhos negros estavam em conchas aquosas e avermelhadas.

— Então você se casou com um soldado alemão, não é, sua putinha? É por isso que você está tão bem, saudável, rosada e limpa. — Ele se virou para os colegas. — O que acham disso, amigos? Ela dorme com um gói. E agora é boa demais para dormir com a gente.

Ele cuspiu em mim. Só tinha um ou dois dentes na boca e pareciam presas.

Parecia-me que, para sair daquele lugar, eu teria de correr por um corredor de mil mãos que tentavam me agarrar. Como aqueles homens vorazes e brutalizados poderiam ser judeus? Aquilo era impossível! Onde estavam os estudiosos rabínicos, sóbrios e educados da Polônia dos quais eu me lembrava de Badgastein? Onde jovens refinados com mentes brilhantes frequentavam as universidades? O que os monstros fizeram com meu povo?

Pela primeira vez, vivenciei a terrível e irracional culpa que assola todos os sobreviventes. Pela primeira vez, ocorreu-me que talvez a minha vida como clandestina não tinha um grande peso na escala de sofrimento, que as experiências terríveis que transformaram aqueles homens no campo de passagem talvez impossibilitassem que eles me aceitassem como uma deles.

Eu não conseguia parar de tremer; não conseguia parar de chorar.

Voltei para o outro lado do campo, para ficar com os idosos, ajudar com as crianças, os órfãos daquela tempestade. Eu os segurei junto a mim; deixei que brincassem com Angela; ensinei brincadeiras que os fizeram sorrir. Com eles, encontrei um pouco de paz.

Mas, para a viagem de volta para casa, minha força me abandonou. Empurrar e puxar o carrinho de Angela até a estação agora me parecia uma tarefa impossível. Deixei-a com uma atendente no campo de passagem e disse que voltaria para pegá-la com um carro.

Na estação, um dos vendedores do mercado negro me informou:

— Há um trem que passa por Brandemburgo, mas é um trem russo. Talvez uma mulher como a senhora não devesse viajar assim.

Eu sentia que eu não tinha escolha.

O trem chegou. Estava vazio.

— Este é o meu trem — informou o oficial no comando. Ele tinha cabelo liso e louro e feições asiáticas. — Se quer viajar comigo, terá de seguir em um compartimento.

Então eu fui. Eu estava nervosa demais para me sentar. Ficava olhando pela janela. O russo se aproximou, ficou ao meu lado e passou a mão pela minha cintura.

— Eu não sou alemã — declarei. — Sou judia.

Ele afastou o braço.

— Temos um oficial judeu a bordo. Ele é o chefe de todos os trens. Venha comigo. Vou levá-la até ele.

O oficial judeu tinha cabelo escuro e olhos como os do meu pai e falou em iídiche.

— Eu não sei falar iídiche — disse eu.

— Então, você não é judia.

— Eu sou de Viena. Nunca aprendemos.

— Todos os judeus de Viena estão mortos. Você é mentirosa.

— *Shema Yisrael* — disse eu. — *Adonai eloheyny. Adonai echod.*

Eu não dissera aquilo desde o funeral do meu pai — dez anos, tempo suficiente para um mundo desaparecer. Mordi o lábio e engasguei com minhas lágrimas. Apoiei-me em sua mesa para não cair.

Por fim, ele disse:

— Este trem vem vazio para este país amaldiçoado toda semana para pegar prisioneiros russos e levá-los de volta para casa. Aqui estão os horários. Você pode pegá-lo sempre que precisar, e eu garantirei a sua segurança.

Ele segurou a minha mão até eu recuperar a compostura. Mas, na verdade, às vezes acho que eu nunca recuperei minha compostura desde aquela visita ao campo de passagem na zona francesa.

O que você vê é uma máscara de calma e civilidade. Dentro, sempre, para sempre, eu ainda estou chorando.

No dia seguinte, o marido da minha amiga Agnes, o comunista, foi de carro comigo até o campo e eu peguei Angela. As atendentes ficaram surpresas. Creio que acharam que nunca mais voltariam a me ver. Mas eu não tive aquele bebê no meio da guerra para abandoná-lo.

Certa noite, em algum momento no final de 1946, eu estava sentada no meu apartamento, trabalhando em um relatório, quando um homem bateu na minha porta. Ele colocou na minha mão um caixinha contendo óculos. Então, desapareceu. Tranquei a porta, joguei os óculos no chão, cutuquei e cutuquei nas costuras e, por fim, encontrei uma carta — escrita com uma letra quase infinitésima — uma carta de Werner.

Ele estava bem. Eu vinha escrevendo para ele havia mais de um ano, mas ele não recebera nenhuma das minhas cartas desde 31 de outubro. Na verdade, as cartas que recebera vinham da sua cunhada Gertrude; tinham sido enviadas para o seu irmão, que estava ferido em um hospital militar. Por um momento, eu só olhei para a carta de Werner e fui inundada de alívio. Então, eu li...

"Envio a você e à nossa Angela as melhores saudações e desejos. Espero que o destino as mantenha longe da pobreza, dando à minha querida Grete um coração forte... para enfrentar este período de separação..."

No dia 10 de março de 1945, ele foi ferido por um estilhaço no braço direito. Em 12 de março, tornou-se prisioneiro. Depois de uma viagem infernal no transporte militar, ele acabou em um hospital da Polônia, onde tentou se curar apesar das rações de fome. Em maio, ele foi levado a um campo de prisioneiros na Sibéria, um lugar miserável, congelado e feio, tão duro quanto eu imaginara.

Mas Werner era um homem talentoso. Seu talento o tornou útil e ele encontrou um trabalho interno. Fazia carpintaria, consertava trancas, cabeava lâmpadas, decorava os sombrios escritórios russos, pintava retratos que os russos enviavam para casa. Exatamente como o prisioneiro francês que fizera a linda caixa de mosaico para mim, Werner sabia que o jeito de amolecer o coração de um superior era com um presente charmoso para sua esposa.

Suas cartas vinham com os medos decorrentes do isolamento. Como eu me lembrava bem deles! Será que eu estava tentando libertá-lo? Será que eu poderia fazer qualquer coisa? Será que alguém na Alemanha se lembrava dos prisioneiros? Ou será que eram apenas um fardo para a pátria?

Ele implorava para que eu contasse para os russos a circunstâncias do nosso casamento, "as quais claramente demonstrariam o comportamento antifascista muito antes da queda do regime de Hitler".

Ele me pediu para olhar por Bärbl.

Agora que eu era juíza, será que ainda precisava de um marido para cuidar de mim? Será que ainda haveria algo para ele quando voltasse para casa?

"Que tormento indescritível", escrevera ele, "não saber se mãos amorosas estarão esperando para me confortar depois da tortura da prisão".

Eu sabia exatamente como ele se sentia. Eu me lembrava de escrever para Pepi em Viena. *Você está aí? Você se lembra de mim? Você ainda me ama?*

Eu imaginava os ventos uivantes do Ártico, as terras desertas brancas e inférteis, o céu iluminado eternamente e, então, meses de escuridão.

— Por favor — pedi para o diretor do tribunal, *Herr* Ulrich. — Use sua influência. Traga o meu Werner de volta para casa.

Eu imaginava as rações da prisão, o pão duro. Eu via Werner tremendo sob cobertores finos, usando todas as suas roupas para dormir como eu fizera, suas mãos capazes enroladas em luvas esfarrapadas.

— Por favor — disse eu para o advogado Schütze —, você conhece alguns russos. Diga para eles como ele era um bom homem, como era gentil com os holandeses e com os franceses na Arado, como eles o amavam e mandavam-lhe presentes.

Eu imaginava a neve. Profunda. Até a altura dos seus joelhos. Eu o imaginava trabalhando ao lado de homens da SS, açougueiros dos campos de concentração.

— Ele não é como os outros. Ele merece voltar para casa, para sua esposa e sua filha. Por favor.

Os russos me olhavam com suas expressões vazias, sem negar o meu pedido, mas sem fazer qualquer promessa. Eu não parava de pedir. Enviava cartas para Berlim, petições para todas as repartições em que eu conseguia pensar.

— Por favor — eu implorava.

Mesmo enquanto eu implorava para sua soltura, eu temia sua volta. Não importava o quanto eu limitasse primorosamente minha vida social às Vítimas do Fascismo e outros sobreviventes antinazistas, eu sabia que ainda vivia entre os antissemitas mais rancorosos que o mundo já conheceu, e um deles — embora menos rancoroso — era o pai de Angela. Eu ouvira várias vezes os pontos de vistas de Werner sobre o "poder" do "sangue judeu". E se ele se recusasse a aceitar a linda e animada filha de 3 anos por causa disso? Eu sentia que deveria fazer alguma coisa para neutralizar os efeitos da propaganda nazista, para me assegurar de que Angela tivesse um pai amoroso. Então, tomei as providências para que um pastor luterano viesse à minha casa e batizasse Angela como cristã.

Você vai me perguntar por que eu não fui à igreja para esta cerimônia. E eu respondo. Eu me senti obrigada a fazer aquilo, mas miserável ao fazê-lo, e eu não queria que ninguém visse.

Foi em uma noite no verão de 1947, eram sete e meia. As ruas do lado de fora estavam silenciosas. Os barcos no canal faziam um som suave de arranhadura no ancoradouro. As árvores, que começavam a crescer de novo, enchiam a noite com um perfume que pode ser apreciado apenas em épocas de paz. Aconteceu de eu estar sozinha no apartamento. Gretl estava com o irmãozinho no orfanato. Angela tinha pego difteria e precisava de penicilina disponível apenas no ocidente, então ela estava em um hospital infantil em Berlim Ocidental.

Ouvi uma leve batida na porta. Eu tinha uma corrente na porta e abri apenas uma fresta.

— Quem é? — O corredor estava escuro e era difícil enxergar. — Quem é? — Um homem alto, magro e de aspecto selvagem. Uma barba acinzentada no seu rosto. Exausto demais até para sorrir.

— Sou eu — disse ele.

Eu o peguei nos braços, banhei-o com água morna e o coloquei para dormir.

"Nós conseguimos sobreviver ao pesadelo", pensei. "Agora, finalmente, tudo ficará bem."

Eu realmente pensei isso.

Nos dias seguintes, fomos felizes. Mas, então, à medida que Werner recuperava suas forças e começava a compreender nossa posição, sua raiva encontrou sua voz.

Nada em relação à nova situação o agradava. Bem, sim, ele gostava do apartamento; disse que parecia algo de cinema. Mas, quando ele acordava e descobria que eu tinha saído para trabalhar e minha ajudante estava lá para preparar o seu café da manhã, ele não aceitou bem. Queria que eu ficasse em casa para servi-lo, cozinhar e esperar por ele.

— Mas preciso trabalhar — disse eu. — Sou uma juíza, tenho casos para cuidar...

Angela voltou do hospital. Eu a arrumei como uma adorável boneca, com um vestido bonito, e coloquei laços em seu cabelo escuro. Ela ficou na porta, olhando para Werner com seus olhos grandes e claros.

— Vá com o papai — disse eu, agachando-me ao lado dela. — Vá dar um beijão no papai.

Ela se aproximou de Werner, esperando adorá-lo e ser adorada por ele. Ele deu tapinhas distraídos em sua cabeça. Para minha enorme decepção, não fez a menor diferença para ele o fato de ela ter sido batizada. Ele ainda dizia que o que contava era o "sangue judeu". Senti-me perdida, de coração partido, envergonhada. Eu tinha traído a mim mesma, fora contra os desejos do meu pai por nada.

Werner não gostava do fato de eu ter um escritório com uma secretária e uma recepcionista na frente, pois ele não podia simplesmente entrar no meu escritório, mas tinha de esperar ser anunciado. Ele odiava se houvesse alguém no meu escritório e ele tivesse de esperar do lado de fora. Ele achara que seria tratado como um herói. De qualquer forma, havia muitos outros "heróis" voltando com os quais lidar. É claro que eu entendia a frustração dele. Como seria possível eu não entender? Imagine como era difícil para ele voltar para casa na derrota, para um país que não tinha economia, não tinha oportunidades para oferecer a ele, e que estava sendo governado de acordo com um novo sistema por pessoas que tinham sido desprezadas e aprisionadas quando ele partira.

O departamento de trabalho estava pronto para colocá-lo para trabalhar limpando ruas e cavando novamente os canos de esgoto. Ele achava que eu poderia usar minhas conexões para arrumar um emprego de supervisão para ele, como o que tinha na Arado. Mas não havia tais empregos para não comunistas. Pessoas como *tante* Paula o aconselharam a ser grato por ter uma esposa que trabalhava e que poderia lhe dar casa e comida decentes. Ele parecia não compreender (nem eu conseguia entender completamente) que tirá-lo de lá, quando outros não poderiam voltar para casa por mais dois ou quatro ou oito anos, fora o suficiente para que ficasse em débito com a Kommadatura de modos ainda inimagináveis.

Ele esperava que eu limpasse, tomasse conta da casa e do bebê como eu fizera antes, mas eu não tinha mais tempo para aquilo. Eu não podia mais lavar a roupa dele — ele ficou furioso em relação a isso. As meninas felizes, correndo pela casa, gritando e rindo, irritavam-no sobremaneira. Ele queria que eu mandasse Gretl de volta para o orfanato para sempre.

— Ela não é minha! — berrou ele. — Já não é ruim o suficiente que eu tenha duas filhas para cuidar! Agora você me dá uma terceira que nem é minha!

Pedi para ele procurar *Herr* Klessen, o pescador generoso, e pegar alguns peixes para nosso jantar. Ele se recusou.

— Essa é a sua obrigação! — explodiu ele. — Eu não saio para pegar comida nesta casa. Meu trabalho nesta casa é me sentar à minha mesa à noite e comer!

— Mas eu não tenho tempo para ir. Existem todos esses casos...

— Para o inferno seus malditos casos!

— Por favor, Werner...

— Eu não vou implorar para algum pescador socialista pelo nosso jantar. Esse é o trabalho da mulher!

Ele estava cheio de energia e sem nada para fazer. Estava agitado e zangado, mas não tinha em quem descontar. Seus antigos amigos da Arado não tinham como ajudá-lo. A fábrica em si estava em ruínas e vazia. Sofrera repetidos bombardeios e, então, os russos tiraram todos os equipamentos que tinha resistido. Anos mais tarde, Angela voltou e perguntou onde ficava a fábrica Arado, e os cidadãos de Brandemburgo não se lembravam de que tal lugar tinha sequer existido.

Uma noite, cheguei tarde do trabalho, cansada, minha mente cheia de histórias tristes de alemãs e seus filhos. Werner estava cozinhando um estado de fúria o dia todo porque encontrara um furo na sua meia, e sua raiva reprimida explodiu em cima de mim como uma bomba americana.

— Você se esqueceu como se costura?

— Não, eu... eu ainda costuro... É só que...

— É só que você agora é uma grande juíza sob o regime russo e não tem tempo para o seu marido.

— Pare com isso! Será que você não entende que o único motivo por que você pôde voltar tão cedo foi porque eu implorei e implorei e trabalhei para os russos? Não me aborreça com um buraco na sua meia! Você está em casa! Você está seguro! Tente ser agradecido por essas bênçãos.

— Que bênçãos? Uma esposa supereducada que não se parece em nada com a mulher que eu conhecia?

— Eu sou a mesma mulher... Ah, meu Deus, por favor, querido, tente entender...

— Não, você não é! Minha mulher, Grete, ela era obediente! Ela cozinhava! Ela limpava! Ela passava! Ela costurava! Ela me tratava como um rei! Eu a quero de volta.

Tudo que eu reprimira por tanto tempo, meus verdadeiros instintos, minha verdadeira personalidade, toda a minha tristeza e raiva sem-fim, vieram à tona.

— Bem, você não pode tê-la — gritei. — Grete morreu! Ela foi uma invenção nazista. Uma mentira como na propaganda do rádio! Eu sou Edith! Eu sou Edith! Eu sou quem eu sou! Você não pode mais ter uma escravinha obediente, dócil e amedrontada! Agora você tem uma esposa de verdade.

Ele me bateu. Eu voei para o outro lado da sala. Eu literalmente vi estrelas. Meu cérebro chocalhou.

Werner saiu. Senti como se meu coração fosse se partir.

Ele voltou vários dias depois, parecendo feliz e convencido. Eu soube que ele tinha dormido com uma mulher. Pegou um pouco de dinheiro e procurou sua primeira esposa, Elisabeth. E, alguns dias depois, voltou de novo.

— A pequena Bärbl vai morar aqui por um tempo.

— O quê?

— Mande Gretl de volta para o orfanato. Eu quero Bärbl aqui. Elisabeth precisa de um descanso.

— Não. Eu não vou expulsar Gretl daqui. Bärbl tem mãe. Gretl não tem ninguém.

— Eu sou seu marido. Você fará o que eu digo.

— Eu não vou tomar conta de Bärbl para que você possa reacender seu romance com Elisabeth em uma casa sem crianças. Não vou mesmo. Eu amo Bärbl e adoraria vê-la de novo. Mas isso não é justo. Isso é errado.

— Não gosto da pessoa que você é agora — declarou ele. — Eu gostava de você do jeito antigo. Quero que escreva para seus parentes ricos em Londres e peça que enviem algumas calças para mim...

— Meus parentes ricos? Você está louco? Minha família foi destituída de tudo que tinha! Minhas irmãs não têm nada! Você tem dez mil marcos!

— Ah, aquilo? Joguei fora porque um russo estava me levando como prisioneiro e eu não queria que ele achasse que eu era capitalista...

Eu não sabia o que dizer diante daquilo. Provavelmente eu deveria ter rido, mas eu estava infeliz demais. Ele disse que queria o divórcio — o mais rápido possível.

— Você vai voltar para Elisabeth?

— É claro. Preciso salvar a minha pequena Bärbl.

Chorei muito e, por fim, percebi que não poderia ficar com ele. A mim me parecia que agora eu ficaria sozinha para sempre.

Então, um dia, aconteceu algo que me fez voltar à razão. Angela foi desobediente — ela jogou um brinquedo e levantou a voz — e eu chamei sua atenção.

— Pare já com isso, ou vou puni-la.

— Se você fizer isso — respondeu ela —, vou contar para o papai e ele vai bater em você e você vai chorar.

Naquele instante, tomei minha decisão de concordar com o divórcio que Werner queria.

Um colega meu trabalhava em casos de divórcio. Werner pedira que eu acelerasse o processo. Ele já tinha emigrado para o ocidente com Elisabeth. Ele queria que eu mentisse e dissesse que eles só tinham se divorciado da primeira vez para "me salvarem", que jamais me cortejara em Munique ou que me amara por um minuto, que o nosso casamento não passara de um truque antinazista.

Eu disse ao meu colega para dizer o que fosse necessário para fazer o divórcio mais rápido do que um raio.

Na verdade, o segundo casamento de Werner com Elisabeth foi exatamente assim: rápido como um raio. Puf. Uma chama. Puf. Acabado.

Werner.

CAPÍTULO TREZE

Ouvi o demônio Goebbels rindo

Naquela época, os julgamentos de Nuremberg estavam acabando, e os julgamentos de nazistas menores estavam começando. Juízes eram necessários. Os russos me escolheram, mas eu não queria me envolver.

— Quem poderá considerar minhas sentenças justas? — perguntei a eles. — Todos irão dizer: esta é uma judia; ela está em busca de vingança. E certamente eu não ia querer me esforçar para fazer o contrário. Sou *befangen,* não sou imparcial. Não sou qualificada para isso.

Significava tudo para mim não ter minha integridade questionada, porque, veja você, por dois anos, nenhuma das minhas decisões tinha passado por apelação. Eu não queria perder a confiança e o respeito dos quais eu desfrutava.

Os comandantes não concordaram.

Fui a Potsdam e apelei ao advogado superior no Departamento de Justiça, doutor Hoenniger. Ele concordou com o meu ponto de vista e disse que conversaria com os russos para mim. Mas a ordem para o trabalho veio assim mesmo. Voltei a procurar Hoenniger. Dessa vez, ele me expulsou de seu escritório.

Fui ao Ministro do Interior e aguardei horas antes de ele, finalmente, me receber. Ele não fazia ideia do motivo por que eu estava tão relutante.

— Mas já que você deseja tanto ser desqualificada — respondeu ele. — Eu vou ajudá-la.

Mas, então, fui notificada de que não poderia mais trabalhar como juíza. No futuro, eu poderia apenas trabalhar como promotora pública.

Meu senso de segurança começou a se esfarelar e acabar. Senti a presença de alguém nas sombras do corredor. Quando abri minha porta à noite, eu não tinha mais certeza se encontraria tudo em ordem em casa. A mim parecia que as cartas que eu recebia de Hansi e Jultschi tinham sido abertas e lacradas novamente.

Os russos me chamaram para uma reunião.

Eles fizeram perguntas sobre minha vida, meus parentes e meus amigos. Obrigaram-me a escrever os nomes e os endereços de todos com quem eu me correspondia. Mandaram-me para casa. Então, eles me convocaram novamente e fizeram mais perguntas, para as quais entendi que já sabiam as respostas. Algo no tom deles me fez pensar no escrivão: "*Mas e quanto à mãe da sua mãe, Fräulein. E quanto a ela?*

Meu sangue gelou nas veias. Senti um nó no estômago — uma sensação antiga e familiar demais.

— Nós a ajudamos — declarou o comandante. — Agora você deve nos ajudar.

— Mas como?

— Sabemos que a senhora é uma excelente ouvinte, e que as pessoas confiam na senhora e contam a verdade sobre suas vidas. Tudo que queremos é que a senhora nos conte tudo que lhe contarem.

Eles queriam que eu espionasse meus colegas, Agnes e seu marido, a cuidadora e a secretária e Klessen, os advogados e os defensores, todos que eu conhecia. Deram-me um número de telefone no qual eu sempre poderia contatá-los.

— Esperamos logo ouvir notícias suas — despediu-se o comandante.

O antigo terror estava de volta. Meus joelhos tremiam. Ouvi minha voz ficando cada vez mais suave. Eu sussurrava. Meu olhar ficou vago, e fingi que não compreendia nada do que estava acontecendo. Eu não disse que sim. Eu não disse que não. Enrolei, esperando que eles se esquecessem de mim. Mas aquela era a NKVD, a polícia secreta. As pessoas desapareciam. Havia rumores de espancamentos, de tortura. Eles poderiam fazer seu emprego desaparecer, seu apartamento, seus filhos.

Interrogaram-me novamente.

Eu não conseguia dormir. Pulava a cada som que ouvia no corredor. Comecei a suspeitar dos meus amigos. Afinal, se eles tinham me pedido para observá-los, talvez tivessem pedido para eles me observarem também.

Ulrich disse que eu não deveria me preocupar tanto.

— Então, comece a contar as coisas para eles. Você escolhe o que contar.

— Mas eles escolhem o que vão fazer com o que eu disser.

Ele deu de ombros. Acho que ele não achava que aquilo fosse um grande problema. Mas, para mim, veja você, era o *mesmo problema*, repetindo-se outra vez.

— Ainda não tivemos notícias da senhora, *Frau* Vetter — disse o comandante.

— Ah, sim... Sim... Eu deveria ter ligado para o senhor. Aquele número... — Comecei a revirar minha bolsa. — Será que ainda o tenho? — Será que eu realmente acreditei que eu o convenceria que tinha perdido o número do mesmo jeito que eu "perdera" o broche nazista da Cruz Vermelha?

— O número está na sua escrivaninha — informou-me ele com um sorriso.

— Ah, sim. No meu escritório.

— Não. Não naquela escrivaninha. Na escrivaninha antiga com os brasões entalhados e os pés como garras de leão, a escrivaninha do seu apartamento.

Nos meus ouvidos, ouvi a risada do demônio do Goebbels.

Uma jovem que eu conhecia perdeu o último trem para casa e apareceu inesperadamente para passar a noite em minha casa. Quando ela bateu na porta, um suor frio cobriu a minha pele. Quando abri a porta, eu estava fraca de medo. Cada recordação terrível — a preparação para prisão, para interrogatórios, para a morte — voltaram à minha mente.

— Você é uma mensageira dos céus, disse eu para a menina, convidando-a para entrar. Ela não compreendeu o que eu queria dizer. O que eu queria dizer é que eu sabia, sem sombra de dúvidas, a partir da minha reação à batida que ela dera na porta, que eu nunca mais viveria como parte de um sistema de denúncias e intimidação e tirania, no qual você sempre temia a chegada de um convidado inesperado. Eu sabia que tinha de ir embora.

Eu disse para as pessoas que eu sabia que contariam para o comandante que eu queria fazer uma visita de duas semanas à minha irmã na Inglaterra. Então, fui a Berlim e perguntei na York House sobre a melhor forma de conseguir um visto. Um inglês — um completo estranho com um grande bigode e uma maleta cheia — disse-me que eu deveria alugar um quarto em Berlim Ocidental e pedir um passaporte lá.

Fui até a sede da comunidade judaica. Lá conheci um homem que me disse que poderia alugar um quarto para mim. Eu disse a ele que não queria, na verdade, morar lá, que eu poderia pagar o aluguel, mas que tudo que eu precisava era do endereço para que eu pudesse me qualificar para um *Ausweis,* uma carteira de identidade residencial. Fui à delegacia de polícia e aguardei por muito tempo. Por fim, apareceu um oficial. Eu disse a ele que não queria comida, apenas um *Personalausweis* para que eu pudesse visitar minha irmã na Inglaterra.

Você deve compreender que naquela época havia um bloqueio em Berlim. Era impossível conseguir permissão para viajar. Mas aquele policial me deu. Ele simplesmente me deu e me desejou uma boa viagem para a Inglaterra.

Levou meses até eu juntar os outros documentos necessários — o passaporte, os vistos, as licenças. Nesse meio-tempo, eu estava trabalhando no tribunal como se eu planejasse ficar lá para sempre. A cada dez dias mais ou menos, eu viajava para a zona britânica para pegar os papéis que tinham chegado e pagar o aluguel para o casal de judeus.

Eu sabia que eventualmente teria de acabar com nosso relacionamento com Gretl, mas eu não queria fazer isso até o último instante, por medo de que aquilo pudesse sinalizar minha iminente partida. Então, um dia, sem aviso específico, tomei coragem e a levei de volta para o orfanato. Comecei a contar para ela uma mentira sobre como voltaríamos a nos ver em breve.

Ela tapou os ouvidos. "Não", disse ela.

As crianças sempre entendiam tudo.

Eu a beijei. Aquilo foi um erro. Eu nunca deveria ter feito aquilo. Ela começou a chorar. Eu comecei a chorar.

Quando deixei o orfanato, ela estava berrando "Titia! Titia!". A mulher que trabalhava lá quase não conseguiu segurá-la. Saí correndo daquele lugar.

Aquilo foi parte do preço que tive que pagar por deixar a Alemanha: dar as costas para uma criança chorando. O Barão de Rothschild, ao doar seus moinhos de aço e seus palácios, não pagou um preço mais alto.

Durante os longos e clandestinos preparativos antes da minha partida, eu costumava ficar por horas em filas com Angela. Embora ela fosse uma garotinha bastante madura, um bebê típico da guerra, nunca fazendo exigências nem reclamando, ela às vezes ficava inquieta e irritada nas longas filas. Ela choramingava ou fazia uma confusão. E empurrar seu carrinho pelas ruas arruinadas me deixava exausta além de qualquer paciência.

Uma vez, quando eu estava tentando passar pelos escombros, um soldado russo caminhou ao meu lado e me ajudou a levantar o carrinho com Angela dentro.

— Sua filha me lembra a minha sobrinha — disse ele.

— Ah, então, a sua sobrinha deve ser adorável.

— Minha sobrinha está morta — respondeu ele. — A SS invadiu nossa cidade na Rússia e saiu à caça de judeus e, quando encontraram minha irmã e meu cunhado, eles simplesmente os mataram onde se encontravam e jogaram a menininha pela janela.

O dia estava acabando. O sol, de alguma forma, estava se pondo de novo. Um homem poderia parar na rua e contar para uma perfeita estranha uma história de crueldade inexplicável que realmente parecia que o sol não ia mais voltar a brilhar. Mas não houve qualquer alteração nos céus, nenhum sinal de gritos de crianças para ouvirmos.

— O senhor fala alemão excelentemente bem — elogiei. — Eu jamais poderia dizer que o senhor era judeu.

Ele riu.

— E eu soube que a senhora era judia no instante em que a vi.

Uma declaração surpreendente, você não concorda? Durante anos, alemães não perceberam que eu era judia ao olharem para mim. O escrivão me olhara diretamente nos olhos e para o meu passado — e ele não desconfiou. Agora, um completo estranho, um estrangeiro... E ele soube em um instante.

— Estou pensando em tentar ir para o lado ocidental da cidade para visitar meus parentes que ainda estão vivos. Mas eu ainda não tive sorte em chegar ao departamento de vistos porque preciso trazer minha filha comigo, e é impossível ficar todo o tempo na fila e esperar com esta criança.

— Deixe-a comigo — ofereceu-se ele. — Diga-me quando você vai voltar de Brandemburgo até aqui e onde devemos nos encontrar, e eu estarei lá e ficarei com ela o tempo que for necessário para você conseguir seu visto.

Uma oferta fantástica — e igualmente fantástico o fato de eu aceitar. Voltei a Berlim na semana seguinte e me encontrei com o soldado russo. Deixei minha preciosa filha com ele o dia inteiro e, nem por um segundo, pensei que ele pudesse maltratá-la, roubá-la ou vendê-la ou machucá-la de qualquer forma.

Por que eu tinha tal confiança? Porque ele era judeu. E eu não conseguia acreditar que qualquer judeu fosse capaz de machucar minha filha.

Algo sempre acontece, veja só. Uma canção iídiche no *hanukka*, uma oração de um rabino britânico no rádio, alguma bondade em um trem ou na rua que me faziam lembrar, não importando o quanto eu havia me recolhido, que os judeus sempre seriam meu povo e eu sempre pertenceria a eles.

Você vai me perguntar por que demorei tanto tempo para deixar Brandemburgo, por que eu sequer cheguei a sonhar em ser capaz de levar uma vida normal da Alemanha. E eu respondo. Porque não consegui imaginar uma vida normal em nenhum lugar.

Eu não conseguiria um visto para a Palestina, mesmo que Mimi me quisesse lá, e ela não queria. Eu não poderia voltar para Viena. Viver novamente em uma cidade que enterrou toda a minha família? Jamais! Em Brandemburgo, eu conhecia o idioma e poderia conseguir trabalho e sustentar minha filha. Sob o regime comunista, eu tinha um lugar, um bom emprego, um bom apartamento e amigos que compartilharam meu destino. Você acha que, depois de todo o terror e de ter ficado escondida e passado fome e viver fugindo, eu ia querer começar tudo de novo, vagando em um mundo estranho e maléfico sozinha com uma criança? Perdida novamente, sem nenhum lugar, nenhum lar, nenhum marido, nenhuma família, *nenhum lugar*?

Quando deixei Brandemburgo e fechei a porta daquele apartamento atrás de mim, chorei lágrimas amargas de luto pelo meu momento de paz, criatividade e segurança, aproveitado por tão pouco tempo.

Saí em um domingo de novembro de 1948. Não contei a ninguém minhas intenções para não tornar ninguém meu cúmplice, e deixei dinheiro suficiente na minha conta bancária para pagar as contas a vencer. No balcão da cozinha do meu apartamento, deixei um pão para que os russos achassem que eu voltaria.

Angela e eu fomos à estação de trem e, então, perdi a coragem e voltei para casa.

Na manhã de segunda-feira, liguei para o marido de Agnes e pedi que ele me levasse para Potsdam, onde era possível usar o metrô, evitando o trem e qualquer *razzia* potencial pelos russos.

Durante duas semanas, fiquei com a família judia no número 33 das Wielandstrasse no distrito de Charlottenburg, em Berlim, aguardando o fim da greve da companhia aérea britânica para que eu pudesse usar a passagem que Hansi e seu marido inglês, Richard, tinham me enviado e ir embora. Um amigo de Brandemburgo me contou que meu apartamento havia sido trancado pela polícia. Acho que eles perceberam que eu não voltaria.

Finalmente, a greve acabou. Finalmente, tudo acabou.

Voei para o aeroporto de Northholt com Angela.

Quando vi minha irmã Hansi, quando ouvi sua exclamação feliz ao me cumprimentar e senti suas lágrimas se misturando com as minhas, quando a abracei nos meus braços — minha pequena irmã e soldada —, eu soube que Edith Hahn tinha finalmente voltado a ser ela mesma. O oceano de terror foi tirado de mim. Respirei o ar da liberdade. Meu disfarce virou história.

Nos olhos da minha irmã, vi o reflexo da minha própria tristeza, da qual eu havia me desviado por tantos anos com fantasias esperançosas, e confrontei a verdade agonizante: nossa mãe, Klothilde Hahn, fora assassinada depois de ter sido deportada para o gueto de Minsk no verão de 1942. Ela aparecera para mim em espelhos, sorrindo de forma encorajadora; ela se sentara na minha cama e me confortara com lembranças felizes nos momentos mais aterrorizantes; pairara sobre mim como uma luz enquanto eu abria a porta para o que eu acreditava ser a minha morte certa. Não tinha sido mamãe que falara comigo através daquela fria estátua de mármore e me guiara para a segurança? Meu anjo, meu farol, ela se fora para sempre.

E minha filhinha e eu, por causa de uma sorte aleatória e a intervenção de algumas poucas pessoas decentes, fomos salvas.

CAPÍTULO CATORZE

O último pacote de Pepi

Em Brandemburgo, eu fora uma funcionária respeitada do tribunal, uma mulher de classe média com um salário adequado e uma casa decente.

Na Inglaterra, cheguei como uma refugiada necessitada com um visto de 60 dias e sem permissão para trabalhar, sabendo falar muito pouco inglês, sem nenhuma mala, a não ser uma bolsa contendo uma muda de roupas íntimas. Nos anos que se seguiram, trabalhei como criada, cozinheira, costureira para o National Health. Nunca mais trabalhei na área de Direito.

Virei as costas para o engodo da assimilação, enviei minha filha para uma escola judaica e a criei como judia.

Em 1957, casei-me com Fred Beer, outro judeu de Viena, cuja mãe fora assassinada no Holocausto. Contamos nossas histórias um para o outro uma vez, apenas uma vez, e não mencionamos mais aqueles eventos terríveis outra vez por 30 anos. Deixamos o passado em repouso e boiando, como destroços de um navio naufragado no mar, esperando que, por fim, tudo afundasse e fosse esquecido. Dizem que, em relação a isso, não somos diferentes de outros sobreviventes de terríveis catástrofes.

Fred faleceu em 1984, e eu me mudei para Israel em 1987, para viver entre o povo judeu em seu próprio país. E embora eu esteja cercada por cidadãos de outras culturas muito diferentes da minha, sinto afinidade com todos eles. Sinto-me confortável aqui. Este é meu lugar.

Tentei manter contato com as pessoas que estiveram tão próximas de mim durante a minha provação como clandestina. Quando *Frau Doktor* Maria Niederall foi expulsa de sua loja roubada e ficou doente, economizei duas semanas de salário e enviei para ela junto com um bonito penhoar. Pelo menos isso a deixou feliz. Ela sempre amou coisas femininas e exuberantes. Mas aquilo não a curou. Ela morreu jovem demais. Assim como muitas pessoas que talvez ficassem de luto por ela.

Li um romance escrito pelo famoso caçador de nazistas Simon Wiesenthal. Um dos personagens do livro disse "Nunca devemos nos esquecer de quem nos ajudou...", então, escrevi para o autor e contei sobre Christl Denner Beran, minha amada amiga que já se foi. Ela recebeu uma medalha pelo seu heroísmo e extraordinária coragem. Uma árvore foi plantada em seu nome em *Yad v'Shem*, o memorial do Holocausto aqui em Israel — a maior honra que nosso país concede aos justos.

Quando Angela estava crescendo na Inglaterra, eu enviava a ela cartões de aniversário de parentes que tinham virado fumaça, para que ela se sentisse parte de uma família grande e amorosa. Ela sempre recebia cartões da avó Klothilde.

Mantive contato com Bärbl e sua família. Tentei manter a personalidade extraordinária de Werner Vetter em algum lugar nas nossas vidas.

"Seu pai poderia ter pintado aquela parede", diria eu. "Seu pai teria sido capaz de convencer aquele professor disso... Seu pai teria consertado a bicicleta..."

Contei a Angela que Werner e eu nos amávamos de verdade e só nos separamos porque ele não poderia trabalhar na Inglaterra. Eu não contei a ela até que chegasse à adolescência que tínhamos nos divorciado. Na verdade, organizei várias visitas para que ela pudesse conhecer aquele homem a quem eu tentei amar e que, sempre, apesar de tudo, honrar.

Por que cerquei minha filha com aquelas mentiras acalentadoras e agradáveis? Porque eu não queria que ela se sentisse sozinha. Assim como minha mãe sempre me mandava coisas que não tinha — o bolo quando estava passando fome, as luvas, quando estava passando frio —, eu tentava dar para Angela as coisas que eu perdera: uma família, um lugar seguro no mundo, uma vida normal.

Então, acho que eu poderia facilmente ter deixado essa história sem ser contada para sempre.

Exceto pelo fato de que Pepi Rosenfeld, com uma coragem louca que não lhe era característica, *não* queimou as cartas e as fotos que eu lhe enviara, como eu instruíra que fizesse, mas as manteve, cada uma delas.

Aquelas cartas poderiam ter nos matado a todos.

— O que você acha, minha querida Edith? — sugeriu ele com um sorriso maroto quando nos encontramos anos mais tarde em Viena e apresentamos um para outro as pessoas com quem nos casamos. — Devemos doar estas cartas para o Arquivo Nacional da Áustria? — Acho que devo ter exclamado alguma coisa demonstrando meu horror. — Sim, eu achei que esta seria sua reação — ele riu. Passaram-se décadas e eu ainda caía nas piadinhas daquele homem.

Em 1977, um pouco antes de morrer, Pepi enviou-me um último pacote. Ele continha todas as cartas que eu escrevera para ele dos campos de trabalho escravo e de Brandemburgo, quando eu estava vivendo clandestinamente no império nazista.

E minha filha, Angela, querendo mais que tudo saber toda a verdade, as leu.

Insights, entrevistas e mais

A autora

* Obituário de Edith Hahn Beer do *Times* (Reino Unido).

O livro

* Recordações dos entes queridos de Edith Hahn Beer.
* Guia para grupo de leitura.

A AUTORA

Obituário de Edith Hahn Beer do *Times* (Reino Unido)

Este obituário foi publicado em 26 de março de 2009, edição do Times, *de Londres. Impresso com a permissão do* Times, *Londres.*

Edith Hahn Beer escapou do provável extermínio como judia na época da guerra na Alemanha ao assumir uma identidade falsa, casar-se com um alemão e viver na Segunda Guerra Mundial disfarçada como uma submissa dona de casa.

Posteriormente, tornou-se juíza na Alemanha pós-guerra antes de fugir para a Inglaterra em 1948, ao ser pressionada pela KGB para se tornar uma informante. A história da sua vida é contada em um registro que escreveu (com Susan Dworkin) *A mulher do oficial nazista:* A história real de como uma mulher judia sobreviveu ao Holocausto (1999), que se tornou um best-seller e foi traduzido para diversos idiomas. Um filme sobre sua vida está em pré-produção.

Edith Hahn Beer, antes Edith Hahn, nasceu em 1914 e foi criada por sua mãe em Viena. Ela foi uma boa aluna e foi encorajada a entrar para a universidade, o que não era muito comum para uma moça na Áustria da década de 1930. Formou-se advogada em Viena, mas foi impedida de realizar as provas finais para seu doutorado quando a

Alemanha decretou a *Anschluss*, a anexação da Áustria em 1938, e os judeus austríacos também começaram a ser perseguidos.

A família foi despejada de sua casa em 1939 e enviada para um gueto para judeus em Viena. Em 1941, ela foi obrigada a trabalhar em campos de trabalho no norte da Alemanha — primeiro em uma plantação de aspargos e, depois, em uma fábrica de papel. Durante 13 meses, ela sobreviveu a um regime de 80 horas semanais de trabalho alimentando-se com rações de fome. Cartas detalhadas para o seu namorado, Josef, descrevendo as condições no campo, formaram uma fonte valiosa de material que agora está no Museu Memorial do Holocausto dos Estados Unidos, em Washington, D.C.

Em 1942, foi informada que seria enviada de volta à Viena, provavelmente um eufemismo para deportação mais para o leste e o possível extermínio. Sua mãe já tinha desaparecido e nunca mais se ouviu falar dela. Hahn escapou do seu trem em Viena, removeu a estrela amarela que a identificava como judia e, com a ajuda de Josef, escondeu-se.

Foi aconselhada a encontrar uma amiga que poderia fingir estar em um barco em um lago com o namorado quando sua bolsa caiu na água e todos os seus documentos de identificação foram perdidos. Sua amiga, Christine Maria Margarete Denner, aceitou a ideia de ir às autoridades com essa história e, por sua coragem, seria, mais tarde, honrada no Jardim dos Justos no Centro Memorial do Holocausto próximo a Jerusalém.

Depois de conseguir os novos documentos em nome de Denner, partiu para Munique para começar uma nova vida porque era arriscado demais permanecer na mesma cidade em que morava a mulher com quem compartilhava o nome. Viveu calmamente em Munique trabalhando como costureira antes de entrar para a Cruz Vermelha como auxiliar de enfermagem.

Um dia, conheceu um jovem alemão, Werner Vetter, em uma galeria em Munique. Em questão de semanas desse encontro, ele a pediu em casamento. Hahn temia aceitá-lo por medo de que seus papéis fossem investigados e tentou dissuadi-lo da ideia, mas ele foi persistente e Hahn acabou contando que não poderia se casar com ele porque era judia, acreditando ter assinado sua sentença de morte.

"Era uma questão de honra", disse ela. "Eu podia fingir ser outra mulher, eu podia fingir ser alemã, eu podia mentir para todo mundo, mas eu tinha de contar a verdade para ele." Em vez de denunciá-la, Vetter respondeu que ele também não fora sincero. Que estava passando por um divórcio e tinha uma filha, então, estavam quites, dissera-lhe ele. Nunca mais discutiram seu passado e se casaram em 1943. Ela deu à luz sua filha em 1944.

Eles se estabeleceram em Brandemburgo e ela viveu como uma dedicada esposa para seu minucioso marido, sem fazer nada que chamasse atenção para sua verdadeira identidade. Ela deu à luz sentindo todas as dores do parto, pois recusou-se a tomar anestesia por temer revelar algo sob a influência das drogas.

"Fiquei em casa, fui ao hospital, tive a minha filha, voltei, fiz a faxina, cozinhei e tomei conta do meu marido. Eu precisava mantê-lo feliz, então, eu me certificava de ser tudo que ele queria. Deixei de ser a criatura mais desprezada no Reich, uma judia, e passei a ser uma cidadã respeitada, uma *Hausfrau* ariana grávida."

Vetter era cego de um olho, um problema que evitou que tivesse que servir ativamente até quase o fim da guerra, e ele trabalhava como supervisor em uma fábrica de aviões. À medida que as forças aliadas fechavam o cerco ao Reich, ele foi enviado para o front oriental como oficial. Depois foi capturado pelo exército soviético e enviado para um campo de prisioneiros na Sibéria.

Depois da rendição alemã em 1945, Hahn obteve uma ordem judicial para reassumir sua identidade judaica usando sua carteira de identidade original, a qual mantivera escondida nas páginas de um livro.

Como havia poucos profissionais na área do Direito, seu treinamento legal foi oficialmente reconhecido, e ela se estabeleceu como juíza de família em Brandemburgo.

Ela se esforçou incansavelmente pela soltura do seu marido, mas, quando ele finalmente voltou da Sibéria em 1947, as coisas não deram certo entre eles. Ele ficou desconcertado ao encontrar sua antes dócil e submissa esposa transformada em uma profissional habilitada e trabalhando pela lei. Ele se reconciliou com a primeira esposa, e Hahn concordou em conceder o divórcio.

Ela fugiu para a Grã-Bretanha em 1948, quando a KGB tentou recrutá-la como uma informante da Stasi. Posteriormente, ela disse que como os russos consideravam que tinham libertado o povo judeu, esperavam que ela espionasse para eles.

Ela se uniu à irmã, que vivia em Londres desde antes da guerra. Trabalhou como criada porque suas qualificações legais não eram válidas na Grã-Bretanha. Em 1957, casou-se com um comerciante de joias judeu, Fred Beer. Em 1984, cinco anos depois da morte dele, mudou-se para Netanya, em Israel, mas acabou voltando para o Reino Unido depois de uma cirurgia cardíaca para passar seus últimos anos com sua filha e, mais tarde, em um lar de idosos em Londres em Golders Green.

Hahn Beer leiloou seu acervo pessoal, que mais tarde foi doado para o Museu Memorial do Holocausto em Washington, nos Estados Unidos; com mais de 800 documentos, foi um dos maiores arquivos pertencentes a uma única pessoa.

Em 2003, foi feito um documentário, narrado por Susan Sarandon com trechos de sua autobiografia lido por Julia Ormond. Foi exibido no canal 4 na Grã-Bretanha.

Hahn Beer não conseguiu ir à estreia do documentário sobre a sua vida, mas espera-se que as gravações do filme logo comecem em Budapeste.

O LIVRO

Recordações dos entes queridos de Edith Hahn Beer

Angela Schluter, filha

Quando Edith deixou a Alemanha para ir comigo para Londres em 1948, morávamos em um pequeno cômodo e éramos muito próximas. Edith não era uma mulher expansiva, mas havia uma ligação entre nós — estrangeiras que tiveram de enfrentar um mundo estranho juntas com pessoas que falavam inglês, um idioma que não compreendíamos.

Ela queria me proteger da sua vivência no Holocausto. Para manter a impressão de uma família maior, ela escrevia-me cartões de aniversário, os quais assinava com os nomes dos membros de sua família que tinham sido assassinados.

Em 1957, ela se casou com Fred Beer, um refugiado como ela. Fiquei muito feliz por, finalmente, ter um pai de verdade.

Quando fiquei mais velha e estudava arte no Royal College of Art, Edith e eu nos afastamos. Foi só quando ela voltou para Londres depois de morar em Israel por 18 anos é que nos aproximamos novamente. Quando eu era uma menina, eu era o centro do seu universo e isso a ajudou na sua luta pela sobrevivência. Durante seus últimos anos, ela se tornou o vórtice ao redor do qual eu vivia minha vida.

Minha mãe foi uma mulher muito benevolente que vivenciou o Holocausto tanto como vítima do sistema nazista nos campos de trabalho, quanto como uma esposa submissa alemã, existindo dentro do sistema. Ela reteve sua compreensão de ambos os aspectos da vida no Reich até o dia da sua morte.

Philipp Schluter, neto

Edith Hahn Beer, minha avó, foi a grande e única inspiração da minha vida. Ela era a pessoa mais paciente e bondosa na minha infância. Foi meu apoio quando saí de casa para ir para Israel. Ela me deu a ajuda de que eu precisava quando eu buscava uma direção para a minha vida.

Minha avó enfrentou mais privações do que qualquer outra pessoa que eu conheça e, ainda assim, eu não me recordo de ela jamais mencionar isso. O fato de eu poder estar com as minhas filhas, Edith, de 5 anos, e Esther, de 2, deve-se apenas aos seus incríveis feitos para sobreviver na Alemanha nazista, assim como ao seu incansável esforço de sair, levando consigo sua filha (minha mãe), do mar de sucessivos pesadelos de opressão.

Minha mãe, Angela, ela mesma uma criança sobrevivente do Holocausto, teve o cuidado de me proteger dos fardos carregados por outros sobreviventes, assim como sua mãe a protegeu. Eu soube da história da minha família quando minha avó a recontou nos anos que passou escrevendo seu livro, e ela teve um grande impacto em mim. Percebo as oportunidades que recebi e os sacrifícios que outros fizeram para que eu pudesse apreciar a vida como ela é hoje.

Edith Hahn Beer enfrentou adversidades sem igual na história da humanidade. Sobreviveu a revezes impensáveis. Sobreviveu não por sorte, mas por sua indomável coragem e força de vontade.

Minha avó é a minha heroína e, até hoje, ela continua sendo meu norte.

Susan Dworkin, coautora

Durante as várias semanas em que trabalhei com Edith Hahn Beer na sua história, *A mulher do oficial nazista,* fiquei surpresa com sua modéstia. Ela nunca assumiu o crédito por sua sobrevivência. Nunca sentiu que fosse corajosa. Sentia que tinha tido sorte por ter recebido tanta ajuda. Era uma mulher tranquila, tentando não ser notada. As portas se abriam; ela entrava de modo hesitante.

Ela me lembrava diversas vezes que "todo mundo ganhou algo" com a eliminação dos judeus: casas, estabelecimentos comerciais, trabalho gratuito. Dívidas, de repente, não precisavam mais ser pagas.

Ela costumava falar com grande gratidão sobre aqueles que a ajudaram: o oficial que lhe mostrara como enganar o sistema. A mulher na fábrica de caixas de papelão que lhe mostrou como cortar vários lotes ao mesmo tempo para cumprir a meta do dia. Christine Denner (incrivelmente legal e corajosa) desfilando na delegacia de polícia como se estivesse indo para uma festa, flertando, sorrindo e declarando ter perdido seus documentos no fundo do Danúbio. Maria Niederall. Werner.

Ao ouvir as histórias de Edith, comecei a achar que se, talvez, umas cinco pessoas tivessem ajudado cada vítima do nazismo como aconteceu com Edith, talvez o massacre em si tivesse sido evitado. Trabalhar com ela mudou minha vida. Nunca mais vou esperar heroísmo de pessoas comuns. Nunca mais eu ficaria surpresa com seu aparecimento repentino, maravilhoso e aleatório.

Pessoas que encontraram minha mãe

As pessoas costumam me perguntar o que aconteceu com as diversas pessoas que fizeram parte da vida da minha mãe. Eis o destino de cada uma delas.

Christine Denner, 1922 – 1992

Quando Christine Denner era uma jovem, minha mãe foi sua tutora em Viena. Depois da guerra, ela poderia se casar com seu namorado de infância, Hans Beran. Porém, ela não conseguiu porque Edith estava usando seus documentos e já havia se casado!

Eles tiveram um filho, Mario, três anos mais novo que eu, a quem eu chamo de "quase irmão", porque nossas mães diferentes tinham o mesmo nome, que está na minha certidão de nascimento junto com um carimbo da suástica.

Tanto minha mãe quanto eu sempre nos sentimos profundamente em dívida com esta mulher, cuja coragem era excepcional.

Christine Denner foi honrada em 1985 com uma árvore plantada no Jardim dos Justos no *Yad V'Shem* em Jerusalém. Tristemente, ela morreu de doença cardíaca em 1992.

Klothilde Hahn, 1890 – 1942

Minha avó nasceu em 1890 e foi assassinada em junho de 1942, no campo de extermínio de Maly-Trostinets, próximo a Minsk.

Foi apenas depois que minha mãe morreu que descobri que Klothilde foi assassinada apenas seis dias depois que foi deportada de Viena pela Gestapo. Ela foi uma vítima precoce desse campo, que só foi aberto como um campo de extermínio em maio de 1942. Talvez a maior tragédia tenha sido ela nunca realizar seu grande sonho de segurar um neto nos braços.

Minha mãe nunca superou o fato de sua mãe não ter nem um túmulo.

Werner Vetter, 1912 – 2002

Depois de se divorciar da minha mãe, em 1947, Werner se mudou para a Alemanha Ocidental, onde casou-se novamente com a primeira esposa, Elisabeth. O casamento não durou muito também. Ele se casou mais quatro vezes antes de morrer. Mesmo idoso, era um homem de beleza impressionante.

Joseph Rosenfeld, 1913 – 1985

Joseph Rosenfeld, "Pepi", sempre amou minha mãe. Depois da guerra, casou-se com Karla. Trabalhou como funcionário público municipal em Viena e começou a beber. Morreu em Viena por problemas cardíacos aos 72 anos.

Maria Niederall

Recebi o nome de Maria (meu primeiro nome — Angela é o nome do meio) por causa de Maria Niederall porque minha mãe queria homenageá-la por ter sido o primeiro elo na corrente de eventos que asseguraram sua própria sobrevivência. Infelizmente, Maria Niederall morreu jovem. Foi julgada em Viena por causa de seu envolvimento ativo no Partido Nazista.

Como não sabia os nomes das outras vítimas de trabalho escravo, tomei as providências para que uma placa comemorativa (*Stolperstein*) fosse colocada no chão em frente à fábrica de papel em Aschersleben, onde elas e minha mãe tiveram de trabalhar.

Outra placa de rua foi colocada em frente à casa em Viena da qual minha avó, Klothilde Hahn, foi deportada pela Gestapo.

Sou eternamente grata à minha mãe, que me levou para longe dos russos, que estavam começando a polícia secreta, a Stasi, na Alemanha Oriental. Então, cresci com liberdade em Londres e me tornei uma garota inglesa.

Angela Schluter

Guia para grupo de leitura

1. *A mulher do oficial nazista* começa com a história de uma enfermeira contrabandeando uma cebola do hospital para alimentar um soldado inimigo. Durante suas lembranças, Beer reconta como homens e mulheres como aquela colocaram as próprias vidas em risco para ajudar os outros. De onde você acha que essa enfermeira e outros (como Christl Denner, que deu a Edith seus documentos de identificação) tiraram a coragem de correr tais riscos?
2. Enquanto Edith trabalhava como enfermeira da Cruz Vermelha, seu vocabulário ameaçou revelar sua verdadeira identidade como uma austríaca bem-educada. Como a inteligência de Edith e sua educação a ajudaram durante a guerra? Como acabou se tornando um fardo?
3. Os dois namorados de Edith — Pepi e Werner — tiveram papéis muito diferentes durante a guerra. Compare os dois homens e discuta como cada um deles contribuiu para a vida de Edith. Qual deles a ajudou mais?
4. Embora fosse ilegal, Edith usou o rádio de Werner para sintonizar a BBC. O que o rádio passou a representar para o casal?

Como é que os noticiários censurados contribuíram para a tentativa nazista de controlar a população?

5. Considerando a lealdade partidária de Werner, assim como seu temperamento explosivo, o que Edith estava arriscando ao lhe contar que era judia? Por que Werner não denunciou Edith para as autoridades?
6. Depois que a mãe de Edith foi deportada para a Polônia, ela nunca mais viu sua filha de novo. Será que Edith deveria ter saído do esconderijo com Werner na Alemanha e ter arriscado sua vida em uma viagem para a Polônia em busca da mãe?
7. Durante o tempo que passou em Osterburg, Edith correspondeu-se com a mãe, com Pepi e com seus amigos de casa. Qual é o significado dessa comunicação com o mundo externo para Edith e as outras garotas que trabalhavam na plantação?
8. Edith se lembra de que, quando estava crescendo, sua família não seguia estritamente a tradição religiosa judaica. Que papel sua fé teve em sua vontade de sobreviver na Alemanha nazista?
9. Em 1946, Edith visitou um campo de passagem, e um grupo de sobreviventes judeus a repreendeu severamente ao saber que ela tinha se casado com um soldado alemão. Você acha que os atos daqueles homens são justificados? Como a visão deles em relação a soldados alemães difere da de Edith?
10. Sob a influência da anestesia durante o parto, muitas mulheres confessaram atividades ilegais que poderiam ter resultado em punições extremas por oficiais nazistas. Você ficou surpreso com o fato de muitos dos vizinhos de Edith terem seus próprios segredos? Que papel o medo desempenhou no contexto da Alemanha nazista? E o da confiança?
11. Por que Werner ficou tão chateado por ter outra filha?
12. Você acredita que Edith amava Werner? Por quê?

Publisher
Omar de Souza

Gerente internacional
Mariana Rolier

Editora
Clarissa Melo

Estagiário
Bruno Leite

Tradução
Natalie Gerhardt

Copidesque
Marco Pace

Revisão
Gisele Múfalo
Geisa Oliveira

Diagramação
Abreu's System

Capa
Maquinaria Studio

Este livro foi impresso no Rio de Janeiro, em 2017, pela Edigráfica,
para a HarperCollins Brasil. A fonte usada no miolo é Capitolina, corpo 11,5/15,5.
O papel do miolo é Chambril Avena 80g/m², e o da capa é cartão 250g/m².